Die sieben Leben eines Fußballfans

Für Theo und Sigi,
meinen Vater und meinen Bruder,
die beide im September 2018 innerhalb von nur einem halben Monat
in die ewigen Jagdgründe eingezogen sind.
Der eine war früher Bergmann im Steinkohle-Bergbau,
Zeche Emscher Lippe in Datteln war ›sein Pütt‹.
Aber die ›letzte Schicht‹ des Steinkohle-Bergbaus im Ruhrgebiet
am 21.12.2018 auf der Zeche Prosper Haniel in Bottrop
brauchte er nicht mehr mitzuerleben.
Der andere, mein Bruder, ein früherer Seemann
der ›christlichen‹ Seefahrt auf allen Weltmeeren,
bekam schließlich seine See-Bestattung in der Nordsee.

Manfred Schloßer

Die sieben Leben eines Fußballfans

Tore, Tipps und Geißböcke

Roman

Bibliografische Information der Deutschen Nationalbibliothek
Die Deutsche Nationalbibliothek verzeichnet diese Publikation in der Deutschen
Nationalbibliografie; detaillierte bibliografische Daten sind im Internet über
http://dnb.dnb.de abrufbar.

© 2019 Manfred Schloßer
Satz, Umschlaggestaltung, Herstellung und Verlag: BoD – Books on Demand
ISBN 978-3-7494-7368-7

Inhalt

Über den Autor

Manfred Schloßer, geboren 1951, aufgewachsen in Datteln, wohnt seit 1980 in Hagen. Er studierte Sozialwissenschaft an der Bochumer Ruhr-Universität, Sozialarbeit an der Hagener Fachhochschule, Sozialpädagogik an der Dortmunder FHS und machte drei Diplome. Zur Belohnung durfte er sein Geld als Leiter eines Abenteuerspielplatzes, eines Jugendzentrums und eines Jugendinformations-Zentrums verdienen und danach in einer Betreuungs-Behörde arbeiten. Mittlerweile im ›Unruhestand‹, hat er noch viel mehr Zeit, seinen verschiedenen sportlichen Aktivitäten und natürlich seiner Leidenschaft fürs gedruckte Wort zu frönen.

Mit dem Fußball-Roman ›Die sieben Leben eines Fußball-Fans‹ erscheint 2019 bereits der zwölfte Danny-Kowalski-Roman.
Die vorherigen elf Romane:
›Es geht eine Leiche auf Reisen‹, Krimi 2018
›Die sieben Jahreszeiten der Musik‹, Musikroman 2017
›Das Ekel von Horstel‹, Krimi, 2017
›Wer andren eine Feder schenkt‹, 2016
›Das Geheimnis um YOG‹TZE‹, Krimi, 2015
›Zeitmaschine STOPP!‹, Öko-Science-Fiction-Story, 2014
›Leidenschaft im Briefkuvert‹, Liebesroman, 2013
›Der Junge, der eine Katze wurde...‹, 2012
›Keine Leiche, keine Kohle…‹, Ruhrgebiets-Krimi, 2011
›Spätzünder, Spaßvögel & Sportskanonen‹, 2009
›Straßnroibas‹, Reise-Roman, 2007
Weitere Informationen im Internet: http://www.petmano.jimdo.com/

In eigener Sache:

Die Länder, Städte, Vereine und Straßen in diesem Roman gibt es wirklich. Aber die Namen der genannten Personen habe ich frei erfunden. Falls sich doch irgendjemand in einer der im Roman vorkommenden fiktiven Gestalten wieder erkennen sollte, kann es sich nur um einen Zufall handeln.

Der lateinische Ausdruck ›panem et circenses‹ stammt vom römischen Dichter Juvenal. Er bedeutet ›Brot und Zirkusspiele‹: mehr brauchten die Menschen damals im alten Rom nicht, was zu essen, und ab und zu etwas Unterhaltung.

Und heutzutage: das tägliche Brot wird durch die Arbeit verdient, und zur Unterhaltung gibt es Fußball-Spiele.

Früher wurde bei den Römern im Kolosseum ein hungriger Löwe zu 22 gefangenen Christen gesteckt, auf dass es ging um Leben oder Tod.

Heutzutage wirft man in den modernen Kolosseen 22 gekauften Spielern einen Ball zu, auf dass es geht um Sieg oder Niederlage.

Da wo früher die Römer durch das Spektakel unterhalten wurden, da verkloppen und schlagen sich heuer die Zuschauer in den modernen Fußball-Arenen selber. Besonders gerne auch in Rom, wenn die AS Roma gegen Lazio Rom spielt oder im Ruhrgebiet das Derby BvB Borussia Dortmund gegen Schalke 04 anliegt. Immer sind es dann Hochsicherheits-Spiele für Polizei und Ordner.

Dieser Unterschied zwischen dem alten Rom und den modernen Fußball-Stadien erscheint doch als eine Ausgeburt von verdrehter Perversität.

Mitspieler und Mitspielerinnen

In den 1960er Jahren auf den Aschenplätzen von Datteln und Oer-Erkenschwick spielte Danny mit Gerry, Pitter, Ronny, Florian, Frankie, Bodo, Roger, Öczan, Benny, Siggi, Wolle, Piet und Sonny. Auch die Kowalski-Family liebte es zu spielen, mit und ohne Bälle: Vaddern Götz, Mutti Marie, Brother Gerry und Sister Bär-Bel. Mit Herbie, Lukas, Fritz, Carlo und Rally überlebte er Ski-Urlaube im Klein-Walsertal und das Sport-Abitur in Recklinghausen.

In den 1970er Jahren kickten sie als »Cosmos Datteln« hinter der Realschule und auf den verschiedensten Bolzplätzen der »Bunten Liga«: Danny im Tor; Harry, der Linksverteidiger; Carlos, der Libero; Lutze und Bridgie in der stabilen Abwehr; Eck, der Abfänger; Freddy und Zolly, die offensiven Mittelfeldspieler; Krischan, der pfeilschnelle Rechtsaußen; Eddy, der gefährliche Mittelstürmer; Achim, der quirlige Linksaußen. Dazu Matthes und Jo als Einwechselspieler.

In den 1980er Jahren auf den Hagener Sportplätzen lernte Danny seine Kollegen Hannes, Werner und Klaus kennen. Später im neuen Jahrtausend wurde aus ehemaligen Kickern die inzwischen traditionsreiche Tipp-Gemeinschaft der »Tottis«. Und die Kolleginnen Helen Richter, Tina Tolling und Katrin Riesig unterstützten ihn mit Rat und Tat.

Und dann gab es da noch die, die für Ablenkung vom Fußball sorgten, sei es durch Liebe, Sex oder das wirkliche Leben: Lulu, Paula, Tina, Lydia, Kirsten, Julie und Moni, mit oder ohne Bälle …

In seinem Fitness-Center Fun-Out in Hagen-Hohenlimburg erlebte Danny in den letzten acht Jahren einen anderen Sport, den an den Konditions- und Kraft-Geräten mit Moni, Ella, Horst, H.K., Tomte und Erdal Keser.

Einleitung – Harry gibt Gas

Wieder einmal hat die Anregung eines guten Freundes dazu geführt, dass ich mich an diesen Roman getraut habe. Es war Freund Harry, der mächtig Gas gab …: »*Fußball, das Thema. Nick Hornby hat die »Gunners« gehabt, du hast den FC Kölle. Wie lange begleitet er dich schon? 50 Jahre? Der Welt fehlen Fußballromane, jede Zeit hat sie gehabt. »Elf Freunde« war ein Kinder- und Jugendbuch aus den Fuffzigern, Hornby machte es für die Neunziger. Jetzt fehlt ein Jahrtausender, einer mit Zeitgeist. Kaputte Gesellschaft und Korruption, gigantische Ablösesummen – und die Aufholjagd des FC. Fußball ist gegenwärtig ein riesiges Geschäft, und von Fußball hast du Ahnung. Davon abgesehen: Bücher vor dem Hintergrund Fußball sind immer klasse zu lesen, siehe Hornby.*«

»Joh, joh, joh, my friend,« entgegnete ich, »in Zeiten von 220 Millionen Euronen für den Brasilianer Neymar, von einem katarischen Öl-Scheich für Paris St. Germain an FC Barcelona gezahlt …, die dann wiederum davon 105 Mill. € für Dembele an den BvB Borussia Dortmund blechten, weil der sich durch Anti-Haltung wie ein Kleinkind in der KiTa aus seinem Vertrag raus geekelt hatte … Ja, in diese Zeiten passte nun denn auch der Gabuner Aubameyang vom BvB, der sich durch Lustlosigkeiten und kleinere Vergehen dermaßen unmöglich gemacht hatte, dass man ihn auch für 63 Mill. € zum Londoner FC Arsenal ziehen ließ … ja, ja, das sind Zeiten, die nix mehr mit Fußball-Romantik zu tun haben. ›Elf Freunde‹ schon lange nicht mehr. Geschäft-Geschäft-Geschäft: business, as much as it goes …

Den modernen Fußball-Söldnern glitzern die $-Zeichen nur so in den Augen. Der Fußball-Fan wendet sich mit Grausen ab: »Wo soll das noch hinführen …!?«

Auch die deutschen Soccer-Söldner machen es dem Fußball-Begeisterten immer schwerer, an das Gute im Menschen zu glauben. Wieder Arsenal: der einstige Kult-Club von Nick Hornby ködert Mesut Özil mit neuem Rekord-Gehalt zum Bleiben. Der deutsche Mittelfeldregisseur steigt damit nach monatelangem Poker zum bestbezahlten Profi in der Klub-Geschichte auf. Dem Vernehmen nach verdient Özil künftig rund 400.000 Euro die Woche, das sind im Jahr etwa 20,6 Millionen Euro. Das muss man sich mal vorstellen: 400.000 € die Woche, da muss eine alte Lady lange, sehr lange für stricken … Denn soviel würde selbst ein normal sterblicher Arbeitnehmer in seinem ganzen Leben kaum verdienen …!!!

Das Auseinanderklaffen der Gehälter von Fußball-Profi und Fußball-Fan wird immer eklatanter: das kann man mit Show-Biz kaum mehr erklären, das ist eher unsensibel. Özil wurde in Gelsenkirchen geboren, spielte dort auch beim FC Schalke 04, dem immer noch das Prädikat ›Malocher-Club‹ anhaftet. Das hatte in den 30er, 40er und 50er Jahren des letzten Jahrhunderts seine Berechtigung, als die Bergmänner aus den Zechen des Ruhrgebiets ihre Mannschaften wie Schalke 04, Spvgg. Erkenschwick, Rot-Weiß Essen, Westfalia Herne oder SV Sodingen als die wirklich ›Ihrigen‹ ansahen, die Kumpels von unter Tage oder Nachbarn aus den Zechensiedlungen waren. Aber heutzutage kommen zum ›Malocher-Club‹ Schalke 04 Legionäre aus aller Herren Länder, dafür gehen die ›echten‹ Gelsenkirchener wie Manuel Neuer, Mesut Özil, Leroy Sane oder Ilkay Gündogan lieber für viele Euro-Millionen zu reichen anderen Vereinen ins In- oder Ausland. Und das alles, obwohl Schalke 04 inzwischen vom russischen Gazprom gesponsert wird. Die PAO Gazprom ist das weltweit größte Erdgasförderunternehmen und mit 110 Milliarden US-Dollar Marktkapitalisierung eines der größten Unternehmen Europas. Damit reiht sich der FC Schalke ein in die Reihen der europäischen Großvereine, die sich von ausländischen Sponsoren unterstützen lassen oder ihnen gleich ganz gehören, wie Manchester City (komplett in der Hand des milliardenschweren Scheichs Mansour bin Zayed al Nahyan), Paris St. Germain (katarischer Öl-Scheich) oder FC Chelsea (russischer Öl-Milliardär Abramowitsch).

Da verdienen die Fußball-Millionäros ein ›Schweinegeld‹ und werden aber trotzdem immer noch gieriger, sodass einige von ihnen sogar im großen Stil ihre Reichtümer an den Steuern vorbei mogelten. Wie im Januar 2019 der portugiesische Fußballstar Christiano Ronaldo, der zugab, von 2011 bis 2014 insgesamt 5,7 Millionen € an Steuern hinterzogen zu haben. Das Gericht in Madrid verurteilte ihn zu 23 Monaten Gefängnis und zu einer Strafzahlung von 18,8 Millionen €. Die Gefängnisstrafe brauchte er nicht anzutreten, weil er noch keine Vorstrafen hatte.* Deshalb kam und ging der Fußballstar auch gut gelaunt zur Verurteilung, weil er diese Summe mit ›links‹ bezahlen konnte.

Ja, und dann noch die riesigen Korruptions-Skandale innerhalb der FIFA unter Sepp Blatter: er und seine Kumpane haben die FIFA als Geld-Druckmaschine benutzt, um sich die eigenen Taschen damit zu stopfen. Ob der neue FIFA-Boss Infantino dem Saustall aus Korruption und Vetternwirtschaft ein Ende bereiten kann, bleibt vorerst zweifelhaft. Der Fußball-Fan reibt sich verwundert die Augen. Denn die letzte WM in Russland oder gar die nächste in Katar haben viel mit Geld und wenig mit Fußball-Romantik zu tun …

Als der große Franke und Club-Fan Roland Hermsdörfer davon hörte, dass ich einen Fußball-Roman schrieb, der da heißen sollte »Die sieben Leben eines Fußball-Fans«, war seine spontane Nachfrage: »Nummer 7? Litti trug die 7, und Ronaldo und Griezman und und und …«

»Hihihihi, wie kommste jetzt auf Nummer 7?«

Roland: »7 Leben«.

Nun denn, die sieben Leben eines Fußball-Fans also …

Na ja, ich kenne eigentlich »Die sieben Leben einer Katze«: da sagt man den Katzen, unseren beliebten Haustieren mit den Samtpfoten, den niedlichen Fellnasen, sieben Leben nach. Denn Katzen sind zäh. Wenn sie mal von einem hohen Baum fallen oder von einem Haus, dann drehen sie sich in der Luft und kommen leicht federnd auf ihren vier Pfoten auf. Ein Mensch würde das nicht überleben. Aber Katzen haben ja sieben Leben. Fallen vom Baum, sind – unten angekommen – immer noch am Leben. Da haben sie immer noch sechs Leben übrig.

Das heißt also: die »sieben Leben einer Katze« sind hintereinander, erst eins, dann zwei, dann drei, dann vier, fünf, sechs und schließlich das letzte und siebte Leben.

Dagegen hat ein Fußball-Fan seine sieben Leben gleichzeitig: erst als Schwärmling und Ball-Lehrling, dann als Spieler, als Tisch-Kicker, immer als Fan, Sammler und Dokumentator, leider auch öfters mal als Fußball-Verletzter, dann als Tipper und schließlich als »Fachmann« und Diskussionspartner …

---

* ›Gut gelaunt zur Verurteilung«, in Westfälischer Rundschau Hagen vom 23.01.2019

Zur Erklärung der Collage auf dem Titelcover »Tore, Tipps & Geißböcke«.

Das Schwarz-Weiß-Foto mit Danny als Torwart 1977 stellte freundlicherweise der Fotograf Hartmut Großer aus Datteln zur Verfügung. Es zeigt allerdings kein Tor, sondern eine Torwart-Parade von Danny: der Ball wurde so gerade noch von ihm gehalten.

Danny als Tipper, stolz mit seinen beiden Urkunden, die er bei der Internet-Tipprunde »Gib mich die Kirsche« gewonnen hatte. 2008 und 2018 wurde er jeweils Tipp-König, unter circa 40 Mit-Tippern.

Eines der typischen kleinen Geißböckchen, wie sie Danny überall unterwegs auf Reisen traf, sie spontan »Hennes« taufte und liebevoll mit ihnen redete. Dieses schwarz-weiß getupfte Geißböckchen fotografierte er an einem Elbdamm in Brandenburg.

Und was sind denn eigentlich die »sechs Gründe außer Sex, keinen Fußball zu gucken«, die hinten auf dem Cover genannt werden …? Im Kapitel weiter hinten, »Die schönste Nebensache der Welt« beschreibe ich sie ausführlich. Hier in aller Kürze:

- ›frisch verliebt zu sein‹ mit seinem rast- und zeitlosen Schwebezustand
- ›Konsumverzicht‹ aus gesellschaftspolitischer Protesthaltung
- ›Reisen‹, Trampen, unterwegs zu sein
- ›Arbeit‹, wie Ferienfreizeit im Zeltlager, oder Abendarbeitszeit im Jugendzentrum
- ›selber Musik machen‹, und das am einzigen freien Abend der Woche als JZ-Leiter
- ›Liebeskummer‹ und die damit verbundenen emotionalen Turbulenzen

Hagen, im Sommer 2019
Manfred Schloßer
alias Danny Kowalski

I. Schwärmling und Ball-Lehrling

Kohle, Kumpel und Kicker

Während 1954 in der Schweiz die fünfte Fußball-Weltmeisterschaft lief, war Danny ein kleiner Dotz, noch nicht mal drei Jahre alt, und hatte von gar nix ne Ahnung: weder von Abseits, noch vom Fußball, noch vom Leben …

Aber er lebte schon, immerhin – in Datteln, Zechensiedlung, Meistersiedlung, Meisterweg, unterhalb von Schacht I/II der Zeche Emscher-Lippe.

Die B 235, die Castroper Straße, hatte damals noch das übliche Kopfsteinpflaster aus Blaubasalt, was heutzutage höchstens noch die Radrennfans kennen, weil es in der so genannten ›Hölle des Nordens‹ beim Rad-Klassiker ›Paris – Roubaix‹ in Nordfrankreich noch einige Straßen mit Kopfsteinpflaster gibt.

Zudem zockelte die Straßenbahn auf der Bundesstraße Richtung Neumarkt zur Dattelner City. Die wichtigste Nord-Süd-Verbindung der Stadt war damals eine breite von Kastanienbäumen gesäumte Allee. Datteln war vom östlichen Ruhrgebiet aus gesehen das ›Tor zum Münsterland‹, mit vielen Bauerschaften und landwirtschaftlichen Betrieben.

Außerdem war und ist Datteln der größte Kanalknotenpunkt Europas, da sich fünf Kanäle dort treffen. In Meckinghoven im Dattelner Süden am Schiffshebewerk Henrichenburg trifft der Rhein-Herne-Kanal auf den Dortmund-Ems-Kanal, von dem einige Kilometer nördlich nach Osten der Datteln-Hamm-Kanal abzweigt, und sich schließlich im Dattelner Norden zum sogenannten ›Dattelner Meer‹ vergrößert. Dort befindet sich auch der Hafen, von dem der Datteln-Wesel-Kanal nach Westen geht. Die alte 1926 erbaute Schleuse Datteln am ›Dattelner Meer‹ ist 225 Meter lang und 12 Meter breit. Damals gabelte sich der Dortmund-Ems-Kanal nach Norden noch in Alte und Neue Fahrt, die sich kurz hinter Olfen wieder vereinten. Heutzutage ist allerdings die Alte Fahrt stillgelegt und beherbergt stattdessen in einigen abgeteilten Abschnitten beschauliche Wasserbiotope und Anglerparadiese.

Während Anfang Juli 1954 in der Schweiz ›das Wunder von Bern‹ geschah, als Deutschland völlig überraschend durch das 3:2 gegen die für unschlagbar gehaltenen Ungarn im Endspiel der Fußball-Weltmeisterschaft gewann, hatte Dannys Vater Götz schon ein erstes Fernsehgerät angeschafft. Eigentlich hätte Danny also das ›Wunder von Bern‹ im TV mitbekommen können, aber er war zu klein, um überhaupt so was begreifen zu können.

Nachbarn und Püttkollegen jedoch drängelten sich in ihrem Wohnzimmer und erlebten am 4. Juli 1954 vor dem flimmernden TV-Gerät seines Vadders ›Das Wunder von der Meistersiedlung‹. Dannys Schwester Bär-Bel beschrieb diese Anekdote vom ›Wunder von Bern‹ Jahrzehnte später als amüsante Familiengeschichte aus der Sicht ihrer inzwischen verstorbenen Mutter:

»In den 50er Jahren war es nicht selbstverständlich, einen Fernseher zu besitzen. Allerdings gab es weniger Streit ums Programm als heute, da man sowieso nur eines empfangen konnte. Unsere Mutter und ihre junge Familie gehörten schon 1954 zu den stolzen Besitzern eines Fernsehgerätes – und mussten bald feststellen, dass Streit darum trotzdem nicht ausgeschlossen war.

Die Nachbarschaft am Meisterweg scharte sich gerne mal gelegentlich zu Sendungen um den Fernseher ihrer jungen Familie, die man Jahre später als ›Straßenfeger‹ bezeichnen sollte: Taschentuchfilme á la Sissy, Krimis und wichtige Fußballspiele. So besonders auch im Jahre 1954, als – wir ahnen es bereits – die später als ›Helden von Bern‹ bekannt gewordene deutsche Elf sich anschickte, dem gebeutelten Nachkriegsdeutschland psychologisch wieder auf die Beine zu helfen.

Mit täglich wachsender Spannung also versammelte sich die Nachbarschaft in der Wohnküche am Meisterweg, wo Mutti es liebte, die ihr eigene Gastfreundschaft auf das Großzügigste all jenen angedeihen zu lassen, die mit Begeisterung verfolgten, wie sich die deutsche Mannschaft in der Schweiz von Runde zu Runde weiterkämpfte.

Nicht, dass sich irgendjemand durch geschnorrt hätte. Im Gegenteil, jeder brachte irgendetwas mit: ein paar Flaschen Bier (die mit dem Bügelverschluss) der eine, eine Flasche Eierlikör für die Damenwelt der andere, und noch einer würde an Salzstangen gedacht haben. So weit, so schön.

Ihr Mann, also unser Vadder, machte sich allerdings so gar nichts aus Fußball. Und er schätzte es auch nicht sonderlich, nach der Arbeit – als junger Steiger auf Zeche Emscher-Lippe waren für ihn Spätschichten durchaus noch an der

Tagesordnung – ein aufgekratztes, siegestrunkenes Grüppchen Arbeitskollegen in der heimischen Wohnküche anzutreffen. Denn alle aus der Nachbarschaft waren ja auf demselben Pütt. Er beobachtete die täglich wachsende Schar der Besucher vor dem heimischen Fernseher zwar mit einigem Missfallen, ließ Mutti aber gewähren, von der er ja wusste, wie sehr sie Geselligkeit und die Pflege einer guten Nachbarschaft schätzte. ›Und irgendwann würden die deutschen Kicker mal aus der Meisterschaft herausfliegen …,‹ dachte er.

Taten sie aber nicht! Im Gegenteil, es kam das entscheidende Finalspiel mit dem sattsam bekannten Ende. Die Begeisterung der Gäste vorm Fernseher in der Wohnküche am Meisterweg brach sich Bahn, indem alle spontan die deutsche Nationalhymne anstimmten. Weil die Nazi-Zeit noch nicht lange vorbei war und kaum einer die dritte Strophe beherrschte, sang man in bierseliger Weltmeisterlaune ganz unschuldig ›von der Maas bis an die Memel, von der Etsch bis an den Belt‹.

Das aber brachte unsern Vadder endgültig zum Platzen, für ihn als alten Roten war das Fass jetzt übergelaufen. Er zog den Stecker, schmiss die ganze Bagage raus und ließ sich mit Mutti auf den ersten richtigen Streit in ihrer Ehe ein. Sie strafte ihn tagelang mit eisigem Schweigen. Bis zur nächsten Meisterschaft war aber der Zorn wieder verraucht.« [*]

Danny selber wusste nix von den drängelnden Männern in der Wohnstube. Das einzige, was er wusste, war, wie lecker ein gutes sauberes Stück Steinkohle schmeckte, das er krabbelnder Weise in der Wohnküche aus dem Kohlenkasten erhaschte. Die Wohnküche war ja in den 1950er Jahren das Zentrum jeder Wohnung, da dort der kohlebetriebene Herd stand: Heizung und Kochstelle in einem.

Jedenfalls so‹n Stück Kohle: »Lecker, wa?!« Geschadet hat es Danny wohl nicht, denn ›Dreck soll ja angeblich den Magen reinigen.‹

Aber im Ruhrgebiet lief es fortan prächtig mit der Allianz von Kohle, Kumpel und Kickern. Erst wurde einer von den unsrigen, der ›Boss‹ Helmut Rahn 1954 Weltmeister, dann holte er mit Rot-Weiß Essen auch flugs 1955 die Deutsche Fußball-Meisterschaft an die Ruhr, als man den 1.FC Kaiserslautern mit

---

[*] *Rosemarie Schloßer erzählt diese 1954er Geschichte, die ihr vermittels ›Oral History› vom Original-Zeitzeugen Theo Schloßer berichtet wurde*

seinen fünf Weltmeistern im Endspiel mit 4:3 schlug. Die Oberliga West, einer der Vorläufer der Bundesliga, lief damals zu Höchsttouren auf, als sie in der Dekade von 1955 bis 1964 sage und schreibe sieben von zehn Deutschen Fußball-Meistern stellten. Man hätte sie auch ›Oberliga Ruhrgebiet‹ nennen können. Denn in dieser Spielklasse dominierten Mannschaften aus dem ›Revier‹ und somit in dieser Zeit auch ganz Fußball-Deutschland. 1956 und 1957 gewann Borussia Dortmund, 1958 der FC Schalke 04, 1962 der 1.FC Köln, und 1963 mit Borussia Dortmund nochmals und zum letzten Mal vor Einführung der Bundesliga ein Verein aus der Oberliga West. Gleich nach der Bundesliga-Gründung dominierte der 1.FC Köln 1963 mit einem Durchmarsch die BULI und wurde 1964 erster BULI-Meister, wobei drei West-Clubs auf den ersten vier Plätzen der Abschluss-Tabelle landeten. Der Meidericher SV wurde erster Vizemeister und Borussia Dortmund wurde Vierter.

Die Oberliga West hatte für viele Fans den Vorteil, dass die Steinkohlen-Kumpels im Ruhrgebiet die Spieler aus ihren Lieblings-Vereinen persönlich kannten. Selbst spätere BULI-›Stars‹ wie Horst Szymaniak von der Spielvereinigung Erkenschwick oder Klaus ›Tanne‹ Fichtel von Arminia Ickern in Castrop-Rauxel waren anfangs Bergleute, die unter Tage malochten. Die Fans konnten zu Fuß, mit dem Fahrrad oder mit der Straßenbahn zu den nahe gelegenen Spielen ihrer Clubs kommen, sei es in der Glückauf-Kampfbahn bei den Schalker ›Knappen‹, ins Stadion ›Rote Erde‹ der Dortmunder Borussen, ins Wedau-Stadion des Meidericher SV (später MSV Duisburg), ins Stadion an der Hafenstraße von Rot-Weiß Essen, ins Stadion am Schloss Strünkede von Westfalia Herne mit Otto Luttrop, Helmut Benthaus und Hans Tilkowski, ins Stimberg-Stadion der Spvgg. Erkenschwick oder in das Ostring-Stadion von Germania Datteln.

Der ›Kumpel‹ war nah dran an seinen Fußballern. Er liebte sie, denn sie waren wie er, besonders wenn sie auf dem Platz kämpften und ackerten. Wenn sie ›Gras fraßen‹, falls sie denn schon auf Rasen spielten. Und nicht – wie meistens – auf den schwarzen Aschenplätzen des Kohle-Reviers, die auch Dannys fußballerische Heimat waren. Danny war sicherlich nicht der einzige aus seiner Generation, der da ein paar für immer in die Haut eingefräste schwarze Striemen an Oberschenkeln und Knien hat. Sie zeugen noch heute von seinen Kinder-Aktivitäten mit dem runden Leder auf schwarzer Asche …

Überall im Ruhrgebiet gab es eine große Solidarität, wie es normal war für die hart malochenden Ruhrkohlen-Kumpels. Somit hatte man eine große Unterstützung für seine heimischen Kicker. Gerade auch bei den nicht so bekannten Vereinen wie beim SV Sodingen mit den Nationalspielern Hans Cieslarczyk und Günter Sawitzki in Herne, den Sportfreunden Katernberg mit den Weltmeistern Helmut Rahn und Heinz Kubsch in Essen, beim VfB Bottrop mit Werner Biskup, der Spvgg. Herten mit Rudi Assauer, dem TSV Marl-Hüls mit Heinz van Haaren, in Gelsenkirchen Hansa Scholven und Erle SV 08 mit Rüdiger Abramczik, VfL Witten, BV Selm oder bei Preußen Hochlarmark im Recklinghäuser Süden.

Aber die Zeiten änderten sich gewaltig. Im Ruhrgebiet gibt es heute keine einzige Steinkohle-Zeche mehr, und die meisten Stahlwerke sind längst geschlossen. Die Luft ist sauber, die Ruhr dient als Trinkwasser-Quelle, und überall gibt es grüne Oasen. Außer den großen Mannschaften wie Schalke und Dortmund sind viele der damaligen Mannschaften aus der Oberliga West in Vergessenheit geraten oder spielen in der Anonymität der Amateurligen. Westfalia Herne und Spvgg. Erkenschwick spielen z. B. nun in der fünftklassigen Oberliga Westfalen, Schwarz-Weiß Essen in der fünftklassigen Oberliga Niederrhein, oder gar die Sportfreunde Katernberg in der Kreisliga A Essen Nord-West …

Spiele in den 50er Jahren

In den 50er Jahren hatten Danny und seine Geschwister und Freunde noch nicht so viel Spielzeug wie die Kinder heutzutage. Sie begnügten sich mit weniger, denn auch weniger konnte mehr sein. Dafür hielten sie sich auch häufiger im Freien auf, spielten draußen. Sie stromerten auf dem Stoppelfeld der abgeernteten Getreidefelder mit ihren Kornähren herum, die direkt hinter ihrem Haus im Schürenheck anfingen: Kornähren im Schatten der Zechentürme.

Die aufgebauten pyramidenförmigen Kornähren eigneten sich besonders gut zum Höhlenbau und zum Verstecken. Und dazu kam im Herbst das beliebte Kartoffelfeuer, also rohe Kartoffeln mit Schalen in die Glut werfen, bis sie gar waren. Die wurden dann so gegessen: noch warm, aber auch mit verkohlter Schale dran. Geschadet hatte es anscheinend nicht …?!

Die dortige Bauernschaft in Sichtweite der Zeche Emscher-Lippe, Schacht

I/II, hieß Datteln-Hagem. Durch die weitere Besiedlung des Hagemer Feldes schossen in der Nachbarschaft immer mehr Neubauten wie Pilze aus der Erde. Diese Technik faszinierte besonders die Jungens sehr. Dabei hatte es Danny am meisten angetan, auf den rostigen Stahlmatten für die Monierung der Neubauten wie auf einem Trampolin herumzuhüpfen. Diese Haufen mit Moniereisen-Matten lagen damals überall so herum.

Wenn sie Langeweile hatten, dann gingen sie zur Castroper Straße, damals wie heute die B 235, um ›Autos raten‹ zu spielen. Das ging so: Danny und sein Freund Pitter setzten sich an den Straßenrand und warteten auf ein Auto. Wirklich! Es gab damals so wenig Autos, dass man da richtig drauf warten musste. Wahrscheinlich kam die Straßenbahn häufiger daher gebimmelt …!?

Auf jeden Fall konnte man über die kopfstein-gepflasterte Bundesstraße der 1950er Jahre noch locker zu Fuß gehen. Ganz im Gegensatz dazu das Datteln der heutigen Tage: Fahrzeug an Fahrzeug folgt auf der B 235 von der Autobahnabfahrt Henrichenburg bis in die Dattelner Innenstadt in beide Richtungen, so dass man zu Stoßzeiten die Straße nur noch an Ampeln zu überqueren wagt.

Sie jedoch in den 1950er Jahren spielten ›Autos an ihren Motorgeräuschen erkennen‹. Meist hörten sie die Autos mit ihren röhrenden, sirrenden oder klingelnden Geräuschen schon, bevor sie sie sahen. Rein optisch waren sie fast allesamt Unikate, vor allem, wenn man sie mit dem Einheitslook der heutigen Auto-Industrie vergleicht. Da gab es den ›Käfer‹ von VW, die ›Ente‹ von Citroen, das lustige Goggomobil oder gar die Isetta, auch ›Knutschkugel‹ genannt, die hatte ihre Tür samt Lenkrad nach vorne zu öffnen. Im ›Kabinenroller‹ von Messerschmidt dagegen saßen die beiden Fahrgäste hintereinander wie in einer Pilotenkanzel. Dann gab es noch den erhabenen Opel Kapitän mit ausladenden Heckflossen. Von Ford den ›Buckeltaunus‹ und den P 4, auch ›Wanne‹ genannt, oder von DKW den 3/6. Im Saarland wurde der Renault-Dauphine liebevoll ›Cremeschnittcher‹ genannt. Und schließlich für den erlesenen Geschmack die Borgward Isabella. Zwar wussten sie vom Auto-Quartett, einem beliebten Kartenspiel für Jungens, dass es auch Autos von Mercedes oder gar Maserati gab, aber die kamen in Datteln nicht vor.

Dafür kamen jede Menge Lieferwagen in ihre Siedlung im Schürenheck.

Täglich der Milchwagen, nachdem das treue Pferd Lotte vom Milchbauern Haufe gestorben war, die davor noch den Milchwagen durch ihre Siedlung gezogen hatte. Auch zwei Bäcker wetteiferten bei ihrer täglichen Runde mit Brot und frischem Kuchen um die Kunden, wobei der eine sogar die Tochter von Dannys Nachbarn heiratete. Zweimal pro Woche kam der Fischwagen. Der Eiermann aus Lüdinghausen kam nur einmal pro Woche, brachte dafür aber einmal zur Herbstsaison auf Bestellung ne Fuhre Kartoffeln. Sodann gab es noch den Gemüsewagen. Einmal pro Woche kam sogar ein Bücherwagen, wo Kinder wie Erwachsene gelesene Bücher gegen eine geringe Gebühr umtauschen konnten. Im Sommer freuten die Kinder sich auf das verführerische Klingeln des Eiswagens, der Eis zu Zehn, zu Zwanzig oder zu Dreißig anbot, jeweils 10 Pf. eine Kugel, wobei das Hörnchen um das Eis zu Dreißig das absolut leckerste war. Schließlich ertönte unregelmäßig, aber durchdringend das zeitlose Jammern einer rostigen Flöte in der Siedlung. Der Klüngelkerl war da, der den Kindern auch schon mal 5 Pf. für ne alte Milchbüchse aus Blech gab. Das war ja ein reges Treiben des mobilen Handels damals, wogegen heutzutage höchstens der ›Eismann‹ mit Tiefgefrorenem oder auf Bestellung der Winzer mit Weinkisten kommt. Dabei gab es doch damals sogar noch die beliebten ›Tante Emma‹-Läden, wie Eickhoff an der Castroper Straße oder die Gebrüder Pohl am Schürenheck, die dadurch für Furore sorgten, dass sie auf einmal Selbstbedienung einführten, eine Revolution im Lebensmittelverkauf. Dazu gab es ja noch die Buden wie die von Stiepeldey im Kehrwinkel, eine Art umgebautes Wohnzimmer, oder die zahlreichen Flaschen-Hausverkäufe, wo es in fast jeder Straße eine Familie gab, bei der man zu jeder Zeit klingeln konnte, um dort ne Flasche Sprudel oder Bier zu erwerben: praktisch, wa eh!?!

Aber sonst war ihre Straße noch für die Kinder zum Spielen, da so gut wir nie Autos durchfuhren. Im Sommer spielten sie dort bis zur Dämmerung Fußball und im Winter Eishockey. Datt war noch lange, bevor die erste Buslinie durche Siedlung am fahren war …

Schwärmling und Ball-Lehrling

Jeder, der Fußball-Fan geworden ist, muss irgendwann dafür mal »angefixt« worden sein. Es muss ein Schlüssel-Erlebnis gegeben haben. Niemand wird als Fußball-Fan geboren. Bei Danny war das ganz drastisch zu sehen. Sein Vater Götz interessierte sich nicht für Fußball, seine Mutter Marie sowieso nicht. In den 1950er Jahren als Kind aufzuwachsen, bedeutete ganz anders als heutzutage, keine Medien zu kennen: kein Fernsehen, kaum Radio, Internet gab«s dammals sowieso nicht. Das Spielen fand auf der Straße statt, im Hof oder – falls vorhanden – im Garten, auf der Wiese, mit den Nachbarskindern, mit dem Bruder.

Danny erinnerte sich an seine erste Fußball-Szene. Es gab einen Ball: bestimmt nicht aus Leder, wahrscheinlich ne Plastik-Pille. Es gab Gerry, den drei Jahre älteren Bruder, und ein kleines Stück Wiese im Garten. Da wurde gepöhlt. Danny war klein und wendig. Er umtrickste seinen älteren Bruder mit dem Ball am Fuß, dass es ihn nachhaltig beeinflusste. Er war auf einmal ein Fußball-Fan geworden.

Das hieße, es muss ihn schon jemand für Fußball angewärmt haben …!? Wer war das wohl gewesen? Vielleicht sogar sein Bruder Gerry selber? Der dann wiederum die Lust daran verlor, weil er immer von seinem »Mini« umdribbelt wurde. Etwa genauso wie mit dem Schachspielen: das lernte Danny von seinem Dad. Der lehrte ihn die Figuren, die Züge. Erst machte er es ihm einfach, indem er ohne Dame und Türme spielte, bis Danny erstmalig gewann. Dann spielte Götz ohne Dame gegen Danny, bis dieser gewann. Dann spielten sie beide mit allen Figuren, bis Danny zum ersten Mal gewann. Dann gewann er bald immer. Bis dann sein Vater die Lust verlor, mit seinem Sohn Schach zu spielen.

Jedenfalls diese erste Szene: die Erinnerung war in tiefem Grau versunken, alles Schwarz-Weiß, selbst die Wiese. Es geschah in Datteln am Schürenheck, wo die Familie Kowalski 1956 eingezogen war. Danny fühlte sich beim Umdribbeln seines älteren Bruders wie Bernie Klodt, dem Rechtsaußen von Schalke 04 und teilweise auch der deutschen Nationalmannschaft. Also kann es 1958 gewesen sein, als Schalke die letzte ihrer sieben deutschen Fußballmeisterschaften gewann.

Als Danny 60 Jahre später seinen Vadder Götz, der inzwischen in einem Pflegeheim lebte, aber noch gut im Kopf beieinander war, danach fragte: »Sach ma, weißt du eigentlich, wie das kam, dass ich Ende der 50er/Anfang der 60er Jahre Fußball-Fan geworden bin?« Seine einzige, kurze und lakonische Antwort dazu hieß: »Ah ja, der 1.FC Köln …«

Das stimmte ja irgendwie, wenn auch um fünf Jahre danebengetippt, denn Danny wurde ja erst 1964 Köln-Fan. Aber bei solch einem langen 92-jährigen Leben wie von seinem Vadder Götz, da machten die fünf Jahre auch »keinen Braten mehr fett« …

Bei Danny war das jedenfalls so in den 60er Jahren …, und auch später, dass er immer »Kicken« übte, am Strand, auf ner Wiese, auf der Straße, im Garten oder auf dem Hof …, immer Kicken. Das hieß, mit dem Ball, mit der Plastik-Pille, oder was immer gerade da war, Technik zu üben, den Ball mit dem Fuß hoch ticken zu lassen, so oft wie möglich, ohne dass der Ball runter auf die Erde fiel. Da durften auch das Knie, der Kopf oder die Brust zur Hilfe genommen werden, bloß nicht die Arme oder Hände ... Das war ein ehrgeiziges Unternehmen, aber es machte auch Mörder-Spaß. Er machte es alleine, oder mit Freund Harry, oder auch mit mehreren ...

... einmal machte er es auch am Strand: diese Geschichte ereignete sich Ende der 1960er Jahre, genau genommen im Spätsommer 1968, in Westende, an der belgischen Nordseeküste, nicht weit vom bekannten Seebad Ostende, als Danny zum letzten Mal in den Sommerferien mit seinen Eltern in den Urlaub gefahren war. Er war damals ein spirriger 16-jähriger Jugendlicher. Auf dem Weg runter zum Strand von Westende begegnete dem jungen Danny Kowalski ein anderer junger Mann. Der hatte sein blondes Kraushaar wie einen Afrolook frisiert, der spraddelig nach oben stand. Es war ja die Zeit der politischen und der Mode-Ikonen: das Musical ›Hair‹ und die schwarze Aktivistin Angela Davis hatten den jungen Menschen in Westeuropa den Aufbruch in neue Frisurenwelten gebracht. Danny kannte zwar lange Haare und Bärte von den Platten-Covern der Beatles oder Rolling Stones, und er ließ sich auch die Haare etwas wachsen, aber solch einen Menschen wie diesen jungen Mann hatte er noch nie vom Nahen gesehen. Der fragte ihn dann auch gleich ziemlich direkt in deutsch, da er wie die meisten Holländer deutsch sprechen konnte: »Hey Mann. Ich bin Hank. Und wie heißt du?«

»Mein Name ist Danny.«

»Aha, und mit wem machste hier Urlaub? Oder biste alleine hier?« fragte ihn Hank ganz unverblümt.

»Ich bin auf dem Camping-Platz. Mache da mit meinen Eltern und meiner kleinen Schwester zusammen Urlaub.«

»Danny, sach ma, wie ist das denn eigentlich, mit den Eltern zu verreisen?«

Ehrlich gesagt hatte Danny sich darüber noch nie den Kopf zerbrochen und dachte sich: »Ja, was habe ich denn eigentlich für Gefühle, mit meinen Eltern zu verreisen? Ob das bei anderen Jugendlichen wohl anders war?«

Er war es einfach nicht anders gewohnt: sie machten schon immer Camping-Urlaube. Das war die Philosophie seiner Eltern: Freiheit und Ungebundenheit beim Verreisen mit einem Zelt. Klar kostete das auch Geld, aber bei Camping-Urlauben wohl nicht so ungeheuer viel. Dafür hatte man auf den

Zeltplätzen das besondere Flair von Naturverbundenheit, Abenteuer und Gemeinschaft. In den letzten zehn Jahren war er mit den Eltern und Geschwistern jeden Sommer irgendwohin ins Ausland in den Urlaub gereist, früher relativ primitiv, alle zusammen nur in einem Hauszelt, später hatten die Eltern einen Wohnwagen. Da schlief das kleine Schwesterchen Bär-Bel auf so ner Querbank drinne. Nachdem dann der ältere Bruder Gerry eine Seemanns-Ausbildung gemacht und danach bei der christlichen Seefahrt auf allen Weltmeeren angeheuert hatte, kam der natürlich schon seit drei Jahren nicht mehr mit zu den gemeinsamen Familien-Urlauben. Deshalb konnte Danny alleine im Zelt schlafen und beschäftigte sich altersgemäß viel mit Selbstbefriedigung.

»Aber das sind ja alles Sachen, die kann ich dem doch nicht sagen«, dachte sich Danny. Stattdessen antwortete er: »Ja, das ist schon in Ordnung so. Und du? Machst du alleine Urlaub? Und wo bist du denn eigentlich her?«

»Yeah, ich mach alleine Urlaub. Ich schlafe übrigens in so ner Holzhütte in der Nähe des Camping-Platzes. Und ich komme aus Holland, und zwar genau aus Haarlem. Und du, wo bist du weg«

»Ich bin aus der Bundesrepublik Deutschland, und zwar aus Datteln: das liegt in der Nähe von Dortmund im Ruhrgebiet.«

Jedenfalls freundeten sich die beiden jungen Männer an diesem Nachmittag etwas an. Denn es war ja Urlaubszeit, und es war Sommer in Belgien. Herrliches Sonnenwetter. Die beiden hatten Zeit und waren sehr entspannt. Sie schlenderten auf dem Weg durch die Dünen, Richtung Strand. Ein kühlendes Lüftchen wehte vom Meer her und strich durch die Halme des Strandhafers, die in der Nordseebrise wisperten. Die laue Abendluft umschmeichelte die Haut der beiden Jungen in angenehmster Weise. Danny hatte seinen Ball mitgebracht, weil er damit am Strand ein bisken rum toben wollte. Das fand Hank, der eher hippie-mäßig daher kam, ziemlich cool. Wie fast alle Holländer war er ein Fußball-Fan, geschmeidig und liebte ›foetball-direkt‹ die ›Schule‹ von Johann Cruyff.

»Gi›mer her die Pille!« war dann auch Hanks Schlachtruf.

Danny warf ihm den Ball zu, und Hank zauberte ein bisken damit rum. Dann passte er den Ball zurück zu Danny, und schnell entwickelte sich ein deutsch-holländisches Fußball-Märchen von seltener Harmonie und Eintracht. Erst kickten sie sich den ganzen breiten Strand immer wieder die Pille zu, dann näherten sie sich dem Wasser. Und dort in der Brandung führten sie das Spiel weiter fort. Kicken, hechten, fangen, zurück schießen oder werfen, kicken, Fallrückzieher im Wasser, hechten, halten ….: was für ein Wahnsinns-Spaß …!!! Darüber vergaßen die beiden Zeit und Raum. Irgendwann waren sie alle und ließen sich nebeneinander in den Sand des Strandes plumpsen.

»Das hat mir sehr gefallen,« meinte Danny.

Und Hank antwortete holländisch: »Ein lekker Spielken am Nachmittag. Datt machen wa noch ma, wa …, Jong …!?«

»Joh, Hank, bis die Tage,« grinste Danny in die untergehende Sonne.

Als er am Camping-Platz angekommen war, merkte zuerst seine Mutter Marie: »Junge, watt biste rot, haste dich gar nich eingerieben …!?«

»Nee, hab ich nich, aber ich war ja auch fast die ganze Zeit im Wasser.«

Klar, er war im Wasser, aber auch nur immer ein bisken, meistens guckte der Körper raus. Da hatte es die Sonne einfach. Danny hatte tatsächlich nicht an Sonnenschutz in Form von Sonnenmilch gedacht. Das Ergebnis war ein Sonnenbrand par excellence: von oben bis unten war er verbrannt. Und im Laufe des Urlaubs am Meer löste sich seine verbrannte Haut in riesigen Fetzen und Fladen von seinem Körper. Und das schmerzte wie Hölle. Besonders nachts wusste er kaum noch, wie er sich legen sollte, weil alles brannte und weh tat. Nun ja, das war eine Erfahrung fürs Leben. Und wie das immer so ist: »Man muss Schmerz spüren, am Leib oder an der Seele, nur dann lernst du fürs Leben …« Und Danny hatte gelernt: sich nicht mehr ungeschützt in der Sonne aufhalten. Aber das Kicken, das hatte er beibehalten. Denn das machte Spaß. Das Kicken hatte ihm ja auch nicht den Sonnenbrand besorgt, nee, das war seine eigene Unvorsichtigkeit.

Inzwischen, Ende des Jahres 2018, waren sein Vadder Götz mit 92 Jahren und sein Bruder Gerry mit leider nur 70 Jahren schon gestorben. Da hieße es für Danny, auch mit dem restlichen Leben ein wenig vorsichtiger umzugehen. Fußball-Spielen und Ball-Kicken konnte er mit seinen maladen Knien schon einige Jahre nicht mehr. Dafür übte er sich im regelmäßigen Jonglieren, mit drei und vier Bällen. Nun ja, Bälle hochhalten, das tat er schon immer gerne …

II. Spieler und Torhüter

Fußballspieler und Torwart

Die Situation war die folgende, Klassenspiele in der St. Josefs-Volksschule Datteln-Hagem, es war ungefähr 1963, kurz vor Einführung der Bundesliga. Ihr Klassenlehrer Lasker, auch für Sport zuständig, malte eine Mannschaft auf die Tafel: »Kowalski, Rechtsfuß, du kannst gut rennen, also rechter Läufer.«

Dazu sei gesagt, damals war in Deutschland das vorherrschende Spiel-System das sogenannte »WM-System«, das deshalb so genannt wurde, weil die Positionen der Spieler auf dem Spielfeld wie ein »W« über einem »M« aussahen, also etwa so für das »W«:

Linksaußen – Mittelstürmer – Rechtsaußen

linker Halbstürmer – rechter Halbstürmer

… und so für das »M«:

linker Läufer – rechter Läufer

Linksverteidiger – Mittelläufer – Rechtsverteidiger,

dahinter sowieso und wie in jedem System der Torwart.

So wurde Danny also in Laskers Klassenelf zum Läufer, später auch mal Mittelläufer, oder auch Rechtsverteidiger in der Klassenmannschaft. Nicht sehr talentiert, aber ehrgeizig.

Das brachte ihn auch mal zum Vorspielen bei Germania Datteln, dem bekanntesten Verein von Datteln, am Ostringstadion beheimatet, die Mannen in Grün-Weiß. Größter Erfolg war deren Westfalenmeisterschaft 1961 bei den Fußball-Amateuren. Mit 11 Jahren hätte Danny der D-Jugend zugeordnet werden sollen, wogegen seine etwas jüngeren Freunde, mit denen er zusammen kickte, in die E-Jugend sollten. Da wollten sie sich nicht trennen. Und nach der ersten Trainingseinheit blieb Danny von Germania weg: vielleicht war er denen ja auch zu untalentiert, und sie wollten ihn gar nicht …? Es passte jedenfalls nicht. Der Vereinsfußball musste ohne Danny weiter leben.

1966 gab es das legendäre ›Wembley-Tor‹, durch das England im Finale gegen Deutschland Fußball-Weltmeister wurde.

Während in England die Beatles und Rolling Stones musikalisch für Furore sorgten, hatten die Jungens um Danny damals nur Fußball im Kopf. Sie spielten auf dem Aschenplatz von Eintracht Datteln jeden Tag, bis der liebe Gott abends das Tageslicht ausknipste. Danny spielte damals am liebsten Torwart und sein Idol hieß Milutin Soskic, der Torhüter des 1.FC Köln und mit Jugoslawien Fußball-Olympiasieger von 1960.

Vielleicht hatte ja seine damalige Lieblingssängerin Wencke Myhre ihren Einfluss dabei, als sie sang: »Er steht im Tor, im Tor, im Tor, und ich dahinter …«

Erst mit den Jungens Fußballspielen. Dann der Schwimmverein: mit Jungens und Mädeln gemeinsam trainieren. Aber so richtig hatte ihn erst die Tanzschule auf Musik und Mädchen angesetzt …, das war das Eine, der Lauf der Dinge, Jungens – Mädels – sich verlieben – Sex haben – Kinder kriegen – Familie gründen …: »boah, watt für eine Karriere …!?« dachte sich dammals nicht nur Danny Kowalski. Und dann kam ihnen der Film ›Easy Rider‹ von und mit Peter Fonda und Dennis Hopper gerade recht, drückte er doch 1969 das rebellische Lebensgefühl einer ganzen Generation überdeutlich aus.

»Genau,« fasste sich Danny ein Herz, »nee-nee, Heiraten, Kinder kriegen, Familie gründen, mit mir nicht …!« Er hatte gut sprechen, denn für diese ganzen elementaren Dinge, da brauchte es doch eh erst mal Sex …!!! Und den hatte er noch lange nicht.

Yeah, dann also nach einem Tag auf dem schwarzen Aschenfußballplatz des DJK Eintracht Datteln am Südring, da traf sich abends Dannys Clique, oder englisch: peer-group, aber das verstand damals noch niemand. Die Schulfreunde trafen sich in diversen Dattelner Kneipen, um weiter Sport zu ›treiben‹, zum Beispiel Kickern, also Tischfußball, bis die Handgelenke krachten. Oder Skatspielen, mit Bock- und Ramsch-Runden mit den Realschul-Klassenkameraden Florian, Frankie und Katsche, der bekannt war für seine lautlose Lache, wobei er aber trotzdem immer ellenweit das Maul für aufriss. Katsche wurde häufig auch mit seinem Spitznamen ›Frau Katschinski‹ gehänselt, wie ihr Klassenkamerad irrtümlicherweise vom Klassenlehrer genannt wurde. Dieser Klassenlehrer, Herr Gambach, war eigentlich eine Seele von einem Menschen, aber auch Danny dichtete er mal aus Versehen den Namen ›Wolfgang Schodri‹ an, so dass ihn manche Kumpels von damals noch 55 Jahre später mit ›Schodri‹ anredeten.

Aber alle diese Aktivitäten fanden nur mit männlichen Kumpels statt. Frauen oder Mädchen waren nie dabei, kamen höchstens in Gesprächen oder privaten Träumen vor: »Sublimierung hoch drei,« nannte Danny das jetzt einfach mal, oder …!?

»Nee, nee, so war datt. Oder watt meint ihr dazu: war das als 14 – 16-jähriger etwa normal …!?! Oder eben eher, weil ich nen ›Spätzünder‹ war …?«

So war jedenfalls auch die Zimmerdekoration in Dannys Zimmer ein Spiegel seiner jeweiligen Interessen. Anfangs, also von 1960 – 1964, pflegte er mit seinem drei Jahre älteren Bruder Gerry, bis dieser ab 1964 als Seemann aus dem Haus ging, ein recht bizarres Hobby für Jungens in diesem Alter: ihre Bierdeckelsammlung. So entdeckte Schwager Bert Jahrzehnte später beim Renovieren dieses Jungen-Zimmers eine perfekt gleichmäßig perforierte Wand: alle 12 cm waagrecht, und alle 12 cm senkrecht ein perfektes Gitter von Löchlein der ehemaligen Nägelchen für die Anheftung der runden Bierfilze aus aller Herren Länder Brauereien, wovon es ja damals alleine in Dortmund sieben hatte.

In jener Zeit legte Danny als echter Nachkomme des Urmenschen, dem Jäger und Sammler, eine enorme Sammelleidenschaft an den Tag. In den ersten drei Bundesliga-Saisons 1963/64, 1964/65 und 1965/66 sammelte er wie ein Teufel so lange die Bildchen aller Bundesligaspieler aus den Wundertüten der Ruhrgebiets-Kioske, bis er Saison für Saison die Sammelalben komplett hatte. So etwas in der Art gab es in heutigen Zeiten wohl wieder in Form von Pannini-Sammelbildern …!? Leider hatte er diese heutzutage wertvollen Zeitdokumente später in den Zeiten von Rebellion und Anti-Haltung der 1970er Jahre großzügig an seinen ehemaligen Sandkastenfreund und Nachbarsjungen Ronny verschenkt, mit dem er früher seine Leidenschaft für Schalke 04 teilte.

Als Danny Jahrzehnte später ein erneutes Interesse an diesen Sammelalben verspürte, wenigstens mal wieder reinzuschauen, und deshalb Ronnys Vater nach den Alben fragte, erfuhr er, dass diese erst auf den Dachboden geräumt wurden und dann später ins Nichts verschwanden: wie schade! So blieb ihm nur die Erinnerung an diese vielen interessanten Sammelbildchen.

Der Hund von Laskerville

Der selbe Klassenlehrer, nur drei Jahre später und andere Klasse. Beides mal der Lasker, erst Dannys, dann später Harrys Lehrer. Ja, das waren so die Unwägbarkeiten des Lebens, dass sich die beiden späteren Freunde fürs Leben, Danny und Harry, schon als Kinder in ihrer gemeinsamen Volksschule St. Josef in Datteln-Hagem hätten treffen können. Danny, der etwas ältere mit Geburtsjahrgang 1951, war zwei oder drei Klassen über Harry, der mit dem Jahrgang 1954. Jedoch beide hatten den Lasker als Klassenlehrer, die ambivalente Mischung aus Tarzan, Ivanhoe und US-Präsident Trump, der blonde ›Rächer der Enterbten‹, treu-gut zu seinen Followern, jedoch unerbittlich gegen jedes Ausscheren nach links oder rechts. Danny hatte das Glück, ihn nur ein Jahr als Klassenlehrer zu haben, bevor er nach der 5. Klasse zur Realschule wechselte. Harry hatte es nicht so gut getroffen. Ihn traf Lasker mit seinem vollem Programm als Klassenlehrer von der 5. bis zur letzten Volksschulklasse. Eine harte Stählung für den jungen Harry, für jeden aus seiner Klasse. Nur die besten waren ungebrochen durch das ›Stahlwerk Lasker‹ ausgespuckt worden, kamen zerschunden an Leib und Seele hervorgekrochen, hatten aber überlebt, und durften ins richtige Leben eintreten.

Harry: »*Von Fairness erzählte er uns auch. Immer und immer wieder. Er nahm uns mit in die Welt der Nibelungen, wo bekanntlich die selbige Treue ihren Ursprung hat, bei ihm lasen wir von den ›Elf Freunden‹ und glaubten ihm das auch. Die Medaille hat bekanntlich zwei Seiten, das ist mir heute klar. Aber wenn der Lasker ins Erzählen kam, war's um uns geschehen.*

Und als Allerletztes: ich gehörte zu den Vieren aus unserer Klasse, die ihn auch noch als Trainer der Schulmannschaft in voller Pracht erleben durften. Unglaublich, aber wahr: eines Freitags machten wir alle blau, gingen nicht zum Training und trafen uns im Freibad, weil es solch ein sonniger Tag war. Am Montag danach mussten wir antanzen. Dritte Stunde, ich hatte bei einem anderen Lehrer Physik und musste mich mit den anderen vor Laskers Unterrichtsraum aufstellen. Nach und nach holte sich jeder seine Packung bei ihm ab, und die Sechstklässler im Raum kamen aus dem Staunen nicht heraus. Stell dir vor: du sitzt als Schüler im Unterricht, dann geht die Tür auf, und der liebenswürdige Lehrer vorn mangelt Stück für Stück vierzehn eintretende höherklassige Schüler durch. Grotesk irgendwie, aber auch nachhaltig für die Beobachter.

Zu Lasker habe ich jedenfalls keine ambivalente Haltung. Meine Richtung ist klar.«

Danny: »Da habe ich ja richtig in ein Wespennest gestochen, als ich Lasker für den WM-Fair-Play-Pokal vorschlug. Dabei sollte das nur ironisch gemeint sein. Auf jeden Fall hast du dich ja echauffiert, als ginge es immer noch um deine Haut …!? Aber was du da alles über Lasker vom Leder gezogen hast, da kann ich dich gut verstehen. Ich habe da ja (er war auch ein Jahr mein Klassenlehrer) nur das Aufwärmprogramm mitbekommen für das, was du und deine Klassenkameraden später alles erdulden musstet. Aber einmal habe ich ihn auch mal positiv erlebt. Da holte er uns Jungens alle zusammen in den engen und intimen Erdkunde-Kartenraum und »klärte uns auf«, weil er auf dem Schulhof eine fiese Bemerkung mitbekommen hatte: »Du kommst aus dem Arsch …!« Und das hatte er dann gleich richtig gestellt. Für das Jahr 1962/63 eigentlich eine beachtliche Leistung, und dann auch noch als Mann, für uns dieses heikle Thema angeschnitten zu haben, das damals kein Lehrplan vorsah.«

Harry: »*Und Lasker war eine Drecksau, trotz Fairplay und so. Klasse, wie deine Aufklärungsnummer zu dem Lasker passt, den ich kennen gelernt habe. Manchmal war er Magier, ein anderes Mal ein von der Kette gelassener Pitbull. Damals habe ich gelernt, dass alles zwei Seiten hat oder zumindest haben kann. Dass man den Menschen erst nach längerem Zusehen trauen kann. Das hat mein Verhältnis zu ihnen geprägt, mir aber auch eine Handvoll wirklich guter Freunde eingebracht.*

Wozu du gehörst. Hätte ich die Welt damals mit Siebzehn nicht schon kritisch betrachtet, wäre ich auch niemals in die ›Kellerklause‹ gegangen, wo kritische Geister, wie ich es einer war, zuhause waren. Dass wir uns kennen lernten (in welcher Form das auch immer vor sich ging) hatte weniger damit zu tun, dass wir mal Josefschüler gewesen waren, als mit der Tatsache, durch schulische Erfahrungen ›etwas fürs Leben gelernt‹ zu haben. Der eine so, der andere so! Ich bin stolz darauf, trotz der (zweifelhaften) Lasker´schen Reformpädagogik später in der Lage gewesen zu sein, mich mit guten Freunden zusammentun zu können. Wenn man durch diese ›Schule‹ gegangen ist, gibt es nur kuschen oder den aufrechten Gang.

Wer Letzteres kann, der findet auch Freunde. So gute Freunde, dass man sein ganzes Leben mit ihnen zusammen bleiben kann. Das macht das Leben lebenswert.«

Danny: »Ja, lieber Harry, das kann ich bestätigen. Die ›Schule‹ der 60er Jahre mit und ohne Lasker hat uns erstarkt ins Leben entlassen. Nur so konnten wir werden, wie wir geworden sind. Nur so konnten wir uns begegnen, um Freunde fürs Leben geworden zu sein …!«

Der Handballtorwart im Fußballtor

– oder: Reaktion ist alles -

Danny Kowalski«s Torhüter-Karriere in Datteln und anderswo war genauso bunt wie sein restliches Leben. Obwohl, im heimischen Datteln war es anfangs noch eher schwarz-weiß, genauso sind auch die Erinnerungen … an lange Nachmittage auf dem schwarzen Aschenplatz von Eintracht Datteln, zusammen mit seinen Freunden Florian, Frankie, Bodo, Roger, Öczan, Mennie, Siggi, Wolle, Piet, und wie sie alle hießen. Sie machten am Schluss ihres Fußball-Treffens immer Elfmeterschießen. Das hieße: einer ging als Erster ins Tor und bekam dafür 11 Punkte, die anderen bekamen 10 Punkte. Für jedes rein bekommende Tor gab es einen Punkt abgezogen. Wer am Schluss die meisten Punkte hatte, war der Sieger. In dieser Disziplin war Danny gar nicht so schlecht. Denn er war ja eh immer gerne der Keeper, obwohl er der

Kleinste von allen war. Aber er hatte per se eine enorme Reaktionsschnelligkeit, war wendig und warf und sprang nach allen Bällen. Deshalb ging er auch immer gerne als Erster ins Tor. Wenn er dann einen gehalten hatte, kam der Schütze ins Tor, der eben nicht getroffen hatte. Und dann schossen sie reihum alle ihre Elfer. Auch Danny machte das ganz gut. Seine Frage beim Schuss vorher an sich selber lautete immer: »Soll ich ihn drücken oder ziehen …?« Mit »Drücken« war das Schießen mit dem Innenrist gemeint, damit konnte er genauer zielen, und zwar rechts in die Torecke, aber er hatte dabei nicht so die enorme Schusskraft. Mit Picke, also Schuhspitze, schoss er eh nie, das machten nur die Stümper, weil der Ball dabei unkontrolliert in der Gegend rum ballerte. Also blieb noch als Alternative das »Ziehen«, das war ein Schuss mit dem angeschrägten Spann in die linke Torecke, ein strammerer Schuss, aber nicht so zielgenau wie das »Drücken«. Aber im Gegensatz zu den meisten anderen – außer Florian und Öczan, die auch Torwart-Blut hatten – war es für Danny nicht so schlimm, wieder ins Tor zurückzugehen, denn er hielt ja gerne. Und im Gegensatz zum Krimi-Roman von Peter Handke aus dem Jahr 1970, »Die Angst des Tormanns vor dem Elfmeter«, sah die Wirklichkeit ganz anders aus, denn da hatte fast immer der Schütze »die Angst vor dem Elfmeter«. Der Tormann konnte nur gewinnen: war er drin, rechnete eh jeder damit. Hielt er ihn, war er der Held.

Danny erlebte in jener Zeit Historisches in schwarz-weiß Erinnerungen. Das Stimberg-Stadion in Oer-Erkenschwick hatte einen schönen Rasen. Aber für sie als Schüler: nur gucken, nicht anfassen. Deshalb gleicher Platz, Stimberg-Stadion, aber ein Aschenplatz vor dem eigentlichen Stadiongrün. Das war die Geschichte, wobei Danny als Torwart bei einem Klassenspiel ein sagenhaftes Tor verhinderte, dafür aber Sterne sah. Und das kam so: der gegnerische bullige Mittelstürmer lief allein mit dem Ball auf ihn zu. »Wo seid ihr gewesen, meine Abwehrspieler!?!« Danny lief ihm entgegen, um ihm den Winkel zu verkürzen. Da zog er ab: aus drei Metern Entfernung Vollspann. So schnell bekam Danny die Arme gar nicht mehr hoch, dafür aber die Lederpille mitten ins Gesicht. Er machte einen Salto rückwärts, lag mit dem Rücken auf der Asche und sah über sich Sterne im Ruhrpott-Himmel, obwohl es heller Nachmittag war, so brummte ihm der Schädel. Auch trug er für den Rest des Spiels einen Negativabdruck des Lederballs mit seinen eigentümlich zusammengenähten Lederteilen in seinem Gesicht. Aber gehalten …! Das waren die Momente, wo er sich wohl fühlte. Der kleine mutige »Kamikaze-Flieger« stürmte sich mit seinen ollen löchrigen Winterhandschuhen voll ins Getümmel. Er boxte auch schon mal bei einer Faustabwehr neben den Ball, dafür aber den Abwehrspieler und Freund K.o., der mit seinem Kopf statt des Balls dran glauben musste: »Sorry, my friend Harry.«

Das war es, was Danny als Torhüter ausmachte: er hatte keine Angst und warf sich oder sprang immer mutig voran ins Getümmel von Freund und Feind. Von Adrenalin wussten sie dammals noch nix, aber es ging ihm da ähnlich wie später Harald »Toni« Schumacher und Olli Kahn. Die beiden waren ja die bekanntesten der gnadenlosen Adrenalin-Bolzen unter den deutschen National-Keepern. Weil die beiden aber auch erst viel viel später auf Dannys

»Schirm« auftauchten, war sein Torwart-Idol der elegante Milutin Soskic, der jugoslawische National-Keeper und Torhüter des 1.FC Köln Ende der 1960er Jahre. Soskic kam von Partizan Belgrad, die es mit diesem begnadeten Keeper 1966 als erster Verein aus Südost- und Osteuropa ins Finale des Europapokals der Landesmeister schaffte. Dort verloren sie aber am 11. Mai 1966 im Heysel-Stadion von Brüssel vor gut 55.000 Zuschauern gegen Real Madrid mit 1:2.

Und Danny bekam schon mal die unmöglichsten Dinger ins Tor rein. Aber wegen seiner guten Reaktion hielt er auch manchmal die unmöglichsten Bälle. Die guten Reflexe hatte er noch von seiner Zeit als Handball-Torwart. Während seiner damaligen Torwart-Tätigkeit führte er eine wirklich paradoxe Zeit im Tor: beim Fußball machte er den reaktionsschnellen »Hampelmann«, den er vom Handball gewohnt war. Und beim Handball warf er sich nach den Bällen wie ein Fußballkeeper.

In einer E-Mail-Korrespondenz erinnerte sich Harry an das ›deutsche Wintermärchen‹ bei der Handball-WM 2007 in Deutschland.

Harry: »*Ist das nicht die wahre Herrlichkeit? Das Wintermärchen löst das des Sommers ab? Handball rund um die Uhr. Das berührt doch auch einen alten Handballer wie dich, da bin ich mir sicher. Du warst früher für mich der Henning Fritz im Fußballtor, mein Freund, und ich hoffe, ich habe dir das schon einmal gesagt. Irgendwann einmal, in der Zeit Mitte der 70er Jahre, als wir hinter der Realschule spielten und manchmal auch Matches gegen andere Underdogs wie die aus Cappenberg austrugen, ist es mir aufgegangen. Du warst besser im Tor als die Keeper es in meiner Horneburger Pflichtspielzeit gewesen waren. Deine Reflexe waren unglaublich, deinen Wagemut ›im Angesicht des Feindes‹ ahmte ich nach und stürzte mich auch in die Bälle. Und deine Ausflüge á la René Higuita machten uns wie auch die gegnerische Mannschaft malle. Weißt du: Die ungarische Nationalelf spielte 1954 den besten Fußball der Welt, aber sie sind nie berühmt geworden. Das nahmen ihnen die Helden von Bern weg. Wir sind auch in keiner ›Hall of Fame‹ für wer weiß was verewigt worden, mein Freund, aber wir haben eine Zeitlang hervorragenden Fußball gespielt. Und am Erfolg ist nicht zuletzt der Torwart beteiligt, siehe Henning Fritz. Vielen Dank mein Freund, dass ich mit dir unvergessliches Fußballerleben teilen konnte.*«

Danny: »Lieber Freund Horst, vielen Dank für deine E-Mail vom 02.02.2007 zum unglaublichen Wintermärchen. Nachdem die dicksten Brocken mit den Spaniern im Viertelfinale und den Franzosen im Halbfinale schon aus dem Weg geräumt sind, ja, da schaun mer mal, was sie uns heute Nachmittag im Endspiel in Köln so bringen …!? Die Polen sind gefährlich, aber machbar. Die Dänen wären mir als Endspielgegner lieber gewesen!«

Harry: »*Es gab für mich kaum Zeit, über die Brüstung der Köln-Arena zu schauen. Ein wenig habe ich aber schon mitbekommen. Jetzt kenne ich zum alten Glandorf noch Hens und Schwarzer, Bauer und Fritz. Fernsehen lässt die Menschen zusammen kommen, das ist doch schön. Und man konnte sich mit den Burschen gut anfreunden, selbst wenn man sie (wie ich) nur kurz kannte. Aber das war bei mir vor der Fußball-WM auch nicht anders. Neue Freunde braucht das Land und hat sie gerade bekommen. Für ein paar Tage konnte ich Tornado-Einsatz, Gesundheitsreform und den Effekt heischenden Abtritt F. Merz' überlesen und direkt den Sportteil ansteuern. Wie viele andere wahrscheinlich auch. Da war von Kampf, Mannschaft und vor allem von Sieg zu lesen: nicht von Geeiere.*«

Danny: »Zu unseren neuen Handballer-Sportfreunden. Als die Deutschen im Endspiel gegen die Polen mit 7 Toren Vorsprung führten, dachte ich: ›Jop, das haben sie jetzt im Sack.‹ Dann aber verletzte sich Henning Fritz, der überragende Keeper. Und die Polen holten Tor um Tor auf, selbst in Unterzahl, so dass der Vorsprung auf ein Tor schmolz. Da dachte ich ›Scheiße! Jetzt kriegen sie das große Nervenflattern …‹ Aber sie haben ja auch noch einen Bitter, der eine Superleistung als zweiter Keeper hinlegte. Und als dann der alte Kehrmann und die jungen Jansen und Michael Kraus wieder ein paar Tore vorlegten, da war endlich der Widerstand der Polen gebrochen. Denn unsere Autos können sie ruhig haben (meins haben sie ja schon), aber den Weltmeister-Titel, den kriegen sie nicht …!«

Nach dem Gewinn der Handball-WM, dann feierten sie, und feierten sie, und sangen sie. Auch die Sportfreunde Stiller wurden wieder zu einer WM bemüht: in Abwandlung ihres Fußball-WM-Hits ›54 – 74 – 90 – 2006‹ wurde für die Handballer umgedichtet:

»38 – 78 – 2007 …
Ja, so stimmen wir alle ein:
Mit dem Herzen in der Hand,
und mit dem Schnauzer von dem Brand,
werden wir Weltmeister sein …!«

Sex and Drugs and Rock›n Roll

»Wie jetzt: »Sex and Drugs and Rock«n Roll« beim Fußball …!? Datt geht doch gar nich …!« meinte der entrüstete Fachmann.

»Geht doch,« entgegnete Danny, »ich sach nur Cappenberg 1976.«

»Cappenberg, Cappenberg …?« grübelte der Fachmann, »war datt nich ein Krimi von Jürgen Kehrer, der mit dem Wilsberg tanzt …!?«

»Jau, mach sein,« freute sich Danny, »aber ich meine watt anderes.«

»Aha, aha, aha, dann lass mal hören …«

»Ja, wir waren da ja so ne Gruppe von Freizeit-Kickern in den 1970ern. Wir machten auch »internationale« Spiele, in Recklinghausen und Cappenberg, hihi. Deshalb nannten wir uns auch Cosmos Datteln. Ja, nun denn. Für einen Sonntag, die Sonne schien, hatten wir uns mit den Cappenbergern verabredet. Mit einigen Autos ging es von Datteln nach Osten. Bei mir im Käfer hatten sich noch ein paar aufgebrezelte »Käfer« mit einlogiert. Meine Tina wollte mal schauen, wie ich so im Tor stehe, und sie dahinter …«

Ja ja, früher, da wurde ja über Fußball sogar gesungen. Aber die Schlager-Versuche der 1960er Jahre, die waren ja eher rührend, als es mit Gerd Müller im Jahre 1969 ›Dann macht es bumm‹ bumste, oder Franz Beckenbauer 1966 mit seinem Rühr-Stück ›Gute Freunde kann niemand trennen‹. Da trieb es Danny die Tränen in die Augen, aber nicht vor Rührung. Allerdings gab es auch rühmliche Ausnahmen, aber die hatten alle was mit Torhütern zu tun: Petar Radenkovic ›Bin i Radi, bin i König‹ war ein Klassiker, genauso wie der Evergreen von Theo Lingen ›Der Theodor im Fußballtor‹, ja, der Theodor, der stand im Fußballtor, genauso wie Danny als Jugendlicher in Datteln als Torhüter. Und natürlich Wencke Myhre durfte mit ihrem ›Er steht im Tor‹ von 1969 nicht fehlen:

*›Er steht im Tor, im Tor, im Tor,
und ich dahinter.
Frühling, Sommer, Herbst und Winter,
bin ich nah bei meinem Schatz,
auf dem Fußballplatz‹.*

Das hörte dann Danny, als er im Tor stand und seine Freundin Tina dahinter. Und fröhlich – wie sie damals war – Wencke›s Schlager lauthals mit trällerte. Tina hatte sich für ihren Cappenberg-Trip Verstärkung mitgebracht: Fritzi und Yvonne schäkerten mit den Jungens um die Wette.

»Na, wenn wir nicht unser Spiel in der ›Bunten Liga Datteln-Hamm-Kanal‹ vor uns gehabt hätten, wer weiß, wozu uns die aufgeregten Mädels aus Datteln hochgeschaukelt hätten …!?«

Es ging jedenfalls hoch her. Weil noch auf die komplette Mannschaft der Cappenberger gewartet wurde, baute jemand aus Dannys Team erst mal zur Stimmungsaufheiterung einen Joint, so groß wie ein Ofenrohr. Der ging dann rum, von Hand zu Hand, von Mund zu Mund, von Mann zu Mann, und auch die Mädels wollten Spaß … Danny drehte seine Musik-Anlage im Auto bis zum Anschlag auf. Und die rockigen Klänge von Lynyrd Skynyrd, der angesagten Southern Rock-Band Mitte der 70er Jahre, waberten von seinem Auto-Kassettenrekorder über das Fußball-Feld.

»Boah, sach ich euch,« schwärmte der angeturnte Danny in seiner vollen Fußball-Torwart-Montur, also Trainingshose über die Unter-Tage-Rund-um-Schienbeinschoner, obenrum ein zotteliges langärmliges Etwas, Stirnband, Lederhandschuhe und unten die Fußballschuhe mit Stollen, »ich fühl mich heute wieder unschlagbar …!«

Alles hätte so gut werden können, bis sie einen plötzlichen, aber unverdienten Platzverweis bekamen. Entweder waren sie zu laut, zu bunt oder zu freakig …!? Ein Platzwart kam daher gedackelt und machte einen auf ›Wichtig‹. All das Protestieren nutzte nichts, Cosmos Datteln und die Cappenberger durften dort definitiv nicht spielen. Die Heimspieler kannten aber immerhin einen Ausweichplatz. Dahin lotsten sie die Dattelner. Aber bis sie sich schließlich alle mit den Autos in Kolonne durch die Cappenberger Walachei am neuen Ausweichplatz eingefunden hatten, da waren vielleicht noch Dreiviertel der ursprünglich bereiten Spieler übrig. Einige hatten es nicht dorthin geschafft. Wenig überraschend fehlten auch Fritzi und Yvonne und zwei smarte Kicker von Cosmos Datteln. Die hatten wohl die Gunst der Stunde mit der prallen Sonne, dem frischen Marihuana-Rausch und den aufgebrezelten, zu allem bereiten Mädels, genutzt und ihr ›Spielchen‹ auf eine abgelegene Waldlichtung verlegt …

»Na ja, so mussten wir von Cosmos Datteln den Cappenbergern auch noch einige Spieler abgeben, damit wir wenigstens ein Spielchen ›Sieben gegen Sieben‹ machen konnten. Denn von den Heimspielern hatten es noch viel weniger dorthin geschafft. So gewannen wir auch locker mit 10:3. Aber es war irgendwie so ein bisken watt wie ein Coitus Interruptus, dieser Platzverweis für alle und die Flucht zum anderen Spielort …«

Danny hatte wenigstens das Glück, dass er im Tor stand, und seine Tina treu dahinter, Frühling, Sommer, Herbst und Winter …

Und als sie dann mitbekam, wo ihre Freundinnen abgeblieben waren, da wollte sie nicht nachstehen. Sie trieb Danny, zu Hause angekommen, erst mal zum Säubern unter die Dusche, und dann ab ins Bettchen, um den ›Cappenberger Coitus Interruptus‹ doch noch zu einem erfolgreichen Abschluss, äh Abschuss, zu bringen …

»Na, sach ich doch: »Sex and Drugs and Rock«n Roll« beim Fußball geht doch …«

Fußball im Schnee

Ganz im Gegensatz zu diesem fröhlichen Sommerthema spielten Harry und Danny mal im Februar im Saarland Fußball, im Garten von Omma und Oppa Saargebiet in Saarlouis-Beaumarais. Es war das Jahr 1977, ein milder Februar und die Burschen spielten dort mit nacktem Oberkörper: unglaublich, was …!?

Als Harry und Danny aber sechs Jahre später mal ihren alten Kumpel Jölle in Norwegen besuchten, da war es richtig Winter, Januar 1983, und Norwegen war eine einzige Schnee-Landschaft: meterdicker Schnee überall, und kalt, soooo kalt …

… warm war es tagsüber, wenn die Sonne schien, dann setzten sie sich auf eine Mauer vor dem Haus auf ein dickes Fell, da war es dann immerhin – 5 ° C warm, hihihi …

Sie kamen von der Nachtfähre von Frederikshavn, Jütland, Dänemark, landeten in Norwegen, und fuhren durch Eislandschaften, setzten über den Oslo-Fjord, fuhren südöstlich von Oslo nach Askim, fanden Spydeberg und dort sogar das Haus auf dem Lande von Jölle: wie verabredet hatte er auf dem Schneeberg neben der Straße eine norwegische Flagge in den Schnee gerammt, sonst hätten sie das Haus vor lauter Weiß nie gefunden.

Aber Jölle war noch nicht zu Hause, also fuhren sie zurück nach Spydeberg. Dort zogen sie sich ihre langen Unnerbüchsen unter die Jeans und holten den Ball aus dem Kofferraum. Dammals hatte Danny immer einen Ball dabei, für wenn mal grad ne Gelegenheit zum Kicken war. Jetzt war die Gelegenheit. Der Kirchhof lud die beiden ein, dort ein wenig rum zu pöhlen. Das machte Spaß. Sie mussten eh warten, also wärmten sie sich ein wenig durch körperliche Ertüchtigung auf:

Fußball im Schnee,

tätärät- ätätätätäää …

Das war ja nix Fremdes für die Freunde: dammals in den 1970ern, da spielten sie ja jeden Sonntag-Nachmittag mit den Sportskameraden von Cosmos Datteln aus der wilden »bunten Liga« hinter der Realschule auf der Wiese, egal was für Wetter, ob Sonne, Regen, Sturm oder Schnee, da wurde dann zur Not auch mal über den Rasen gerutscht, dass es eine Freude war …

… und wer waren sie überhaupt, die Männer von Cosmos, beheimatet auf den verschiedensten Bolzplätzen der »Bunten Liga«, bei Schnee und auch bei Sonnenschein? Sie spielten modern, also im holländischen 4 – 3 – 3-System, den »Foetbal total« aus den Zeiten von Johan Cruyff. Danny Kowalski im Tor, mal Weltklasse, mal Kreisklasse, immer für einen fatalen Bock gut; Harry Kreuzer, der Linksverteidiger, der einzige aus der Mannschaft mit einer soliden Fußballer-Ausbildung: er konnte grätschen, den Ball stoppen und überlegt weiterleiten. Er hatte die gesunde Härte, die er beim SV Horneburg gelernt hatte; Carlos, der Libero, wahrscheinlich der kompletteste Kicker von allen: hatte mit 1,97 m die totale Lufthoheit, räumte ab, und schoß die Buden selber. Zur Not ging er auch mal ins Tor, wenn sich Danny während des Spiels verletzte; Lutze, Mr. Zuverlässig in der stabilen Abwehr; Bridgie, der humorige Verteidiger, war ein Kerl von einem Mann; Eck machte den Sechser, den Abfänger vor der Abwehr; Freddy de Baer war der ruhige und überlegte Passgeber im offensiven Mittelfeld; Zolly, der geniale Dribbler und Mittelfeldspieler, konnte seine Gegenspieler auf einem Bierdeckel ausspielen. Hatte aber als regelmäßiger Fixer so gut wie keine Kondition. Dann schlug die Stunde für Matthes als Einwechselspieler. Der rauchte und soff auch wie ein Haudegen, konnte aber rennen wie ein afghanischer Windhund; Krischan Lagberger, der pfeilschnelle Rechtsaußen; Eddy Kreuzer, Kopfballungeheuer und gefährlicher Mittelstürmer; Achim, der quirlige Linksaußen. Dazu Jo als Einwechselspieler, wenn einer nicht mehr konnte.

Hagener Fußballer und ihre Torhüter

Danny spielte schon immer gerne den Torwart. Erst in den 60ern und 70ern auf verschiedenen Fußballfeldern und Wiesen in Datteln und um Datteln herum, bei Sonnenschein sowieso, aber auch bei Regen, Schnee und Matsch, in Horneburg, in Hachhausen, Meckinghoven, im Winkel, in Recklinghausen-Süd und in Cappenberg, später aber auch in Norwegen, Belgien oder Thailand.

Immer mit Spaß, manchmal mit Verletzungspech, wie einmal in Lengerich beim Besuch bei Carlos. Erst das ganze Spielfeld abgesteckt, dann ein Tor auf das Scheunentor gemalt. Alles war parat. Dann der erste Schuss von Carlos. Danny stand im Tor, hielt seinen linken Schlappen an die richtige Stelle, gehalten, aber auch spontan verletzt. Der Knöchel schwoll sofort dick an, beim ersten abgewehrten Schuss schon, was für ein Reinfall …!?! Gut, dass Carlos« damalige Freundin eine Ärztin war. Somit war Dannys Knöchel sofort in richtigen Händen und konnte fachgerecht behandelt werden.

Auch später beruflich in Hagen und Hohenlimburg, als Danny Leiter des Jugendzentrums Hohenlimburg war, stand er mit seinen Jungens beim Training und in Spielen im Tor, in der Halle und auf dem Platz.

Und Dannys Sportsfreundin aus Hagen, die Ella Tieffrau, die hatte nen Sohn, den Olli, eigentlich Oliver Tieffrau, der war Torhüter beim SV Karl-Boebel, erst in der F-Jugend, dann E-, D-, C- ,B- und A-Jugend. Und wenn Olli dann auf dem Vereins-Aschenplatz spielte, also auf roter Asche (»Stadion Rote Erde«, hahaha …), dann sah er nach dem Training oder nach Spielen öfters aus wie die Sau. Die Knie und Oberschenkel vermackt. Und erst die Torwartkleidung, die war so dreckig, die musste Ella erst mal im Klo vorwaschen, bevor sie in die eigentliche Wäsche kam. Ja ja, das kannte Danny selber: er kam ja in seiner Jugend in Datteln fast genauso wie Olli nur mit Aschenplätzen in Berührung, bloß in Datteln waren die Aschenplätze schwarz wie die Nacht, von den Steinkohle-Zechen gefüttert … Wie der Eintracht-Platz am Südring, wo die jungen Freunde um Danny sich in den 1960ern immer trafen, um zu pöhlen. Danny war ja auch der Keeper. Er kannte sich aus mit schwarz gestriemten Wunden am Knie oder am Bollen, von den Blutgrätschen, die sich bis heute in seine Haut eingescannt hatten, wie symbolische Tätowierungen.

Und Ella schwärmt noch heute von der Fußball-Freizeit des SV Karl-Boebel 1981 in Holland, die sie als ehrenamtliche Freizeit-Begleiterin mit machte. Es war in Zandvoort und es war Sommer, sie spazierten unterhalb des Deiches durch die Sonne und wollten zum Strand. Die 15- bis 16-jährigen Jungens sprangen einer nach dem anderen hoch zum Deich, bis die Begleiter mal nachgingen, um zu schauen, was sie dort trieben. Denn sie wunderten sich schon darüber, dass ihre Jungs dort rum standen und tuschelten. Da oben sahen sie dann die Bescherung. Auf der anderen Seite des Deichs sonnten sich ein paar Frauen, allerdings »oben ohne«, was in den Niederlanden damals gang und gäbe war. Trotzdem kein Wunder, dass sich die Jungs dort gerne rum trieben.

Eine andere Freizeit Anfang der 80er Jahre blieb für Ella und die Jungs vom SV Karl-Boebel unvergessen. Die ging nach Hamburg. Dort übernachteten sie in der Nähe der Trabrennbahn in Hamburg-Horn. Für einen Ausflug wurden sie gegen Abend vom Busfahrer abgeholt, der sie großzügig fragte: »Na Jungs, wo soll ich euch denn mal hin kutschieren?«

Die Jungens forderten einstimmig und lauthals: »Wir wollen auf die Reeperbahn, Reeperbahn, Reeperbahn …!« Daraufhin bekam Ella als weibliche Begleitung erst mal eine ›rote Bombe‹ vor Scham. Sie wollten es ihren Jungens ausreden, aber die forderten nur noch lauter: »Reeperbahn! Reeperbahn! Reeperbahn!«

Schließlich erfüllten sie den Jungs ihren Wunsch, aber nur unter der Bedingung, dass sie von links und rechts jeweils von ihren Begleitern und Begleiterinnen untergehakt wurden, und so zusammen über die Reeperbahn gingen. Das konnten sie gerade noch verantworten. Die Jungens wurden immer wieder von den Animateuren an den Eingängen der Nachtclubs aufgefordert, herein zu kommen. Aber sie blieben fest im Griff ihrer Begleiter. Sie wollten auch immer gerne in die Fenster der Schaukästen draußen vor den Bars gucken, was denn da drinnen an Bardamen geboten würde. Aber die Schaufenster waren leider alle noch mit Gardinen verhängt.

Und dann gab es noch die Sportfeste und Fußballspiele im heimatlichen Westfalen mit der Jugendgruppe. Da waren sie dann auch öfters mal zu Auswärtsspielen zusammen hin gefahren, hatten sich aber vorsichtshalber Proviant und Getränke von zu Hause mit gebracht. Da gab es dann im Winter Thermoskannen für Erwachsene und Thermoskannen für die Jugendlichen. Die Jungens hatten raus gefunden, dass die Erwachsenen in ihren Kannen gerne mal Tee mit Rum hatten. Es war Winter, und die armen Erwachsenen am Spielfeldrand mussten sich ja warm halten. In den Kannen der Jungens, da war nur reiner Tee drin. Denn die rannten ja auf dem Fußballplatz rum, denen war schon von der Bewegung warm. Aber trotzdem wollten die Jugendlichen natürlich gerne auch mal von den Erwachsenen-Getränken kosten. Das gab dann allerdings ein ziemliches Desaster, als sie einmal heimlich in der Halbzeitpause statt reinen Tee zu trinken, vom verbotenen Tee mit Rum genascht hatten …!

Auch wieder Winter, aber Jahrzehnte später, hatte Danny mal in der Sauna seines Fitness-Clubs Fun-Out ein besonderes Erlebnis mit zwei der damals besten aktiven Hagener Fußballer. Vorher hatte er sich von Elisa in ihrem Rückenkurs durchnudeln lassen. Aber zusammen mit Ella, Horst, H.K. und all den anderen aus dem Wirbelsäulen-Gymnastikkurs machte das wenigstens Spaß. Und danach in die Sauna: die alten Knochen und Sehnen wurden ihm dabei wieder schön geschmeidig ›durchgeköchelt‹. Und wie zufällig waren gerade da auch zwei bekannte Hagener Fußballer, nämlich Giovanni Federico und Gaetano Manno. Die beiden unterhielten sich über ihre alten Zeiten in Hagen. Die beiden deutsch-italienischen Fußballspieler waren ja in Hagen geboren und ungefähr im gleichen Alter: Mittelfeldspieler Giovanni 38 Jahre und Linksaußen Gaetano 36 Jahre. Beide hatten sie in der Jugend-Abteilung des SSV Hagen gespielt. Gaetano fragte: »Mann, erzähl mal, Giovanni, wie isset dir denn so ergangen, nachdem de vom SSV weggegangen bist?«

»Ja, Gaetano, das war so: 1993 bin ich ja als Jugendlicher vom SSV Hagen zum VfL Bochum gewechselt, da war ich bis 2000. Danach spielte ich erst in der Amateur- und dann sogar in der Profimannschaft vom 1.FC Köln. Mann-Mann-Mann, das waren schwere Zeiten, sach ich dir. Bei denen galt ich als das ›ewige Talent‹: hihihihi. Nee, das passte gar nich, da konnte ich mich in meinem jungen Alter nich richtig durchsetzen. Aber dann ging es aufwärts, denn in der Saison 2004/05 erzielte ich plötzlich 20 Tore für die Kölner Amateurmannschaft und wurde daraufhin sofort vom Karlsruher SC verpflichtet. Später, also 2007, wechselte ich sogar zu Borussia Dortmund, klappte aber wieder nich so richtig, dann über Karlsruhe und Arminia Bielefeld kehrte ich zur Saison 2010/11 zurück zu meinem ehemaligen Jugendverein VfL Bochum. Ja, und jetzt bin ich seit 2016 tatsächlich wieder hier in die alte Heimat, zu unserem SSV Hagen zurück gekommen und mache da den Spielertrainer …« Giovanni zählte Gaetano seine sämtlichen Vereins-Stationen in den 20 Jahren als aktiver Fußballer an seinen Fingern ab. Schließlich war er bei seinem zehnten Finger – inzwischen schon schön Sauna-glitschig – angelangt, als er wieder zurück beim SSV Hagen landete.

»Komm, wir machen später weiter,« schlug Gaetano vor, »jetzt gehen wa erst mal auf den Balkon.« Das machten sie auch, die beiden lebenslustigen Soccer-Wandervögel. Es war Sommer, die Sonne schien, da tummelten sich die beiden Deutsch-Italiener gerne mal auf der Sauna-Loggia. Danny, der der Unterhaltung interessiert gelauscht hatte, beendete auch seinen ersten Sauna-Gang, duschte sich kurz ab, hüpfte noch kürzer ins eiskalte Wasser des Tauchbeckens und ruhte sich ein wenig auf einer Liege im Ruheraum aus.

Schließlich traf man sich in der Sauna-Kabine wieder: bei Giovanni und Gaetano war es geplant. Danny war mittelschwer neugierig geworden, was er noch so alles über die Hagener ›Local Soccer-Heroes‹ erfahren würde. Nachdem sich Giovanni und Gaetano auf ihren Handtüchern fertig gelümmelt hatten, fachsimpelten und alberten sie weiter rum. »Na, und watt war mit dir, Gaetano,« fragte ihn Giovanni aus, »nachdem du dammals unseren SSV verlassen hattest?«

»Tja, Giovanni, so spektakulär wie bei dir als Mittelfeld-Spieler isset bei mir als popeligem Außenstürmer nich abgegangen. Abba immahin. In‹ner Jugendabteilung vom SSV Hagen waren wa ja beide. Ich bin da erst 2001 wech gegangen, und zwar zur TSG Sprockhövel. Na, jedenfalls bei der TSG spielte ich ein Jahr super. Unn ich sach dir, da ging ich ab wie ne Rakete: mit 25 Toren in 28 Spielen hatte ich meinen eigenen nicht unwichtigen Anteil am Aufstieg der Mannschaft in die Oberliga.«

»Alle Achtung, Jung, und das als Außenstürmer.«

»Und nach dieser erfolgreichen Saison wechselte ich genau wie du zum VfL Bochum. Bei denen wurde ich fast nur in der Reservemannschaft eingesetzt. Und dann, boaah: im September 2004 hatte ich mein Debüt als Einwechselspieler in‹ner ersten Mannschaft des VfL. Abba nix mit dem großen Aufstieg, denn es folgte nur noch ein weiterer Kurzeinsatz.«

»Nee-nee, Gaetano, ich sach dann mal nen Satz mit X, datt war wohl nix …!?«

»Ja, scheiß drauf, Giovanni, 2005 verließ ich den Club und ging zum Wuppertaler SV. Danach hatte ich Stationen beim VfL Osnabrück, beim SC Paderborn, bei Rot-Weiß Erfurt, Preußen Münster, Viktoria Köln und kam 2015 zurück zum Wuppertaler SV, wo wir am Ende der Saison in die Regionalliga West auf gestiegen sind. Mann, ich sach dir, da war ich echt ne große Nummer geworden und bin jetzt sogar Mannschafts-Kapitän.«

»Jau, jau, Gaetano, haste ja au n bewegtes Fußball-Leben gehabt, wa ejh …!?«

Danny schätzte die Sauna eigentlich wegen ihrer meditativen Ruhe und konnte da normalerweise Gequassel gar nicht ab haben. Bei den beiden Hagener ›Fußball-Größen‹ machte er schon mal ne Ausnahme. Aber nach soviel Fußball-Fachdaten war er schon fast in der 90 ° C Hitze der Sauna weg gedämmert.

»Na, das ist ja man interessant,« dachte er sich, »die beiden deutsch-italienischen Fußballer …, die sind schon echt ne Nummer, wonnich …?«

Als Danny über die drohende Insolvenz von Gaetano Manno›s Club Wuppertaler SV in der Zeitung las, hatte er Mitleid mit dem 36-jährigen Kapitän des WSV. Um so mehr freute es ihn, als er erfuhr, dass die drohende Insolvenz des Fußballregionalligisten Wuppertaler SV vom Tisch war. Wie der Traditionsclub auf seiner Homepage am 20.01.2019 mitteilte, konnte das Finanzloch von 260.000 Euro geschlossen werden. »Puuuh, Gaetano, da kannste deine Saison in Wuppertal ja noch in Ruhe beenden …,« dachte Danny.

Sein Tipp-Kollege Werner Sperling von der Totti-Tipprunde hatte ihm letztens noch erzählt, wie er zusammen mit dem bekannten türkischen Fußballer Erdal Keser in der Sauna gesessen hatte. Der war ein ausländischen Fußball-Star, der in seiner Jugendzeit beim SSV Hagen das Kicken lernte. Zwar wurde er

1961 im türkischen Sivas geboren, aber er kam schon im Alter von 10 Jahren nach Deutschland, wuchs in Hagen auf und lebt heute dort mit seiner Frau und seinen Kindern. Er spielte als Profi-Fußballspieler circa 15 Jahre lang unter anderem für Borussia Dortmund und Galatarasay Istanbul, machte 25 Spiele für die türkische Nationalmannschaft und agierte danach als Trainer und Fußball-Funktionär. Aber eine seiner Besonderheiten in seinem jetzigen Nach-Fußballerleben ist, dass er als Schirmherr der Elternhilfe für Kinder mit Rett-Syndrom fungiert.

Nach diesen erstaunlichen Neuigkeiten über Erdal Keser und die beiden bekanntesten deutsch-italienischen Fußballspieler aus Hagen fuhr Danny vom Fun-Out zurück nach Hagen und dachte über das eben gehörte nach: »Boah, gerade mit Giovanni Federico und Gaetano Manno in‹ne Sauna gesessen, und auch in der letzten Zeit ab und zu mal Erdal Keser im Fun-Out-Fitness-Center getroffen. Datt is ja hier datt reinste Sportstar-Nest, wonnich …? Da fehlt jetzt nur noch der in Hagen gebürtige Keeper Ralf Eilenberger von Wattenscheid 09 und der selige Walter Rodekamp von Hannover 96, dann hätten wa se alle, die ›Alltime Hagener Fußball-Stars‹. Rodekamp wurde ja immerhin in den 60er Jahren Fußballnationalspieler, Torjäger und Bundesliga-Spieler …«

Zu Hause surfte Kowalski direkt mal im Internet. Denn als Fußballfan interessierte ihn das doch sehr. Whupp, da hatte er ihn schon gegoogelt: »*Walter ›Bomber‹ Rodekamp, am 13. Januar 1941 in Hagen geboren und am 10.05.1998 in Hagen gestorben.*«

»Mann-Mann-Mann, Rodekamp war tatsächlich der einzige Hagener, der als deutscher Fußballnationalspieler spielte. Und der machte doch hier auf der Hoheleye beim TSV 1860 Hagen seine ersten Fußballschritte, übrigens genauso wie der spätere türkische Nationalspieler und BvB-Profi Erdal Keser,« fand Danny raus. Besonders interessierte er sich für die weitere Biografie von Rodekamp: »*… war ein deutscher Fußball-Nationalspieler. Er spielte im Sturm. Rodekamp spielte erst beim SSV Hagen, wechselte danach zum FC Schalke 04, und von 1963 bis 1968 für Hannover 96. Er erzielte am 1. Spieltag der Saison 1964 beim 2:0-Sieg im Auswärtsspiel bei der Borussia aus Dortmund seine ersten beiden Bundesligatore für Hannover 96. In der folgenden Saison 1964/65 gelang den Hannoveranern als Aufsteiger der Sprung auf den 5. Platz der Bundesliga-Abschlusstabelle, woran Rodekamp als Stammspieler wiederum Anteil hatte. Als herausragend galt seine Schusskraft, und bekannt wurden zu jener*

Zeit die Fangesänge: ›Oh Rodekamp! Oh Rodekamp! Wie schön sind deine Tore!‹ zur Melodie von ‚Oh Tannenbaum‹. 1965 absolvierte er außerdem drei Länderspiele für die Nationalmannschaft. Er spielte danach noch bis 1968 für Hannover in der Bundesliga. Rodekamp war allerdings schwer alkoholkrank und deshalb nach seiner Fußballerkarriere nur bedingt arbeitsfähig. Er wurde mitunter als Kranfahrer beschäftigt. Schließlich starb er 1998 schon früh mit nur 57 Jahren.« [*]

Danny dachte sich: »da schau ich doch auch gleich mal nach dem sprunggewaltigen Torhüter Ralf ›Katze‹ Eilenberger im Internet, wenn ich schon mal so schön am Recherchieren bin. Denn der Eilenberger, der Keeper von Wattenscheid 09, datt war doch von unserm ›Fred vom Jupiter‹, der aus dem Hagener Jugendamt, der Neffe.«

»Da isser schon: ….geboren am 16. November 1965 in Hagen. Eilenberger ist ein ehemaliger deutscher Fußball-Torwart. Seine Karriere begann er beim auf regionaler Ebene bekannten Verein Hasper SV. Er spielte von 1985 bis 1994 bei der SG Wattenscheid 09, dabei machte er 54 Spiele in der ersten Bundesliga.«

Jahrzehnte später erfuhr Danny durch die Europameisterschaft 2016 in Frankreich einen überraschenden Aspekt eines anderen ehemaligen Hagener Fußballer: »Boah, das ist ja ein Dingen. Da hat doch tatsächlich der heutige Trainer der ungarischen Nationalmannschaft, Bernd Storck, früher mal als Jugendlicher beim Hagener SV Boele-Kabel gespielt. Das ist doch genau der Verein, bei dem mein Tipp-Sportskamerad Werner Sperling mit der linken Klebe gewirkt hat. Da muss ich den doch mal nach fragen, ob die beiden womöglich dammals zusammen beim SV Boele-Kabel gespielt haben …? Auf jeden Fall trainiert der Bernd Storck jetzt die ungarische Nationalmannschaft, und das so erfolgreich, dass sie sich sogar überraschenderweise fürs Achtelfinale qualifiziert haben. Und lustigerweise agiert dort bei der EURO als Storcks Assistent der ehemalige Dortmunder Fußballstar Andi Möller vom BvB. Das wiederum war doch der, der meinem Freund Florian so ähnelte. Da sie beide dammals in Dortmund arbeiteten, wurde Florian tatsächlich in der City öfters mal wegen eines Autogramms angesprochen: hihihihi.«

Aber die drei ehemaligen Kollegen von Danny waren alle Fußball-Talente, die es nie in Jogi Löws Notizbuch geschafft hatten, wie Werner Sperling mit

---

[*]   *Quelle: Wikipedia*

der linken Klebe vom Hagener SV Boele-Kabel und Hannes Engelmann vom VfB Altena, die Antwort des Sauerlands auf Berti Vogts. Oder Klaus Kaiser, früher in der A-Jugend des SSV Hagen, dann aber am erfolgreichsten beim SF Oestrich-Iserlohn in der Verbandsliga, der im Sommer 2018 der neue Klub-Chef vom Landesligisten SSV Hagen wurde.

Dagegen war der Abwehrspieler Lukas Klostermann ziemlich erfolgreich. Er wurde zwar 1996 in Herdecke geboren, aber er spielte von 2008 bis 2010 bei den Junioren des SSV Hagen, danach ab 2010 beim VfL Bochum. Kurz nach Beginn der Saison 2014/15 wechselte Klostermann zum Ligakonkurrenten RB Leipzig. 2016 wurde er in den Kader der deutschen Fußballmannschaft für das Olympische Fußballturnier in Rio de Janeiro berufen. Beim Halbfinal-Sieg gegen Nigeria wurde er zum »Spieler des Spiels« ernannt. Mit der deutschen Mannschaft gewann er 2016 die olympische Silbermedaille, und 2017 wurde er Deutscher Vizemeister mit RB Leipzig. Da überraschte es Danny doch schon sehr, dass der Ex-SSVer inzwischen mit 16 Millionen € taxiert wird. »Lukas Klostermann von RB Leipzig ist laut dem Online-Portal Transfermarkt jetzt 16 Millionen Euro wert. Was hat das mit Hagen zu tun? Klostermann kickte zu Jugendzeiten unter anderem für den SSV Hagen. Der verdient deshalb als ›Ausbildungsverein‹ bei jedem Wechsel mit, 0,25 % der Ablösesumme. Bei 20 Mill. € wären das 50.000 €. Die könnte der Hagener Klub vom Höing aktuell gut gebrauchen.« *

Dann gab es da noch ein Hagener Fußballtalent, das es in die 2. BULI geschafft hatte: Christopher »Jimmy« Antwi-Adjej absolvierte die Hinrunde mit Aufsteiger SC Paderborn mit Bravour. Er wurde in allen 17 Spielen eingesetzt und gehörte dabei zwölfmal zur Startformation. Er hatte sich als feste Größe in der zweithöchsten Spielklasse etabliert und Anteil daran, dass die Ostwestfalen als Siebter die Hinrunde beendeten.** Außerdem spielte er sogar mit Paderborn im Pokal-Viertelfinale. Dann drehte er 2019 erst richtig auf: mit seinen insgesamt 10 Toren und zahlreichen Vorlagen verhalf er den Paderbornern in der Rückrunde 2019 zum Aufrücken auf den Aufstiegsplatz »Zwei«. Dann schaffte der SC Paderborn am vorletzten Spieltag durch zwei Tore des gebürtigen Ha-

---

*   *Rainer Hofeditz, in Westfälische Rundschau Hagen, 29.12.2018*
** *aki, in Westfälische Rundschau Hagen, 22.12.2018*

geners Antwi-Adjei sogar ein grandioses 4:1 gegen den HSV, womit sie die Favoriten aus Hamburg überraschend aus dem Aufstiegsrennen kegelten. Am letzten Spieltag der Saison machten die Paderborner ihren Sensations-Aufstieg in die erste Liga klar. Und Jimmy, der Junge aus Hagen, hatte dabei den vierten Sprung in die nächsthöhere Klasse in Folge geschafft.

Und als allerneueste Hagener Fußball-Errungenschaft unter den deutschen Fußball-Talenten galt Niclas Thiede, der Sohn von Dannys Ex-Kollegin Tina Tolling. Der Nachwuchs-Keeper und U19-National-Torhüter wechselte im Sommer 2018 vom VfL Bochum zum SC Freiburg. Dort sollte er zunächst in der U 23 spielen. Vor dem Wechsel bestritt der Hagener Thiede bisher sieben Länderspiele, vier für die U18 und drei für die U19. Die Bochumer U19 stand in der Bundesliga West auf dem dritten Platz – der Rückstand auf Tabellenführer FC Schalke 04 betrug lediglich zwei Punkte. Thiede kam in allen 14 Spielen zum Einsatz und musste nur zwölfmal hinter sich greifen. Im DFB-Pokal kam für Bochums U19 das Aus in der zweiten Runde – in Freiburg. Trotzdem wagte Niclas den Schritt, weg von der heimatlichen Familie im westfälischen Hagen, erstmals im Leben in die Fremde zu gehen. Aber im süd-badischen Freiburg wurde er super aufgenommen, hat inzwischen eine eigene Wohnung bezogen und sich gut eingewöhnt. Jetzt brauchte er nur noch in eine Karriere als Fußballtorwart-Profi durchzustarten. Mittlerweile gab es in Freiburg sogar bei Edeka Sammelkarten der SC-Profis und der U 23-Mannschaft, wo natürlich auch der Name von Niclas verwendet wurde. War das nicht süß …!? Sammelbildchen, die wir als Kinder immer in den Tütchen am Kiosk kauften. Und da gab es jetzt auch einen ›Niclas Thiede‹ …

III. Tischfußball

Danny hatte drei Kicker-Phasen in seinem Leben: dammals Anfang der 1960er Jahre mit Ronny›s Kinder-Tischkicker, dann Ende der 60er Jahre Tischfußball mit seiner Clique, und schließlich das Kickern als Jugendzentrums-Leiter in den 80er Jahren.

Kinder-Tischkicker und Ronny›s Wechsel von S 04 zu BvB

Mit seinem Dattelner Sandkastenfreund Ronny spielte Danny die komplette erste Fußball-Bundesligasaison 1963/64 auf Ronnys Kinder-Tischkicker nach. Spieltag für Spieltag, mit Tabellen nach jedem Spieltag, Spiel für Spiel. Das machte bei damals 16 Mannschaften in der Bundesliga also 30 Spieltage pro Saison à 8 Spiele aus, also insgesamt 240 Spiele für die ganze Bundesligasaison, die sie auskickerten. Meister wurde natürlich, wie im richtigen Leben, Dannys Lieblingsverein, der 1.FC Köln, vor Ronnys damaligem Verein, Schalke 04 …

Später wurde Ronny dann als Erwachsener durch seine in Dortmund lebende Tochter BvB-Borussia-Fan. Und dieser Wechsel von S 04 zu BvB, der kam so zustande: Ronny war jahrzehntelang S 04-Fan. Aber er wohnte inzwischen zusammen mit seiner Familie in Dortmund. Dadurch wurde seine Tochter Lea glühender BvB-Fan. Sie hatte damals sogar einen Blog eröffnet, der dann in der Zeitung abgedruckt war: »Hilfe, mein Vater ist Schalke-Fan. Was soll ich nur machen …!?!«

Na ja, so nach und nach hatte seine 14-jährige Tochter den lieben Ronny umgepolt und nahm ihn auch öfter zu Heimspielen der Borussia mit. So wurde auch er im Laufe des Jahres 2001 BvB-Fan. Obwohl die »Vier-Minuten-Meisterschaft« von Schalke im Mai 2001, die hatte er noch als Schalker erlitten.

Nach seinem Fan-Wechsel von Schalke zu Dortmund wurde er allerdings auch heftig angefeindet. Als er das Danny bei ihrem Gespräch 2018 in Datteln berichtete, antwortete dieser: »Mensch, Ronny, diese Anfeindungen hast du dir aber auch redlich verdient …!?«

Tischfußball mit der Clique

Kickern, also Tischfußball, das machten sie damals total gerne, und zwar so lange, bis die Handgelenke krachten … Und wer jetzt und wo und wann? Na ja, abends halt, in Dannys Clique. In Englisch würde man ›peer-group‹ dazu sagen, aber das verstand damals noch niemand. Gemeint waren also Dannys Schulfreunde. Sie spielten das in diversen Dattelner Kneipen, wo es halt so nen Kickertisch gab. Und das alles geschah Ende der 1960er Jahre.

Damals lernten sie die ganzen raffinierten Angriffs- und Torschuss-Techniken beim Tischfußball, ohne zu wissen, dass es dafür auch englische Fachbegriffe gab, wie er 50 Jahre später beim Googlen rausfand. Das war was für Könner, das Ziehen oder auch der sogenannte Pin-Shot. Dabei klemmte die mittlere Figur der 3er-Reihe den Ball am Fuß ein und zog dann schnell zur Seite. Die Figur selber wurde dabei bogenförmig um den Kicker-Ball gezogen, um ihn nun gezielt gerade auf das Tor zu schießen, sobald die Puppe sich wieder auf gleicher Höhe mit dem Ball befand.

Boah, hörte sich kompliziert an. Aber wer diese Technik raushatte, der konnte jeden schlagen.

Dann gab es davon noch eine Abart, aber nicht wie beim »Ziehen«, sondern eher ein zur Seite »schieben«, nämlich der sogenannte Pull-Shot. Bei diesem Kicker-Schuss wurde der Ball neben die Figur gezogen und mit einem schnellen Ruck des Handgelenks geschossen, sobald sich eine Lücke in der Abwehr des Gegners zeigte. Diese Variante war besonders bei Figuren mit schmalem Fuß sehr beliebt.

»Aha, aha,« dachte sich Danny ein halbes Jahrhundert später, als er über das Kickern im Internet recherchierte, »ich kann mich gar nicht daran erinnern, dass es da Tischkicker mit verschieden dicken Kicker-Füßen gab …!?«

Da war der »Tick Tack«-Trick schon eher was für flinke Fingerchen. Der Ball wurde nämlich bei dieser Tischfußball-Technik schnell zwischen zwei Figuren einer Reihe hin- und hergespielt, bevor man dann plötzlich auf das Tor schoss. »Und Goooooaaaalllll ….!«

Schließlich der sogenannte »Pass-Volley«, der so ein bisschen an den »Pull-Shot« erinnerte. Bloss bei dem machte das ein Kicker-Männchen alleine, und beim »Pass-Volley« eine Kombination von zwei Figuren. Denn der Kicker-Ball wurde hierbei zur Nachbarfigur gespielt, die dann direkt schoss.

»Na, so sollte es jedenfalls auch sein,« resümierte Danny, »denn auch Tisch-Kicker ist ein Mannschaftssport. Und da sollten die Männchen auch schon mal miteinander spielen, statt dass nur einer ne Solo-Show abzog, oder …!?«

Kickern als Jugendzentrums-Leiter

Als Jugendzentrums-Leiter von 1979 bis 1986 war Danny Kicker- und Tisch-tennis-›Profi‹, d.h. er wurde dafür bezahlt, mit seinen Jungs jeden Abend zu spielen und auch in diversen TT-Ligen erfolgreich zu sein. Es gab da einmal ein Turnier, das Danny in seinem Jugendzentrum mit einigen anderen Jugendzentren zusammen veranstaltete. Das ging jeweils um einen sogenannten Dreikampf, bestehend aus Tischfußball, also Kickern, und aus Tischtennis. Bei Gleichstand als Entscheidung den Fußball hoch-kicken. Das ging so: erst spielten die beiden Spieler im Tischtennis gegeneinander, dann im Kickern (also Tisch-Fußball). Wenn einer der beiden Spieler beides gewann, kam er eine Runde weiter. Wenn es dann allerdings unentschieden stand, musste die Entscheidung im Kicken fallen, also mit einem richtigen Ball: wer konnte den Fußball am längsten hoch-kicken … Tja, ein wirklich interessanter sportlicher Dreikampf. Und damit es für die vielen Jugendzentrumsleiter nicht so langweilig war, hatte Danny ein Parallel-Turnier neben dem der Jugendlichen angesetzt, nämlich ein Turnier der Leiter. Er war nämlich in allen drei Disziplinen ganz gut. Und so war es dann auch nicht verwunderlich, dass er ins Finale kam. Dort stand er seinem alten Kumpel Uli Bollhausen gegenüber, mit dem er mal eine zweiwöchige Urlaubsreise 1984 nach Kuba gemacht hatte. Und Uli war ebenfalls in diesen drei Disziplinen gut. Nach den ersten beiden stand es unentschieden. Uli gewann beim Tischtennis; Danny beim Tisch-Fußball. Als Entscheidung musste also das ›Fußball hoch-kicken‹ herhalten. Das war im Prinzip immer so ein Glücksspiel wie Elfmeter-Schießen nach einer Verlängerung in einem K.o.-Spiel. Und Uli war an diesem Tag der Glücklichere:

er schaffte mehr hoch-gekickte Fußbälle, und gewann das Turnier der Jugend-zentrumsleiter.

Das alles half Danny dann auch mal später im Berufsleben enorm. Es gab da nämlich mal einen Betriebsausflug mit seiner Abteilung zum Tennis-Ver-einsheim in Hagen-Holthausen. Da wurden neben Essen und Trinken auch lustige Quiz-Spiele veranstaltet. Und es gab ein Kicker-Turnier, zu dem Zwei-er-Teams gelost wurden. Danny war der einzige ›Kicker-Profi‹, alle anderen konnten gerade die Griffe fassen oder drehen. Mit seiner Partnerin Katrin Riesig schaffte er einen grandiosen Kicker-Turniersieg. Danny stand hinten mit seinen beiden Verteidigern wie eine Eins und ließ so gut wie keine Tore reingehen. Und vorne sorgte er durch seine gezielten Fernschüsse auch für die nötigen Tore. Denn er beherrschte als einziger des gesamten Turniers das ›Ziehen‹, eine Technik, bei der die Kickerfigur mit ihrem Holzfuß den Ball sicher packte und dann blitzschnell zur Seite ›zog‹ und drauf ballerte, auf dass der Kickerball durch alle Reihen flog und im gegnerischen Tor verschwand. Seine Partnerin brauchte nur im richtigen Moment ihre Spieler hochzuhalten, sodass Danny›s Geschosse unter ihnen durch zischen konnten. Ja, sie waren schon ein Team …!

IV. Fan, Sammler und Dokumentator

Sport im Westen

Neunzehn – sechzig – drei – die BULI schlüpft aus dem Ei. Ja, das waren aufregende Zeiten für die sportbegeisterten Teenies. Danny und sein Bruder bekamen damals zu Weihnachten jeder ein Paar lederner Boxhandschuhe geschenkt: rotbraun und weich gepolstert. Damit schlugen sie Wochen und Monate lang aufeinander ein. Zwar war es keine Übung fürs wirkliche Leben, da große Gegner für die beiden Hänflinge sowieso zu schwer zu schlagen waren, aber es machte Spaß, sich auch als kleiner Junge zu schlagen. Wenn man wirklich etwas bewegen wollte in der Welt der großen und starken Jungens und später Männer, musste man mangels Körpergröße wenigstens eine große Schnauze haben, um mit Wortgewandtheit oder Witz die Gegner mit der Sprache beeindrucken zu können. Wie schon »Ente« Lippens, der legendäre Dribbel-Künstler von Rot-Weiß Essen wusste … Aber die beiden Kowalski-Brüder Gerry und Danny übten trotzdem den Faustkampf mit ihren neuen Boxhandschuhen, bevorzugt im Keller in der Waschküche. Dort hing immer eine Zinkwanne an einem Haken an der Wand. Bei einem Infight drängte Danny seinen Bruder in Richtung der Wanne, wo er dann mit dem Rücken gegen prallte: aua, das tat ihm aber sau-weh. So hatte Danny wenigstens einmal gegen seinen großen Bruder mit »technischem K.o.« gewonnen. Später ab 1964 fuhr dann Bruder Gerry zur See und war nicht mehr zu Hause. Er lernte auf einem Schulschiff in Bremerhaven die christliche Seefahrt und schipperte dann auf allen Ozeanen der Erde herum. Er ließ Danny alleine zurück in ihrem vorherigen gemeinsamen Jungenzimmer. Dort bekam Danny für ihn selber sehr überraschend die ersten Samenergüsse: uuuaaah, klebrig und erstaunlich, da er ja von seinen Eltern nicht aufgeklärt wurde. Die einzige Aufklärung übernahm ihr Klassenlehrer in der 5. Klasse der St. Josefs-Volksschule in Datteln. Als Danny dann später aber merkte, dass Samenergüsse eigentlich doch Spaß machten, erinnerte er sich an die inzwischen verwaisten

Boxhandschuhe und benutzte diese mit ihrem engen weichen Innenleder, um es sich bei der Selbstbefriedigung gemütlich zu machen.

Aber zurück zur Fußball-Historie. Fußball tief im Westen, also bei ihnen hier im Revier, am Pütt fing alles an. Die Zechen im Ruhrgebiet waren der Ursprung des westdeutschen Fußballwunders: Mannschaften wie Spvgg. Erkenschwick, Sportfreunde Katernberg, SV Sodingen, Hamborn 07, SSV Hagen, Germania Datteln, TSV Marl-Hüls, VfB Erle, STV Horst-Emscher, Lüner SV oder TuS Eving-Lindenhorst sind nur den alten Ruhris und Fußball-Insidern bekannt. Aber auch die großen Reviervereine Schalke 04, Borussia Dortmund, Rot-Weiß Essen, Rot-Weiß Oberhausen, VfL Bochum, Meidericher SV (heute MSV Duisburg) und Westfalia Herne waren typische Ruhrgebietsvereine, wo Spieler und Zuschauer zusammen aufgewachsen waren, also »vor Ort«. Der Pütt stellte den Aschenplatz, den Vereinsvorsitzenden, das Publikum und die Mannschaft, die bis in die 50er Jahre vor allem aus Bergarbeitern bestand. Deshalb werden die Schalker immer noch »Die Knappen« genannt. Gespielt wurde damals in der »Glückauf-Kampfbahn«. Die Fußballer hatten alle volksnahe Spitznamen wie »Boss« Helmut Rahn, »Fischken« Multhaupt, »Ötte« Tibulski, »Ente« Lippens, »Emma« Lothar Emmerich, »Timo« Friedhelm Konietzka, »Hoppy« Kurrat, »Eia« Krämer, »Enatz« Dietz oder der unvergessliche »Stan« Reinhard Libuda, über den es die folgende »göttliche« Geschichte gab: »An Gott kommt keiner vorbei!« hatte ein Kirchenmann in Herne seinen Schäfchen auf einem betttuch-großen Transparent verkündet. Am nächsten Tag hatte jemand hinzugefügt: »Außer Stan Libuda«. Der wurde übrigens deshalb »Stan« genannt, weil er genauso gut dribbeln konnte, wie der unvergleichliche englische Fußballspieler aus den 50er Jahren, Stanley Matthews, der nicht nur 1956 der erste »Europas Fußballer des Jahres« wurde, sondern hinterher sogar noch geadelt wurde und dann »Sir Stanley Matthews« hieß …!

So entstammten aus dem Ruhrgebiets-Fußball auch Philosophien mit solch grundlegenden Erkenntnissen wie »Erst hatten wir kein Glück, und dann kam auch noch Pech dazu« von Jürgen »Kobra« Wegmann oder »Vom Feeling her hatte ich ein gutes Gefühl« von Andreas »Andi« Möller. Aber hier im Ruhrgebiet wurde Fußball nicht nur in den Stadien zelebriert, sondern auch abends auf den Bolzplätzen von Thekenmannschaften mit Spielern wie er und sie, wie du und ich …

Sportplatz Wiesenstraße in Datteln; Vespa 50

Für Danny bestand damals sein »Fußball-Fan-Sein« allerdings auch aus seiner Sammelleidenschaft. Fußball-Sammelalben waren sein Spezialgebiet. Nun gut, die kostbaren ersten drei BULI-Saisons als Sammelalben hatte er an Ronny verschenkt. Die waren für immer weg. So blieb ihm nur die Erinnerung an diese vielen interessanten Sammelbildchen. Wie ein kleines Fußballwunder kam es ihm deshalb vor, als er auf einem Hagener Flohmarkt das vollständige ARAL-Sammelalbum zur Fußball-Weltmeisterschaft 1966 in England, das er 1966 natürlich auch erfolgreich und komplett gesammelt hatte, vorfand und günstig erstehen konnte. Und glücklicherweise hatte er wenigstens seine komplette Autogrammsammlung von den Spielern des 1.FC Köln behalten: Hans Schäfer, Karl-Heinz Schnellinger, Wolfgang Overath, Wolfgang Weber, Johannes Löhr, Hansi Sturm, Milutin Soskic (sein Torwart-Idol der 60er Jahre), Heinz Hornig, Matthias Hemmersbach, Kalla Rühl, Wolfgang Rausch, Karl-Heinz Thielen, Roger Magnusson, Toni Regh, Jürgen Rumor, Karl-Heinz

Struth und Toni Schumacher, der »echte« Toni aus den 60er Jahren, der Held der unvergesslichen Europapokalspiele gegen den FC Liverpool. Diese Autogrammkarten hatte er jedenfalls für sich in seinem Autogrammalbum ins neue Jahrtausend gerettet. Zurück in seinem Jungenzimmer der 60er Jahre: seine Wände zierten in der großen Zeit seiner Fußballbegeisterung von 1964 bis 1967 natürlich verschiedene Fußballbilder, allen voran die lebensgroßen Kicker-Starschnitte von Wolfgang Overath und Wolfgang Weber, beide vom 1.FC Köln.

Genauso wie ihre Nachbarn in ihrer Siedlung in Datteln, die Familien Mazarnowski, Majewski oder Krajewski, hießen, so klangen die Namen der Ruhrgebietskicker: Heini Kwiatkowski, der Torwart von Borussia Dortmund; Willy Koslowski, »Der Schwatte« und Rechtsaußen der Schalker Meistermannschaft von 1958; Hans Cieslarczyk von Westfalia Herne; »Ötte« Tibulski und die Schwager Ernst Kuzorra und Fritz Szepan aus den erfolgreichen Tagen des »Schalker Kreisels«, als Schalke 04 in den 30er und 40er Jahren 6 mal Deutscher Meister geworden war; oder Horst Szymaniak von der Spvgg. Erkenschwick. Sie alle einten die Wurzeln aus Osteuropa, Polen, Oberschlesien oder Kaschubien. Sie einte, dass sie selber oder ihre Vorfahren wegen der Arbeit, was hieße Kohlenförderung, ins Ruhrgebiet kamen. So hatte genauso wie Horst Szymaniak auch der Schalker Klaus »Tanne« Fichtel früher im Bergbau unter Tage gearbeitet. Er kam zu Schalke von seinem Stammverein Victoria Ickern, wo er auch auf den Zechen »Ickern I/II« und »Victoria III/IV« fünf Jahre lang als Bergmann malocht hatte. Dannys Vater hatte während seiner jahrzehntelangen Bergmannskarriere auf verschiedenen Zechen der Ruhrkohle AG malocht. Auf der Zeche »Ickern I/II« erlebte er den jungen Berglehrling Klaus Fichtel in der Lehrwerkstatt und als Lehrling »unter Tage«. Zeche »Ickern I/II« war übrigens auch der letzte Pütt, wo auch Dannys Vater Götz »unter Tage malocht« hatte.

»Tanne« Fichtel war solch eine unverwüstliche und knorrige Natur, dass er auch noch im Alter von 43 Jahren und 184 Tagen (das ist absoluter Bundesliga-Rekord) für Werder Bremen sein 552. und letztes Bundesligaspiel absolvierte. Man arbeitete »auf'm Pütt«, »auf Schalke« oder »auf Zeche Schwerin«. Heutzutage geht man »auf Schalke«, wenn man ein Bundesligaspiel der königsblauen »Knappen« besucht. Oder, wenn es ein bisschen höher liegt, dann wohnt man »auf Emst«, einem über Hagen erhöht liegenden attraktiven Wohngebiet, das übrigens auch für die ersten zehn Jahre, von 1980 bis 1989, Dannys Wohnheimat in Hagen war. Über Horst Szymaniak gibt es die nette Anekdote, nachdem er Anfang der 60er Jahre ins fußballerische Lire-Paradies Italien wechselte, dass er mal während eines Vertragspokers bei einem Vereinswechsel beim Streitpunkt, ob er ein Drittel oder ein Viertel seines bisherigen Gehalts mehr verdienen sollte, sich für ein Viertel mehr entschieden hätte, weil sich das nach mehr Geld anhörte …!?! Hihihihi … Der arme Kerl wechselte zu Ende seiner Fußball-Karriere von Italien zu Tasmania 1900 Berlin. Dort schrieb er mit diesem Verein in der Saison 1965/66 mit einem absoluten Minusrekord Bundesligageschichte. Denn Tasmania holte in ihrer einzigen Bundesligasaison in 34 Spielen nur 2 Siege und bei einer Tordifferenz von 15:108 Toren nur 10 Punkte nach der heutigen Dreipunkte-Regel. Da hatte es den sympathischen, aber einfachen Bergmann aus Erkenschwick noch mal richtig gebeutelt.

Und zur Emanzipation auf dem Fußballplatz hat sich Danny folgende Geschichte einfallen lassen: »Anton«, sachtä Cervinski für mich, »neulich vazähllt mich Taumsvadders Jupp watt ganz neuet übba Emanzipazion beim Fußball. Wo se doch diese Stadien mitte Namens von de berühmte Fußballa ham, wie in Kaisaslautan datt Fritz-Walta-Stadion, da wollen die Fraun au«ni nachstähn, unn jezz n Stadion mitten Fraun-Namen ham. Ich wüßta ein: »den Ernst Kuzorra seine Frau ihr Stadion« …!«

Fan-Vertragswechsel vom Schalke 04 zum 1.FC Köln

Während Dannys Wechsel 1963 von der Volksschule zur Realschule begann die erste Fußball-Bundesligasaison. Es war der Schlusspunkt seiner fünfjährigen Schalke 04-Anhängerschaft. Wir schreiben das Jahr 1964. Die erste Saison der Fußball-Bundesliga in Deutschland ging ihrem Ende zu. Danny blieb so gerade eben noch Schalke-Fan, aber er war auch als Waage-Mensch sehr harmonie-süchtig. Da machten ihn die dauernden Skandale auf Schalke zunehmend unzufrieden. Schon damals als Junge hatte ihn das ewige Skandalträchtige in und um den FC Schalke 04 so sehr genervt, dass er ab 1964 Fan des 1.FC Köln wurde, dem er jetzt schon seit über fünf Jahrzehnten die Treue hält, durch dick und auch durch dünn …

Somit machte er etwas Ungeheuerliches, wie es nur naive, aber zu allem entschlossene Kinder fertig brachten. Zusammen mit dem Nachbars-Jungen und Sandkastenfreund Ronnie, ebenfalls Schalke-Fan, setzte er einen schriftlichen Vertrag auf. Der besagte: »Falls der FC Schalke 04 zum Saison-Ende der ersten Fußballbundesliga-Saison 1963/64 nicht wenigstens ein ausgeglichenes Punkte-Verhältnis aufweisen kann, dann wechselt der unterzeichnende Danny Kowalski seine Fan-schaft und wird mit Beginn der neuen Saison 1964/65 Fan des 1.FC Köln.« Gegengezeichnet von Freund Ronnie.

Schalke 04 schloss die Saison 1963/64 tatsächlich mit einem negativen Punktkonto ab, nachdem im letzten Spiel nur ein Unentschieden gelang: Platz 8 mit 29:31 Punkten. Tja, Vertrag ist Vertrag: Danny hatte seinem Verein ja sogar eine letzte Chance gegeben. Aber er nutzte sie nicht, und so wechselte Danny nach sechs Jahren als Schalke-Fan zu den Geißböcken des 1.FC Köln. Ronnie aber blieb weiter Schalke treu.

Im Gegensatz zum neuen Jahrtausend, wo man als Köln-Fan eher leiden muss, hatte der FC Kölle 1962 und 1964 zweimal die Deutsche Fußballmeisterschaft an den Rhein geholt, mit Idolen wie Hans Schäfer, Karl-Heinz Schnellinger und Wolfgang Overath, dem späteren Vereinspräsidenten.

Das Erstaunlichste an dieser Geschichte war, dass Danny und Sister BärBel zusammen mit Ronnie«s Vater Gus am 19.05.2001 die Vier-Minuten-Meisterschaft im Garten von Vadder Götz im Hüpfkreis feierten, weil Götz an diesem Tag seinen 75. Geburtstag mit Gartenparty in Datteln feierte. Gus und Ronnie waren ja von Hause aus strenge Schalke-Fans, Danny Köln-Fan und BärBel seit ihren Hamburger Tagen als dortige Studentin FC St. Pauli-Fan. Aber im Ruhrgebiet war das halt man so, da feierte und freute man sich auch gerne mal für den anderen mit. Dass dann nach vier Minuten für Schalke und alle Schalke-Fans der Traum von der Meisterschaft wieder ausgeträumt war und die Bayern aus München ihnen im letzten Moment völlig unverdient die Meisterschaft wieder weg schnappten, das war Drama pur, wie es zu Schalke gehörte, gehört und immer gehören wird ...

Aber das war jetzt nicht das Erstaunliche, das war nur unverdientes Drama von Schalke bei gleichzeitigem ewigen Bayern-Dusel.

Das wirklich Erstaunliche war für Danny, als er sich mal rund zehn Jahre später mit Ronnie«s Vater Gus unterhielt, so über die Nachbarschafts-Hecke ... Und dabei erfuhr er zu seiner unsäglichen Überraschung, dass die gesamte Nachbars-Familie von Schalke nach Borussia Dortmund gewechselt war. Ja, wie ging das denn …!? Von seiner Enkelin Lea und seinem Sohn Ronnie haben wir es ja schon vor ein paar Kapiteln erfahren, dass sie begeisterte BvB-Borussia-Fan geworden waren. Das war schon an sich erstaunlich, jedenfalls für einen strengen Schalke-Fan. Aber nicht nur das, Lea brachte nicht nur ihren Vater Ronnie zum Borussia Dortmund-Fan. Nein, nein, das färbte gleich auch noch auf Oppa Gus ab, der dann auch BvB-Fan wurde. Eine wirklich erstaunliche Familien-Komplett-Umwandlung von Königsblau zu Schwarz-Gelb war da im neuen Jahrtausend zu Stande gekommen.

Die Landkarte der NRW-Fußball-Clubs

Als 1963 die Fußball-BULI gegründet wurde, gab es 16 Mannschaften in der Liga.

Einige Jahre später wurde sie auf 18 Vereine aufgestockt, genau dem heutigen Stand entsprechend. Zu den 16 Gründungs-Mitgliedern gehörten fünf Vereine aus NRW: der 1.FC Köln, Borussia Dortmund, FC Schalke 04, Meidericher SV (später MSV Duisburg) und Preußen Münster.

Zahlreiche andere hatten sich ebenfalls beworben, darunter etliche Traditionsvereine wie Rot-Weiß Essen, Fortuna Düsseldorf und Alemannia Aachen. In den nächsten Saisons der 1960er und 1970er Jahre stiegen mehr und mehr Vereine aus dem Fußball-Westen in die erste BULI auf, so dass Fachleute schon eine ›Verwestlichung‹ der BULI befürchteten. Teilweise kam die Hälfte aller Erstligisten, also neun Vereine aus dem Bereich der ehemaligen Oberliga West.

Im Laufe der BULI-Geschichte gab es insgesamt 18 Clubs aus NRW, die mal in der ersten BULI mitgespielt hatten. Neben den fünf Gründungsmitgliedern und den drei oben genannten Traditionsvereinen kickten über die Jahrzehnte verteilt noch 10 weitere Vereine aus dem Fußball-Westen in der 1. BULI: Borussia Mönchengladbach, Bayer Leverkusen, Bayer 05 Uerdingen aus Krefeld (heute KFC Uerdingen), VfL Bochum, Wattenscheid 09, Rot-Weiß Oberhausen, Wuppertaler SV, Fortuna Köln, Arminia Bielefeld und schließlich als Letzter der SC Paderborn.

Diese Mannschaften, alle zusammen genommen, hätten ein komplettes BULI-Tableau mit 18 Vereinen bilden können.

Wieso ein Kapitel mit solch geballter Fußball-Geschichte? Der Autor bekam mal vor circa fünf Jahren den Auftrag vom Kulmbacher ›Bierstädter‹, einer Monats-Kulturzeitung, einen Artikel zum Thema ›Sport im Westen‹ zu schreiben. Denn er war zu einem ständigen Kolumnisten dieser Kult-Zeitschrift geworden. Der damalige Chef-Redakteur des Bierstädters, Roland Hermsdörfer, berichtete über sein karges Leben als fränkischer Fußball-Fan: »Wenn ich mal ein BULI-Spiel sehen wollte, dann musste ich erst stundenlang durch die Landschaft fahren. Und ihr im Westen habt eine derartige Anhäufung von Clubs auf engstem Raum, dass ich ganz neidisch bin …«

Und tatsächlich: auf Grund des Ballungsgebietes ›Rhein-Ruhr-Schiene‹ liegen diese Vereine sehr dicht beieinander. Die größte Entfernung zwischen Alemannia Aachen, nah an der belgischen Grenze, bis zur Bielefelder ›Alm‹ im ostwestfälischen Teutoburger Wald beträgt 219 Kilometer.

Doch die meisten der Vereine drängelten sich im Ruhrgebiet in den nur 58 km zwischen Dortmund, Duisburg und Düsseldorf, nämlich 10 der 18 Clubs: BvB, Schalke, VfL Bochum, Wattenscheid, RW Essen, RW Oberhausen, MSV Duisburg, Wuppertal, KFC Uerdingen und die Fortuna aus Düsseldorf.

Das Ruhrgebiet, auch Kohlenpott, Ruhrpott oder Pott genannt, ist mit rund 5,1 Millionen Einwohnern und einer Fläche von 4.435 Quadratkilometern der größte Ballungsraum Deutschlands und der fünftgrößte Europas.

NRW und seine Fußball-Organisation sind in die drei Bereiche Westfalen, Mittelrhein und Niederrhein aufgeteilt. Die NRW-Clubs verteilen sich wie folgt:

aus Westfalen sieben Vereine: Schalke, BvB, VfL Bochum, Wattenscheid, Preußen Münster, Arminia Bielefeld und SC Paderborn.

Vom Niederrhein ebenfalls sieben Vereine: Bor. M‹Gladbach, MSV Duisburg, KFC Uerdingen, Rot-Weiß Essen, Rot-Weiß Oberhausen, Wuppertaler SV und Fortuna Düsseldorf und vom Mittelrhein nur vier Klubs: 1.FC Köln, Fortuna Köln, Alemannia Aachen und Bayer Leverkusen.

Das war ja bisher nur die Spitze des fußballerischen Eisberges ›Tief im Westen‹. Wenn man sich die Landkarte mit den 18 Erstligisten anschauen würde, könnte man sehen, dass auch zwischen diesen 18 ›Leuchttürmen‹ aus Fußball-NRW jede Menge an Orten mit Fußball-Traditionsvereinen lauerten oder dümpelten.

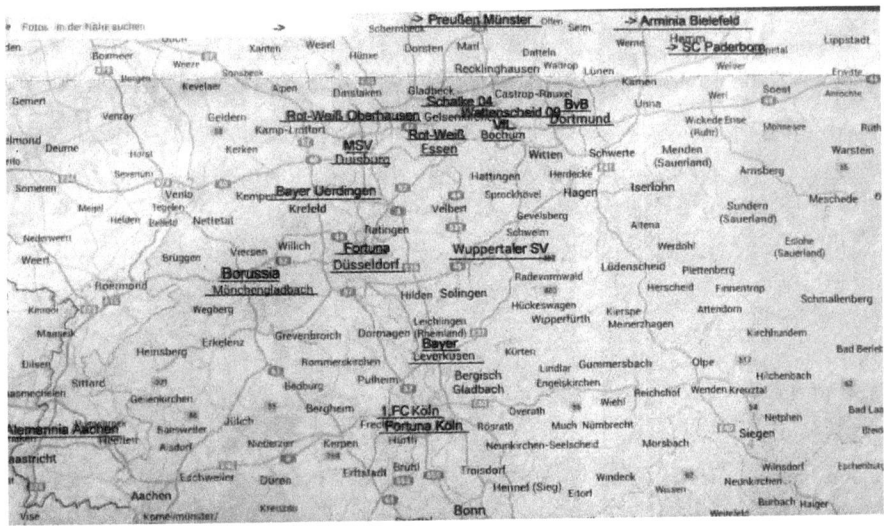

Das Ruhrgebiet durchziehen drei Flüsse von Osten nach Westen und münden in den Rhein: die Lippe im Norden, die Emscher mitten durch und die Ruhr als südliche Begrenzung des Ruhrgebiets.

Also gehe man auf der NRW-Karte mal von Ost nach West vor, also vom Lippischen im Osten bis zum flachen Niederrhein im Westen. Zwischen den Bundesligisten Paderborn und Dortmund gibt es das beschauliche Städtchen Lippstadt: der SV war Heimat der Rummenigge-Brothers. Und da gab es die Hammer Spvgg., aus der Horst Hrubesch kam. Beim VfL Schwerte wurde der ehemalige deutsche National-Fußballtorhüter Wolfgang Kleff groß, der aussah wie Otto Waalkes und mit Borussia Mönchengladbach in den Jahren 1970, 1971, 1975, 1976 und 1977 fünf Mal die Deutsche Meisterschaft, 1973 den DFB- und 1975 den UEFA-Pokal gewann. Vom SSV Hagen an der Ruhr kam Natio-nalspieler Walter Rodekamp. Der Schalker ›Euro-Fighter‹ Ingo Anderbrügge kam von Germania Datteln an der Lippe, einer der ersten Italien-Auswanderer, Horst Szymaniak, begann bei der Spvgg. Erkenschwick, der eisenharte Klaus ›Tanne‹ Fichtel lernte bei Arminia Ickern in Castrop-Rauxel und der legendäre National-Torwart des noch legendäreren ›Wembley-Tors‹ 1966, Hans Tilkow-ski, kam von Westfalia Herne an der Emscher. Günter ›Meister‹ Pröpper kam zwar vom BVH Dorsten von der Lippe, war aber 1972/73 der gefürchtete Tor-jäger des Wuppertaler SV, übrigens dem Stammverein von Erich Ribbeck. Ach ja, die Lippe, da lag ja auch der TuS Haltern mit so bekannten Eigengewächsen wie Weltmeister Benny Höwedes, Vize-Weltmeister Christoph Metzelder, ›Enfant Terrible‹ Wolfram Wuttke und Trainer-Original Peter Neururer. Weiter westlich entlang der Lippe geht es und wir kommen zum TSV Marl-Hüls, dessen größter Erfolg der Gewinn der deutschen Fußball-Amateurmeisterschaft im Jahr 1954 war. Der war nicht nur der Stammverein von Fritz Szepan, Rudi Gutendorf und Heinz van Haaren, sondern hatte Ende der 60er Jahre einen schier unerschöpflichen Vorrat an guten Kickern, dass sich besonders gerne der Deutsche Vize-Meister von 1969, Alemannia Aachen, dort bediente. Ein Zuschauer-Schlager auf dem Aachener Tivoli hieß damals: »Wir brauchen keinen Seeler, wir brauchen keinen Brülls, wir holen uns die Spieler von Marl-Hüls.« Überhaupt die Aachener Alemannia: die hatte schon mit Reinhold Münzenberg einen Vorkriegs-Recken in ihren Reihen, aber später sprudelte es in der alten Kaiserstadt nur so von Fußball-Größen wie Nationaltrainer Jupp Derwall, Jupp Martinelli, Torsten Frings, Simon Rolfes, Calle Del‹Haye, Jan Schlaudrauf, Karlheinz Pflipsen oder gar Zweitliga-Rekordspieler Willi Landgraf.

Mitten im Kohle-Revier des Ruhrgebiets hauste in Herne der SV Sodingen mit den Nationalspielern Hans Cieslarczyk und Günter Sawitzki. In Bochum gab es neben dem VfL auch den vom Textil-Unternehmer Klaus Steilmann gesponserten Verein Wattenscheid 09 mit Hannes ›Spargel‹ Bongartz, in Herten die Spvgg. mit Rudi Assauer, in Gelsenkirchen den Erle SV 08 mit Rüdiger Abramczik und in Essen an der Ruhr die Sportfreunde Katernberg mit den Weltmeistern Helmut Rahn und Heinz Kubsch. Neben dem Deutschen Meister von 1955, den berühmteren Rot-Weißen, gab es dort aber auch den ETB Schwarz-Weiß Essen. Die spielten im Uhlenkrugstadion und hatten ihren größten Erfolg 1959, als sie den DFB-Pokal gewannen. Die brachten nicht nur DFB-Manager Oliver Bierhof und National-Torwart Jens Lehmann hervor, sondern auch die Nationalspieler Hansi Küppers, Theo Klöckner, Horst ›der Schotte‹ Trimhold, Manfred Rummel, Heinz Steinmann und Uwe Reinders.

Weiter im Norden des Ruhr-Reviers, wieder entlang der Lippe Richtung Westen, kommen wir zum VfB Bottrop mit Werner Biskup. Dort in Bottrop mitten unter der letzten aktiven Steinkohle-Zeche kann man heutzutage auf der 90 m hohen Halde Beckstraße das ›Tetraeder‹ erklettern, ein in Form einer dreiseitigen Pyramide erbauter und frei begehbarer Aussichtsturm aus Stahl.

Mit einer Seitenlänge von 60 m ruht das Tetraeder auf vier 9 m hohen Beton-pfeilern. Bei klarer Sicht kann man von dort den Oberhausener Gasometer im Westen und die Arena auf Schalke im Osten erkennen. Dort wohnen die Rot-Weißen aus Oberhausen mit dem legendären Lothar Kobluhn, der 1971 überraschend mit 24 Treffern Torschützenkönig in der Bundesliga wurde, in einer Mannschaft mit Hans Siemensmeyer, Franz Krauthausen, Jürgen Sun-dermann und Uwe Kliemann.

In Duisburg münden sowohl die Ruhr als auch die Emscher in den Rhein. Dort wurde Stahl ›gekocht‹, und so wurden auch beim Traditionsverein Ham-born 07 stahlharte Männer groß, die als Trainer einen gewissen Ruf hatten, wie Rolf Schafstall oder Christoph Daum. Und die fröhlich galoppierenden Männer vom Meidericher SV wurden wegen ihrer blau-weiß-quergestreiften Trikots ›Zebras‹ genannt und waren damit völlig überraschend sehr erfolg-reich, als sie die ersten BULI-Vizemeister 1964 mit Werner ›Eia‹ Krämer, ›Pille‹ Gecks und ›Pitter‹ Danzberg wurden. Noch erfolgreicher wurde später der Kapitän der deutschen Europameister von 1980, ›Enatz› Dietz, ebenfalls vom MSV Duisburg.

Springen wir gedanklich rüber zum Rhein. Dort gab es die erfolgreiche Mannschaft von Dauer-Vizemeister Bayer ›Vizekusen‹ Leverkusen. Aber auch aus der Landeshauptstadt die Fortuna aus Düsseldorf, der Deutsche Meis-ter von 1933, damals mit Paul Janes, die mit 1954er Weltmeister-Torwart und ›Fußballgott‹ Toni Turek oder Jahrzehnte später mit den torhungrigen Allofs-Brüdern Klaus und Thomas erfolgreiche Zeiten erlebten. Oder die ›Fohlenelf‹ vom Niederrhein, Borussia Mönchengladbach, wo die Zuschauer in den überaus erfolgreichen 1970er Jahren gerne sangen: »Netzer, Heynkes, Rupp, wir holen den Europa-Cup.« Deren langjähriger Kapitän Berti Vogts kam ursprünglich vom VfR Büttgen. Dann gab es da in Krefeld auch noch Bayer Uerdingen (heute KFC Uerdingen). Unter Trainer Karl-Heinz Feldkamp gewannen sie 1985 den DFB-Pokal gegen die Münchener Bayern mit 2:1. Un-vergessen ist das 7:3 gegen Dynamo Dresden im Viertelfinale des Europapo-kals der Pokalsieger, als nach einer 0:2-Hinspiel-Niederlage in der DDR und einem 1:3-Pausenstand das Spiel am 19. März 1986 in einer legendären zweiten Spielhälfte noch gedreht werden konnte. Friedhelm und Wolfgang Funkel, Holger Fach, Matthias Herget, Stephan Kuntz, Claus-Dieter ›Pele‹ Wollitz waren wichtige Männer damals, aber auch Stephane Chapuisat und Brian

Laudrup spielten dort später. In Köln am Rhein gab es mit dem 1.FC und ersten BULI-Meister 1964 um die Weltmeister Hans Schäfer und Wolfgang Overath ein echtes Maskottchen, nämlich Geißbock ›Hennes‹. Der wurde Anfang der 1950er Jahre benannt nach Spielertrainer Hennes Weisweiler, der später mit den Mönchengladbacher ›Fohlen‹ noch viel erfolgreicher wurde. In Köln gab es aber auch das Frauenparfüm und ›echt Kölnisch Wasser‹ von 4711. Der Mäzen Jean Löring hatte es sich jahrzehntelang zur Aufgabe gemacht, in der Kölner Südstadt seinen Verein Fortuna Köln nach oben zu bringen. Die Kölner Fortuna schaffte es dann sogar bis in die erste BULI und ins DFB-Pokalendspiel. Anders die rechtsrheinische Viktoria Köln, früher Preußen Dellbrück, der es trotz Nationaltorhüter Fritz Herkenrath nur zu einer zeitweisen Größe in der damaligen Oberliga West gereichte. Im Aachener Raum gab es den Traditions-Club Düren 99, der immerhin den Nationalspieler, Vizeweltmeister und Italien-Legionär Karl-Heinz Schnellinger sowie Harald ›Eisenfuß‹ Konopka und Georg Stollenwerk hervorbrachte.

Ja, so viele schöne und bunte Vereine gibt es hier im Westen, da bräuchte doch eigentlich kein Nordrhein-Westfale ein Bayern München-Fan zu werden ...!?

Lieblings-Vereine und Fan-Freundschaften

In den 1960er Jahren hatten die Jungs aus Datteln überwiegend Lieblingsvereine aus dem Westen: Frankie und Danny waren 1.FC Köln-Fans, Florian schwärmte für Borussia Mönchengladbach, Roger für den BvB Borussia Dortmund, und Ronny, Pitter, Laufi und Erwin für Schalke 04. Aber den Vogel schoss Sonny ab, der war Fan von Alemania Aachen. Jawoll, die mit Jupp Martinelli ja sogar 1969 deutsche Fußball-Vizemeister wurden, aber danach stiegen sie auch gleich wieder ab. Ja, der Sonny war schon ein komischer Vogel, er wurde später dann ja auch Hauptamts-Leiter in Mettmann. Einer musste den Job ja machen ...

Dann gab«s auch noch mal Ausreißer, wie Ernie »Özcan« Oetkermann, der für den Hamburger SV schwärmte. Kein Wunder, denn er war genauso wie der Türke Özcan Arkoç Torhüter. Nur Ernie bei Eintracht Datteln, und Özcan war von 1967 bis 1975 als Torwart beim Hamburger SV. Er war bis 1974 der Stammtorhüter des HSV, bis er von Rudi Kargus abgelöst wurde.

Aber niemand, absolut niemand, den sie kannten, war Bayern München-Fan. Oder vielleicht doch der Benny …? Aber der war ja schon immer ein schräger Typ.

Fan-Freundschaften entwickelten sich aus guten Beziehungen zwischen zwei Fußballmannschaften. Meist erwuchsen die aus einem Schlüsselerlebnis. Wie zum Beispiel die Fan-Freundschaft zwischen den Fans des 1.FC Köln und des FC St. Pauli, die ja per se schon Feier-Biester waren. Aber es gab da eine besondere Situation am letzten Saison-Spieltag im Mai 1978. Der 1.FC Köln und Borussia Mönchengladbach standen punktgleich an der Tabellenspitze, nur durch das um 10 Tore bessere Torverhältnis der Kölner voneinander getrennt. An sich schien alles klar und easy: wenn beide ihr letztes Spiel gewinnen würden, wäre der FC mit Trainer Hennes Weisweiler, dem einstigen Erfolgstrainer der Fohlenelf aus Mönchengladbach, neuer Meister. Köln spielte auswärts bei den schon als sicherer Absteiger feststehenden St. Paulianern, Mönchengladbach hatte ein Heimspiel gegen Borussia Dortmund. Dieses Spiel sollte in die Rekordbücher der Fußball-Geschichte eingehen, denn die wie entfesselt spielenden Fohlen gewannen sagenhaft hoch mit 12:0 gegen Dortmund, ein bis heute immer noch als Bundesliga-Rekord feststehendes Ergebnis. Die Kölner führten zur Halbzeit nur mit 0:1 bei St. Pauli. So wären sie bei Punktegleichheit auf den zweiten Platz hinter Mönchengladbach zurückgefallen und Vizemeister geworden. Aber die FC-Spieler wurde von ihren eigenen Fans wie von den feierlustigen Kiez-Besuchern aus St. Pauli dermaßen angefeuert, dass sie noch einen 0:5-Auswärtssieg schafften. Das 12:0 der Mönchengladbacher Fohlen hatte dann schließlich doch nix mehr genutzt. Die Kölner Geißböcke wurden zum dritten Mal Deutscher Meister und feierten dies zusammen mit den eigenen und den St. Pauli-Fans. Daraus wurde die Fan-Freundschaft zwischen den Anhängern aus Köln und St. Pauli.

»Ja, und dann muss es wohl auch noch irgendwas in der Art mit dem FC Kölle und BvB Borussia Dortmund gegeben haben,« dachte sich der Fußball-interessierte Danny Kowalski, nachdem er eine lustige Wappen-Collage im Internet fand, worin ein Kölner Geißbock mit den Vorderbeinen auf dem runden schwarz-gelben BvB-Emblem stand. Zusätzlich gab's da auch noch eine Zeichnung, die hieß ›Tradition verbindet‹, die ging von der Dortmunder Skyline in gelb-schwarz über in die Kölner Skyline in rot-schwarz. Links und rechts die beiden Vereins-Wappen und in der Mitte das besagte ›Tradition verbindet‹.

»Ja, da bin ich aber so watt von platt von,« schmunzelte Danny, als er auf diese ihm bis dato unbekannte Verbindung zwischen dem Kölner Geißbock und den Dortmunder Schwatt-Gelben stieß.

Ja, ne, das dachte er sich nicht nur, das druckte er aus und zeigte es dann auch seiner Kollegin Helen am nächsten Morgen beim Frühstückskaffee. Er wusste ja, dass Helen BvB-Fan war.

»Du immer mit deinen Fußball-Dönekes,« schmunzelte Helen, »datt glaubste doch wohl selber nich, datt diese beiden bekannten Bundesliga-Traditionsvereine irgendwatt miteinander zu tun haben …!?«

»Nä, ährlich, siehste doch, Helen, is doch überdeutlich – echt, ej, Tradition verbindet. Nicht nur die bekannte Kölner Komikerin Carolin Kebekus und Mario Breit aus Dortmund, die den wiederum jahrelang als ›Running Gag‹ durch den Kakao zog, sondern auch die beiden Traditions-Vereine aus Köln und Dortmund …«

Zwei von Dannys besten Freunden waren von Jugend an Fans von Borussia Mönchengladbach – und das Jahrzehntelang. Florian aus Datteln und Hannes aus Hagen, beide BMG-Fans, beide regelmäßige Besucher der ›Fohlen‹ vom Niederrhein, früher im Stadion am Bökelberg, zuletzt im modernen Borussia-Park, der im Nordpark von Mönchengladbach liegt. Aber beide Freunde verstanden sich und verstehen sich noch immer gut mit Danny, dem FC Köln-Fan. Obwohl sich doch gerade die ›echten‹ Fans vom Rhein aus Köln und Mönchengladbach spinnefeind waren …

»Datt muss nich sein, Freunde, wie ihr seht …!«

Und dann gab es ja auch noch Helen, Danny›s Ex-Kollegin aus Schwerte, die war Fan vom BvB aus Dortmund und von den Fohlen aus Mönchengladbach, aber kein Grund, sich mit Danny und Geißbock-Fan nicht zu verstehen …! Im Gegenteil: Fußball-Fans sollten sich überhaupt verstehen, wenn es um ihr Hobby Fußball geht.

BULI-, Pokal- und internationale Spiele

Jetzt wird es historisch-legendär: der 4. Februar 1967, Stimberg-Stadion in Erkenschwick, gemeinsam mit Florian, Frankie, Sonny und Bodo, Dannys Realschul-Freunden von der Christoph-Stöver-Realschule in Oer-Erkenschwick, zusammen mit Manni Breuckmann, der vom Radio, und noch 20.000 anderen Zuschauern, erlebten sie das Achtelfinale des DFB-Pokals »Spielvereinigung Erkenschwick gegen Bayern München«, damals mit allen Stars wie Franz Beckenbauer, Sepp Maier und Gerd Müller. Das Spiel endete 1:3, aber es war ein hartes Stück Arbeit für die »Weltstars« aus München, ehe sie die »Malocher« aus Erkenschwick aus dem Pokal warfen:

- 0:1 durch »kleines dickes« Müller
- 1:1 durch Elfmeter, Schütze war »Ecki« Sockacki
- 1:2 wieder Müller
- 1:3 Schlussergebnis durch Rainer Ohlhauser.

Die Spvgg. Erkenschwick spielte u.a. mit dem talentierten Kalla Seidenkranz. Später kickte ja sogar Sönke Wortmann bei der Spielvereinigung, lange bevor er als Film-Regisseur mit »WM 2006 – ein Sommermärchen in Deutschland« bekannt wurde ...

Dann kam im Winter 1968 Dannys allererstes Bundesliga-Spiel, das er live besuchte. Es war ein Heimspiel der Mönchengladbacher auf dem Bökelberg. Die Fohlen spielten gegen Borussia Dortmund 1:1 unentschieden. Zusammen mit Florian, Frankie und Roger aus Datteln erlebte Danny ein relativ unspektakuläres erstes BULI-Spiel. Muss wohl ein müder Kick gewesen sein. Das einzige, was ihm in Erinnerung blieb, war die Atmosphäre im alten Bökelberg-Stadion. Sie standen auf einem Wall gegenüber der Haupt-Tribüne, nicht überdacht, glücklicherweise hatte es nicht geregnet, alle standen eng an eng, so dass auch keiner runter fallen konnte, hahaha ...

Am 27. September 1967 feierte Danny seinen 16. Geburtstag. Den Führerschein der Klassen 4 und 5 hatte er vorher schon gemacht. Der war aber erst mit 16 Jahren gültig. An diesem Ehrentag bekam er von seinen Eltern seinen ersten Motorroller geschenkt: es war eine gebrauchte, aber trotzdem schicke weiße Vespa 50 SS (Super Sprint). Der private Verkäufer meinte zu Danny, er solle sich doch einfach mal drauf setzen und losfahren. Er dachte wohl, wie jeder andere normale Junge wäre Danny bestimmt schon mal mit nem Moped gefahren. War er aber nicht. Glücklicherweise ließ er sich wenigstens zeigen, wo die Bremse war. Was ihm dann mit diesem neuen Fahrgerät passierte, dafür gibt der Autor einen kurzen Exkurs über die Bedien-Elemente eines Motorrollers, damit auch unbedarfte Nicht-Rollerfahrer das Geschehen nachvollziehen können. Am Lenker gibt es links einen drehbaren Lenkergriff aus Kunststoff für die vier Gänge, kombiniert mit einem Kupplungshebel aus verchromten Metall. In der Mitte rechts unterhalb des Scheinwerfers befindet sich innen – etwa auf Kniehöhe – ein kleines schwarzes viereckiges Kunststoff-Knöpfchen als Unterbrecher. Damit kann man den Roller ausstellen. Rechts am Lenker der drehbare Gasgriff, darüber der verchromte Bremshebel für die Handbremse. Unten im rechten Fußraum schließlich das Fuß-Bremspedal.

Das hatte der Rollerverkäufer Danny alles erklärt, bis auf die Fußbremse. Die hatte er bei der Erklärung vergessen. So fuhr Danny dann langsam im ersten Gang los. Er fuhr weiter und bekam durch das Drehen des Gasgriffes eine ziemliche Geschwindigkeit, die sich allerdings, da immer noch im ersten Gang, als kreischendes Getöse outete. Also dachte er: »Jetzt muss du aber mal etwas langsamer fahren«, und zog deshalb rechts am Lenkergriff den Bremshebel. Besser wäre dafür das Fuß-Bremspedal gewesen, aber das hatte ihm ja niemand gezeigt. Weil Gasdrehgriff und Bremshebel beide am rechten Lenkergriff waren, gab man fast unwillkürlich durch das Drehen des Gasgriffes auch Gas, wenn man mit der rechten Hand den Bremshebel zog. Das fand der Roller gar nicht gut, denn er bekam gleichzeitig zwei Befehle: Gasgeben und bremsen. Das Ergebnis: der Roller bockte wie ein junger Mustang und schlug mit seinen »Vorderhufen« wild mal nach links, mal nach rechts, um Danny schließlich im hohen Bogen aus dem Sattel zu werfen. Sein Vater und der Roller-Verkäufer schauten sich dieses Schauspiel mit mittlerem Entsetzen von Weitem an, denn sie konnten ja nicht mehr eingreifen. Der Roller kippte auf dem schwarzen Aschenhof des Lebensmittelgeschäftes der Gebrüder Pohl um, Danny lag mit zerrissenem Pullover und blutigem Ellenbogen einige Meter daneben.

Aber wie ein Cowboy wollte er sich von diesem wilden Mustang nicht unterkriegen lassen. Deshalb stand er auf und hob den Roller auf. Doch das hätte er besser bleiben lassen. Denn der Roller stand noch unter »ziemlichem Strom«: der erste Gang war noch drin, und der Gasdrehgriff am rechten Lenkergriff stand ebenfalls noch auf Vollgas. Sofort, als Danny den Roller hochgehoben hatte, schoss dieser unkontrolliert davon, aber Danny hing noch mit seinen beiden Händen dran. Dieses Mal hatte er ihn im Griff, lief neben ihm her und zwang ihn zu immer kleineren Kreisen, bis er ihn endlich durch Drücken des kleinen schwarzen Unterbrecherknopfes zur Ruhe bekam. Dieses »erste Mal« hatte Danny immerhin einen gehörigen Respekt für diese Maschine gegeben, der heilsam war für den weiteren Umgang mit dem Roller. Damit fuhr er dann die nächsten Jahre zur Schule: erst zur Realschule nach Oer-Erkenschwick, danach zum Aufbau-Gymnasium nach Recklinghausen. In den ganzen Jahren von 1967 bis 1970 hatte er nur ein einziges Mal dieses Bocken »seines wilden Mustangs« wieder erlebt, als er wohl an einer Recklinghäuser Ampel beim Anfahren irgend etwas falsch gemacht hatte. Aber da er das ja schon kannte, verlief auch diese Bockigkeit glimpflich und Danny hatte nie einen richtigen Unfall mit dieser Vespa.

Ansonsten stand dieses SS für Super Sprint nicht umsonst hinten drauf. Bei günstigen Bedingungen (also Berg runter, Sonne und trockene Straße, kein Gegenwind, sich flach auf den Sitz nach vorne legend, um möglichst wenig Windwiderstand zu bieten) fuhr er einmal den Hübnerberg von Erkenschwick runter Richtung Nettebruch in Datteln sage und schreibe 93 km/h, was für einen Klasse 4 Motorroller schon ganz schön schnell war.

Nicht so schnell ging es allerdings mit dem dicken Bodo hinten drauf. Es war ein schöner trockener Frühlingstag 1968. Damals waren sie richtige Fuß-ball-Fans und fuhren sogar zusammen auf Dannys Klasse 4-Vespa zu einem Bundesligaspiel von Datteln nach Duisburg. Die 80 km pro Strecke auf der Autobahn werden ihm unvergesslich bleiben, da Bodo ein ganz schön dicker Klotz war. Mit diesem »Gepäck« hintendrauf schafften sie es bergauf nicht einmal, einen LKW zu überholen, sondern wurden immer langsamer und mussten nach minutenlanger Parallelfahrt neben dem LKW schließlich wieder hinter ihm einschwenken. Bei diesem Freitagabendspiel um 20.00 Uhr am 26. April 1968 im Duisburger Wedau-Stadion (31. Spieltag der Saison 1967/68) verlor der 1.FC Köln knapp mit 2:3, Halbzeit 0:1. Diese Bundesligaspiele da-mals waren aber noch so familiär, dass Danny nach dem Spiel dem Kölner

Nationalspieler Wolfgang Overath vor dem Einsteigen in den Mannschaftsbus tröstend auf die Schulter klopfen konnte. So etwas ist heutzutage in der Fußball-Bundesliga wohl kaum noch vorstellbar.

Als dann Ende der 60er Jahre bekannt gegeben wurde, dass die Fußballweltmeisterschaft 1974 in Deutschland stattfinden sollte, verabredete sich Danny mit seinem alten Kumpel Bodo aus der Realschule. Sie wollten sich als Fußball-Fans zusammen ein Spiel anschauen. Die beiden verabredeten sich also schon Ende der 60er Jahre für den ersten Samstag im Februar 1974, um 12.00 Uhr mittags, vor dem bekannten Dattelner Kaufhaus Dödelmeier, um dann ihr weiteres Vorgehen für die Spiele während der 74er WM zu besprechen …

… Jahrelang hatte Danny von Bodo nix mehr gehört. Trotzdem fand er sich verabredungsgemäß am ersten Samstag im Februar 1974 um 12.00 Uhr mittags vor dem Dattelner Kaufhaus Dödelmeier ein. Und wen traf er dort? Jede Menge Dattelner, aber keinen Bodo. Schließlich sprach ihn der Ledschel an: »Auf wen wartest du denn hier, Danny?« Da er hoffte, dass Ledschel vielleicht Bodo kannte, erzählte er ihm die ganze Geschichte mit ihrer Verabredung. Und der Ledschel kannte Bodo tatsächlich: »Da kannste lange warten, Danny. Wusstest du denn nicht, dass Bodo schon tot ist …!? Er ist doch in München vor einiger Zeit bei einem Motorradunfall ums Leben gekommen.«

Das machte Danny natürlich sehr betroffen. Und somit traf Danny keinen Bodo und sah natürlich auch kein einziges Fußball-WM-Spiel live, zumal sich seine Lebenseinstellung in der Zwischenzeit sowieso derartig verändert hatte, dass er auch mit einem lebendigen Bodo wohl kein einziges WM-Spiel live gesehen hätte.

Sein drittes BULI-Spiel war auch gleichzeitig das erste Heimspiel seines Vereins, dem 1.FC Köln, im Müngersdorfer Stadion, beim 0:1 gegen die Borussia aus Mönchengladbach, am 14. Spieltag der Saison 1969/70, Samstag, den 29.11.1969. Ja, brrr, es war kalt, die dicken Parkas mit Winterfell wurden enger gezurrt. Er erlebte das Spiel zusammen mit ebenfalls Kölle-Fan Frankie und Fohlen-Anhänger Florian. Nur der letztere hatte Grund zum Jubeln, denn das einzige Tor schoss für die Fohlen der dänischer Star Ulrik LeFevre aus Velje, Jütland. Wieder standen die Freunde dicht an dicht in einer Kurve, wieder nix zu lachen, selbst die Erinnerung war grau.

Dann erlebte Danny auch mal Fußball-International, die englische Premier League, und das kam so. Er hatte in London eine englische Brieffreundin, Suzanne Jordan. Mit Klassenkamerad Carlos trampte er nach London und traf das junge Girl mit einigen Schwierigkeiten. Denn der mit Suzanne verabredete Treffpunkt war der Bahnhof Victoria-Station, am Sonntag, den 9. August 1970. Das hatten Carlos und Danny sich einfacher vorgestellt. Erst hatten sie mit Mühe und Not alle Klippen ihrer allerersten Tramp-Reise umschifft und waren pünktlich am verabredeten Tag in London angekommen, da entpuppte sich die Victoria-Station als riesige Halle voller Läden und Menschengewimmel. Danny hatte zwar ein Foto von Suzanne und sie auch eins von ihm, aber sie fanden sich nicht. Deshalb rief er flugs bei ihrer Mutter zu Hause im Londoner Norden, im Stadtteil Islington, an. Ihre Mutter meinte: »*No problem. You only have to look for two hippie-girls in flower-power-clothes!*«

Aha. Und tatsächlich fanden sie aufgrund dieser Beschreibung rasch die beiden Mädels in den langen Flower-Power-Röcken. Suzanne war eine attraktive schlanke Brünette mit einem schönen Gesicht und langen Haaren. Aber es funkte nicht zwischen ihr und Danny, obwohl sie sich noch zwei weitere Male während seines London-Aufenthaltes verabredeten. Einmal davon bei ihr zu Hause, wobei es English-Tea gab.

Suzannes Vater überredete sie bei dieser Gelegenheit, mit zum nächsten Heimspiel seiner Lieblingsmannschaft Arsenal London zu kommen. Das war dann allerdings ein unvergessliches Erlebnis, da Arsenal im heimischen Highbury-Stadion die super Mannschaft von Manchester United mit 4:0 geschlagen nach Hause schickte, obwohl die mit allen Stars wie den beiden Weltmeistern Bobby Charlton und Nobby Stiles sowie dem Schotten Dennis Law und dem unvergessenen Nordiren George Best angetreten waren. Der wurde wegen seiner langen Mähne auch der ›fünfte Beatle‹ genannt. 1968 wurde der geniale nordirische Fußballstar George Best ›Europas Fußballer des Jahres‹. Am 25.11.2005 verstarb der frühere Fußballstar und Lebemann 59-jährig. Man sagte ihm folgendes Zitat nach: »*Ich habe viel von meinem Geld für Alkohol, Frauen und Autos ausgegeben. Den Rest habe ich einfach verprasst.*«

Aber immerhin schaffte Arsenal in England in dieser Saison 1970/71 sogar das Double, also Meisterschaft und Pokal zu gewinnen. Drei Jahrzehnte später hätte sich Danny mehr über den Arsenal-Sieg gefreut, nachdem er im neuen Jahrtausend Nick Hornby›s Roman ›*Ballfieber, die Geschichte eines Fans*‹ *(Fe-*

ver Pitch) * gelesen hatte und nach und nach selber Arsenal-Fan geworden war. Doch damals, also 1970, war Danny ›dummerweise‹ noch Manchester United-Fan. Ja, warum war er denn eigentlich ManU-Fan geworden: das hatte sicherlich sehr viel mit dem dramatischen Flugzeugabsturz der ›Busby-Babes‹ von München 1958 zu tun gehabt. Englands Fußball-Legende Sir Bobby Charlton lassen die Ereignisse des 6. Februars 1958 bis heute nicht los. »Das hat mein Leben verändert«, erklärte der Weltmeister von 1966, »es war einfach ein Alptraum.« Der frühere Profi von Manchester United ist immer noch sichtlich bewegt, wenn er sich an den wohl schlimmsten Tag seines Lebens erinnerte. Charlton überlebte das Flugzeug-Unglück von München, bei dem vor 60 Jahren 23 Menschen starben. Es war eine der größten Tragödien in der Geschichte des europäischen Fußballs. Die Maschine mit dem aufstrebenden United-Team von Trainer Matt Busby – wegen des jugendlichen Alters der Spieler »Busby Babes« genannt – war nach einem Europapokal-Spiel in Belgrad auf dem Weg nach Hause in München abgestürzt. Da spielte also für Danny ein wenig der Mitleid-Faktor mit, aber nur anfangs. Denn ManU entwickelte sich in den 1960er Jahren zu einer englischen Kult-Mannschaft. Das hatte sicherlich auch damit zu tun, dass sie mit dem Nordiren Geogie Best damals von Sieg zu Sieg eilten. Sie gewannen sogar 1968 als erste englische Mannschaft den Europapokal der Landesmeister. Außerdem war George Best auch ein wilder Typ mit seiner langen Matte, ein echter Lebenskünstler und einer der besten Fußballer, den es je gab. Kein Wunder, dass Danny damals für ManU schwärmte. »George Best feiert seinen größten Triumph im europäischen Revolutionsjahr 1968. In England allerdings ist ›1968‹ weniger eine politische als eine kulturelle Angelegenheit. Mick Jagger nennt die britische Hauptstadt im Song ›Street Fighting Man‹ die ›sleepy town London‹. Eine viel gestellte Frage lautet damals: ›Beatles oder Rolling Stones?‹. Best, der ›fünfte Beatle‹ beantwortet sie mit ›Rolling Stones‹.« **

In seinem Kapitel ›Der George Best der Bluesgitarre‹ schreibt Dietrich Schulze-Marmeling über einen anderen großen Iren aus jener Zeit, Rory Gallagher: »Er war 1966 zum ersten Mal in Belfast aufgetreten. Seine Gruppe Taste hat sich inzwischen aufgelöst. Ihren größten und bemerkenswertesten Auftritt hatte die Band am 28. August 1970 beim Isle of Wight Festival hingelegt, als ein begeistertes Publikum fünf Zugaben forderte.« Und Danny war einer

---

* *Hornby, Nick – Fever Pitch, Ballfieber – die Geschichte eines Fans, Hamburg 1996*

unter ihnen. Er lebte offensichtlich am Puls der Zeit. Denn im August 1970 hatte er zwei Wochen vorher George Best mit ManU bei Arsenal London Fußball spielen gesehen und sich dann beim Isle of Wight Festival an den Blues-Rock-Klängen von Taste und Rory Gallagher erfreut.

»Der protestantische Nordire George Best wird in einem Atemzug mit Pele, Maradona und Cruyff genannt, der katholische Südire Rory Gallagher in einem Atemzug mit Jimi Hendrix und Eric Clapton. Pele galt als der Jahrhundertspieler, aber für ihn ist George Best noch besser. Ähnlich ergeht es Gallagher. Als Jimi Hendrix beim Isle of Wight Festival gefragt wird, wie es sich anfühle, der beste Gitarrist der Welt zu sein, antwortet er: Ich weiß es nicht, fragt Rory Gallagher.« **

20 Jahre später, Danny hatte in jener Zeit – genauer gesagt 1987 – das Jonglieren mit Bällen, Keulen und Ringen gelernt, wozu er passender Weise nach seinem dritten Diplom, erst SoWi, dann Sozialarbeit und schließlich Sozialpädagogik, nun auch endlich mit drei Diplomen jonglieren konnte, hihihi …

Und auch sein 1.FC Köln hatte mal wieder einen kleinen Aufwind. Den erlebte Danny bei seinem bisher letzten live-Bundesligaspiel im Müngersdorfer Stadion zusammen mit seinem Freund Carlos am 25.11.1989, als der FC Köln den VfL Bochum zwar nicht grandios, aber souverän mit 2:0 besiegte. Köln gewann in jener Saison 1989/1990 durch die ›Unterstützung‹ von Carlos und Danny die deutsche Fußball-Vizemeisterschaft. Unter Trainer Christoph Daum errang der FC sogar 1989 und 1990 zwei deutsche Fußball-Vizemeisterschaften hintereinander. Aber danach gab es bei den Kölner ›Geißböcken‹ leider gar nix mehr zu feiern. Dieses letzte BULI-Spiel live erlebte Danny tatsächlich auch in absolut frostigster November-Atmosphäre: »Boah, watt war datt kalt ….!!« Er hatte vorher schon mit Freund Carlos mit einigen Gläsern Grappa in einer stadion-nahen Kneipe versucht, sich innerlich anzuwärmen. Dann standen sie im Stadion zwei Stunden ungeschützt auf ihren preiswerten Stehplätzen. Dabei kroch die Kälte langsam, aber sicher durch die Sohlen der Schuhe, in die Füße, in die Beine, in den ganzen Körper: bbbrrrrrrr …!!: da hätte es für die beiden Freunde schon ne ganze Flasche Grappa benötigt, um dieser Eiseskälte von unten zu begegnen …

** *Dietrich Schulze-Marmeling – George Best, der ungezähmte Fußballer, Göttingen 2015, S. 82 im Kapitel ›Nordirlands ›1968‹, und S. 107 im Kapitel ›Der George Best der Bluesgitarre‹*

Später erlebte Danny keine Live-BULI-Spiele mehr irgendwo in irgendeinem Stadion. Denn später war er nur noch ›TV-Glotzer‹, wie Nina Hagen es so schön in ihrem Neue Deutsche Welle-Hit beschrieb. So konnte er natürlich nicht miterleben, wie moderne Fußballer an ihre Leistungsgrenzen gescheucht wurden, besonders wenn sie von Felix ›Quälix‹ Magath trainiert wurden. Dessen ehemaliger norwegischer Stürmer Jan-Aage Fjörtoft von Eintracht Frankfurt resümierte dazu auch treffend: »Ob Felix Magath die Titanic gerettet hätte, weiß ich nicht. Aber die Überlebenden wären topfit gewesen.«

Und dann machte Danny auch mal einen Ausflug zum American Football. Es war während seiner Reise nach New Orleans 1991. Am TV seines Zimmers im ›Frenchmen Hotel‹ beschäftigte er sich mit den für uns Europäer obskuren Regeln der NFL, der National Football Legue: fast begriff er sie, aber auch nur fast. Es war so ähnlich wie damals 1986 in California, als er mal zufällig bei einem Baseball-Spiel zuschaute. Von dieser Sportart und ihren Regeln hatte er nur ansatzweise eine Ahnung, weil er früher immer fleißig die Comics von Charly Brown und seinen Freunden las. Die spielten ja auch Baseball. Aber als Danny dann tatsächlich ein Baseball-Spiel auf dem Uni-Campus von Berkeley verfolgte, da hatte er auf einmal eine Art von Idee der Regeln. Er wollte sie gerade zu fassen bekommen, als er sie auch schon wieder verlor …

Zurück nach Louisiana und zum American Football, dort feuerte er die heimischen ›New Orleans Saints‹ an, die damals eine gute Phase hatten, und schaute sich deren Heimspielarena an. Das war die futuristisch anmutende Beton-Halbkugel des ›Super Dome‹, der 2005 noch mal zur traurigen Berühmtheit wurde, als nach dem Wirbelsturm ›Katrina‹ ganz New Orleans unter Wasser stand, und dort die Obdachlosen im Massenlager unterkamen, die nicht rechtzeitig aus New Orleans flüchten konnten oder wollten. Umso mehr freuten sich Danny und die halbe sportbegeisterte US-Nation, als ein paar Jahre später tatsächlich diese New Orleans Saints 2010 den NFL-Titel gewannen. Es war sozusagen ein verspätetes Geschenk für die Opfer von Wirbelsturm ›Katrina‹ …

Pokalsiegfeier in Abwesenheit

Danny war ja hoch erfreut, dass seine »Geißböcke« 1970 das deutsche Fußball-Pokalfinale erreicht hatten. Der Gegner hieß Kickers Offenbach, ein Zweitligist.

Normalerweise fand das Pokalfinale immer direkt nach der BULI-Saison im Mai statt. Da aber die Fußball-Weltmeisterschaft 1970 in Mexiko bereits am 31. Mai 1970 begann, würde somit Pokalfinale und WM miteinander kollidieren. Um das zu verhindern, entschied sich der DFB für eine Austragung des Pokalfinales während der Sommerpause nach dem WM-Turnier. Offenbach war zu diesem Zeitpunkt eigentlich schon Bundesligist, denn Kickers Offenbach stieg 1970 in die erste Bundesliga auf.

Trotzdem war die Favoritenrolle im Endspiel für Danny klar: sein 1.FC Köln, zumal ja auch die Offenbacher Kickers als Aufsteiger aus der zweiten Fußballbundesliga ins Finale kamen. Das fand in Hannover statt, im Niedersachsenstadion, vor 50.000 Zuschauern am 29. August 1970.

Zu der Zeit befand sich Danny mit seinem Freund Carlos auf dem fünftägigen Isle-of-Wight-Festival. Dort gab es keine deutschen Zeitungen, auch Tage später – zurück in London – fand Danny keinerlei Hinweis auf das Ergebnis des deutschen Pokalfinales. Die Engländer interessierte der deutsche Fußball nicht die Bohne. Vielleicht ja auch, weil sie bei der Fußball-Weltmeisterschaft 1970 in Mexiko im Viertelfinale grandios mit 2:3 gegen die deutschen Kicker gescheitert waren …?

So gab also Danny seinem Reisegefährten Carlos großzügig ein Bier auf den Kölner Pokalsieg an dem besagten 29. August aus, ohne das Ergebnis des Finales zu wissen. Sie feierten mal einfach so ins Blaue hinein.

Beim Zurücktrampen von London nach Westfalen passierte Danny in Aachen die belgisch-deutsche Grenze. Da hatte er Glück, dass ihn ein Lieferwagen von Aachen bis Düsseldorf mitnahm. Die Männer im Auto unterhielten sich unter anderem auch über Fußball. Da konnte er ja dann auch gleich seine Frage nach dem Pokalsieger stellen. Er bekam die überraschende und gleichzeitig schockierende Antwort: »Kickers Offenbach wurde DFB-Pokalsieger.« Da es Düsseldorfer waren, dachte er, die wollten ihn wohl verarschen. Aber weit gefehlt, tatsächlich gewann Kickers Offenbach gegen den 1.FC Köln mit 2:1, womit 1970 erstmals ein Zweitligist Pokalsieger wurde.

Zu früh gefreut, zu früh gefeiert … Kann man so was eigentlich wieder rückgängig machen …?

Die Extra-Halbzeit

Jahre später …

Danny schaute sich zusammen mit seiner Freundin Tina ein Fußball-Länderspiel an. Es war ein schöner Frühsommertag 1977. Da es draußen warm war, trugen sie auch drinnen nicht besonders viel Kleidung. Tina hatte »sturmfreie Bude«. Deshalb konnten sie sich auch im Wohnzimmer auf der Couch-Garnitur recht ungezwungen geben. Sie knutschten gerne. Deshalb entstand auf dem Sofa eine ziemlich dichte Atmosphäre.

Weil mit den Bällen beim Länderspiel im TV nicht viel los war, begann Danny, an Tina«s »Bällen« zu spielen, was ihr sichtlich gefiel. Sie nannte die beiden selber »Tim und Bello«, während Dannys Bällchen unbenannt blieben. Bald interessierte das Länderspiel überhaupt nicht mehr, denn Tina und Danny hatten sich auf der Couch ineinander verkeilt. Ein munteres Liebesspiel zeugte nicht gerade von einem munteren Länderspiel. Schönes Training mit und ohne Bälle, erst Schmusen und Küssen, dann Lieben, bis es ihnen kam.

Gemacht – getan, und auf dem Spielfeld im TV hatte sich derweil auch nicht viel getan. Die Spieler machten Halbzeit und bekamen ihren ›Halbzeit-Tee‹, derweil bei Danny und Tina in ihrer »Extra-Halbzeit« andere Säfte flossen. Frisch und froh konnte es zur zweiten Halbzeit weiter gehen.

»Gut gebumst ist halb gewonnen,« wie es so schön heißt …

… und das Länderspiel hatten die Deutschen dann doch noch gewonnen.

Heinz Flohe – Der mit dem Ball tanzte

Danny bekam von seiner Moni als Weihnachtsgeschenk »Heinz Flohe – Der mit dem Ball tanzte …«, als DvD.* In Ermangelung eines DvD-Spielers schaute er sich deshalb den interessanten Streifen auf dem Laptop an. Das war zwar alles technisch sehr umständlich, aber es ging dann doch. Weil es vor

---

* *Steffan, Frank – »Heinz Flohe – Der mit dem Ball tanzte …« (als DvD), Köln 2015*

dem kleinen Monitor des Lappys nicht so bequem war, guckte er auch erst mal nur 45 Minuten. Aber das war schon wirklich ein super Film über einen super Fußballer …!

Denn Heinz Flohe war der Kölner Spieler, der in der Domstadt am meisten verehrt wurde, trotz Wolfgang Overath. Denn »Flocke«, wie er liebevoll genannt wurde, war der eigentliche Kölner »Fußballgott«. Er war der, der »mit dem Ball tanzte«, und auch passend dazu ein großer Indianer-Liebhaber. Heinz Flohe war 1974 mit der deutschen Nationalmannschaft Weltmeister. Doch sein größter Erfolg war die BULI-Saison 1977/78. Der Trainer des 1.FC Köln, Hennes Weisweiler, hatte »seinen alternden Star« Wolfgang Overath aus der Kölner Mannschaft aussortiert. Als fiel den Spielern eine Last von den Schultern, spielten sie befreit auf und sich selber in einen wahrhaften Fußball-Rausch. Allen voran Heinz Flohe, den Weisweiler zu seinem neuen Häuptling gemacht hatte. Der dankte es ihm mit super Leistungen. Technisch war Flocke sowieso schon immer einer der besten Fußballer, den Deutschland je hatte. Aber in dieser Saison führte er seine Kölner »Geißböcke« zu Höchstleistungen. Er kämpfte nach hinten und nach vorne. Er bereitete viele Tore für seine Mitspieler vor. Und er schoss auch selber viele schöne Tore, mit seiner Dynamik, mit seiner Technik, einmalig. In dieser Saison holte der 1.FC Köln dann auch das Double, die Meisterschaft und den DFB-Pokal 1978. So wurden Helden geboren.

Solche guten Fußballer wurden natürlich auch schon immer von knallharten Verteidigern gejagt und gefoult. Als Heinz Flohe einige Jahre später als Spieler des 1860 München agierte, wurde er von seinem Gegenspieler Paul Steiner vom MSV Duisburg regelrecht umgesenst. Das brachte ihm eine schwere Verletzung ein, so dass er vom Platz getragen werden musste. Diese schwere Verletzung bedeutete für Flocke das Karriere-Ende. Und ausgerechnet dieser Paul Steiner heuerte später beim 1.FC Köln an, was ihm viele Köln-Fans übel nahmen.

Und dieser Steiner wurde sogar 1990 als Kölner Spieler Weltmeister in Italien, ohne je dort eine Minute gespielt zu haben.

Das war bei Flocke ganz anders. Der war zwar 1974 Weltmeister in der BRD geworden, hatte aber nur ein paar Spiele dabei mitgemacht, ohne im Endspiel eingesetzt zu werden. Deshalb fühlte sich der zurückhaltende Heinz Flohe auch eigentlich nicht als richtiger Weltmeister, weil er ja im Finale nicht mitgespielt hatte.

Der sympathische und volksnahe Flocke wurde jedoch in Köln bedingungslos verehrt, im Gegensatz zu Wolfgang Overath, der als launisch und schwierig galt. So erfuhr es jedenfalls Danny aus dem Buch über den 1.FC Köln, das bezeichnenderweise »Größer als Real Madrid« heißt. *

Ruhrpott, Ruhrpott

Es war eine Woche im Mai 1997, die die Menschen im Ruhrgebiet stolz machte, denn da waren sie die Fußball-Hauptstadt von Europa.

Auch Danny fieberte mit, denn obwohl sein 1.FC Köln nicht dabei war, der FC Schalke 04 und der BvB Borussia Dortmund waren doch Mannschaften aus seiner Heimat. Das Ruhrgebiet ist das Gebiet in NRW zwischen Ruhr und Lippe, im Westen durch den Rhein begrenzt, also bis Duisburg und Oberhausen, im Osten bis zur Emscher in Dortmund oder Hamm am Ende des Datteln-Hamm-Kanals, im Süden begrenzt es die Ruhr von Hagen, über Bochum, Essen und Mülheim, im Norden die Lippe mit den Städten Bottrop, Gladbeck, Recklinghausen, Oer-Erkenschwick, Datteln und Waltrop im südlichen Münsterland. Seine Heimat war der Ruhrpott.

Und 1997 war das Zentrum des Fußballs ebenfalls der Ruhrpott, als in einer einzigen Woche erst die »Euro-Fighter« von Schalke 04 per Elfmeter-Schießen die übermächtigen Stars von Inter Mailand im Mailänder Guiseppe-Meazza-Stadion besiegten. Und dann eine Woche später in München besiegte Borussia Dortmund die favorisierten Juve-Stars von Juventus Turin mit 3:1, zweimal Kalle Riedle und dann das BvB-Jahrhundert-Tor vom gerade frisch eingewechselten Lars Ricken, Abiturient und Dortmunder Jung.

Ja, da standen jedem Ruhri-Fußball-Fan die Tränen in den Augen, egal zu welcher Mannschaft er hielt. Ruhrpott, ja, das war auch gelebte Solidarität mit den Bergleuten und Stahlarbeitern, deren Branchen gerade mal wieder in einer Krise steckten.

So riefen dann auch die Fans mit den siegreichen Mannschaften und den krisengeschüttelten Bergmännern und Hüttenarbeitern aus den Stahlbetrieben des Ruhrgebiets zusammen: »Ruhrpott, Ruhrpott, Ruhrpott …!!!« So schallte es durchs Ruhrgebiet weit über seine Grenzen bis in die ganze Republik.

* *Löer, Christian/Lötz, Thomas – »Größer als Real Madrid«, Bielefeld 2014*

Und wenn Danny das jetzt noch mal so liest und dabei innerlich die »Ruhr-pott, Ruhrpott«-Rufe hört, dann bekommt er jedes Mal wieder eine Gänse-haut – gratis dazu.

Heutzutage kommen dem Ruhrpott-Fan die Tränen, wenn er die Atmo-sphäre in der Schalke-Arena erlebt. Da wird vor jedem Heimspiel in Gelsen-kirchen das Steiger-Lied angestimmt und von den meisten Stadion-Besuchern mitgesungen. Dazu wird das Licht in der Arena gelöscht, und auf den Rängen werden Tausende Lichter geschwenkt. Das erinnert dann immer ein bisken watt an »Unter Tage« einer Steinkohlen-Zeche. Danny«s Vadder war ja Steiger. Von daher ist Danny doppelt gerührt. Gerne erinnert er sich an eine Anekdote aus seiner Kindheit, als er mit den Eltern in Urlaub nach Dänemark reiste. Da nahm man es anscheinend in den 1960er Jahren noch etwas genauer mit den Grenzformalitäten. Der Zöllner wollte allerlei wissen, was er in sein Formu-lar eintrug. »Beruf,« war eine seiner Fragen. »Steiger,« antwortete Götz. »Wie Steiger? Sie sind Bergsteiger?« schüttelte der Grenzer irritiert seinen Kopf. Ein erstauntes Schmunzeln ging über die Gesichter der Familie Kowalski, dass es sich bis zur dänischen Grenze noch nicht rum gesprochen hatte, dass im Steinkohlenbergbau der Steiger das Sagen hatte. Noch lieber erinnerte sich Danny an den 90. Geburtstag seines Vadders Götz, den dieser noch zu Hause im Schürenheck im Kreise seiner Lieben feierte. Selbst der Dattelner Bürger-meister kam. Als dann Charly Hölscher das Steiger-Lied anstimmte, stand der noch rüstige Götz auf, alle anderen standen ebenfalls auf, und zusammen wurde das Steiger-Lied gesungen.

> *»Glück auf, Glück auf! Der Steiger kommt,*
> *und er hat sein helles Licht bei der Nacht,*
> *und er hat sein helles Licht bei der Nacht*
> *schon angezündt, schon angezündt.«*

Ja, dieses Bergmannslied ›Glück auf‹, das ist schon eine anrührende Hymne, die Danny genauso unter die Haut geht wie den echten Schalke-Fans Pitter, Laufi oder Manni Breuckmann.

Und ein bisken weiter östlich im Ruhrgebiet, dort die Dortmunder, die hat-ten eine Hymne, und die hatte ein positives Feedback fast überall auf der Welt.

»When you walk through the storm
Hold your head up high and don‹t be afraid of the dark
At the end of the storm there›s a golden sky And the sweet silver song of a lark
Walk on through the wind
Walk on through the rain
For your dreams be tossed and blown
Walk on, Walk on
With hope in your heart
And you›ll never walk alone
*You›ll never walk alone« ***

›You›ll never walk alone‹, die Hymne hörte der Ex-Borussia-Profi vom BvB Dortmund Erdal Keser genauso gerne wie auch Werner Sperling, Klaus Kaiser und Ronny, die Borussen-Fans. Selbst Hannes Engelmann, der Borussia Mönchengladbach-Fan, mochte sie, weil es die Hymne des FC Liverpool ist und war, deren Fans mit denen von Mönchengladbach innigst in einer langen traditionsreichen Fan-Freundschaft verbunden waren. Ursprünglich stammte das Lied aus dem Broadway-Musical »Carousel« von 1945. Bei dieser Ballade geht es um einen Karussellbremser, der sich nach einem Raubüberfall umbringt. Er darf für einen Tag auf die Erde zurück und bringt seiner Tochter einen Stern mit, der ihr eine bessere Zukunft verheißt. Daraus machte die Liverpooler Band Gerry and the Pacemakers eine Coverversion, mit der sie im Jahr 1963 einen Nummer-eins-Hit landete. Dieser Hit wurde im Laufe der Jahre zur Hymne des FC Liverpool.

---

* *Wann gab es je einen größeren Gänsehaut-Effekt für Fußball-Fans als im Liverpooler Stadion an der Anfield Road gegen die BvB Borussia. Dabei sangen Liverpooler und Dortmunder Fans gemeinsam ›die‹ Fußball-Hymne, die du dir jetzt in diesem Video anhören kannst ›You›ll Never Walk Alone‹, Liverpool vs. Dortmund 14th April 2016: https://youtu.be/ j72tBjGNIxI*

Die beste Elf aus 70 Jahren 1.FC Köln

Mehr als 12.000 Fans hatten im Kölner Express gewählt. Und das war das Ergebnis: die beste Elf aus 70 Jahren 1. FC Köln. *

Tor:　　　　　　Harald Schumacher

Verteidigung:　Harald Konopka – Wolfgang Weber – Bernd Cullmann

Mittelfeld:　　　Pierre Littbarski – Wolfgang Overath – Heinz Flohe – Hans Schäfer

Sturm:　　　　　Hannes Löhr – Dieter Müller – Lukas Podolski

Danny kann sich mit solch einer »Jahrhundert-Mannschaft« des FC Köln schon anfreunden. Aber er vermisst natürlich einige wichtige Spieler, wie das immer so ist. Was ist mit Bodo Illgner im Tor, der war immerhin Weltmeister. Auch Thomas »Icke« Häßler, der trickreiche Mittelfeldspieler, war Kölner Spieler, als er 1990 Weltmeister wurde. Nicht zu vergessen Bernd Schuster, einer der genialsten Mittelfeldspieler, die Deutschland jemals hatte. Er war Kölner, als er Nationalspieler wurde und mit dem deutschen Team die Europameisterschaft 1980 gewann. Und dann würde Danny wahrscheinlich eher Karl-Heinz Schnellinger als Linksverteidiger sehen, ohne dass er was gegen Bernd Cullman sagen möchte. Aber Schnellinger war doch der erste Kölner Spieler, der ein Weltstar wurde, bei AC Mailand: »Ausgerechnet Schnellinger …!«

Pierre Littbarski (57) jedenfalls war hellauf begeistert über dieses Team: »Eine Mannschaft, mit der ich wahnsinnig gerne zusammengespielt hätte«, meinte Litti, der nach Heinz Flohe († 65) die meisten Stimmen erhielt.

»Wenn man auf diese Elf schaut, weiß man, welch großer Verein der FC ist. Darauf sollten wir stolz sein«, freute sich der Jüngste, Lukas Podolski (32).

Kölns Rekordspieler Wolfgang Overath (74) war sich sicher: »Vom Können her ist das eine Mannschaft, die guten Fußball gespielt hätte.«

»Eine Raketen-Mannschaft«, sagte Abwehrchef Wolfgang Weber (73), der mit einem Augenzwinkern mahnt: »Wahrscheinlich würde diese Elf viele Tore

---

*　Quelle: *https://www.express.de/29716122* ©2018

schießen – aber auch viele kassieren.« Ja, da konnte ihm Danny vollauf zustimmen: jede Menge Offensiv-Qualität und Tordrang, und viel zu wenig Abwehrspieler. Aber das passierte ja meistens bei diesen fiktiven Jahrhundert-Wahlen. Wogegen Littbarski fand, dass die offensive Ausrichtung durchaus zum FC gehört: »Das passt doch zum Kölner Herz, das wollen die Fans sehen.« Der Weltmeister von 1990 befürchtete nur: »Wir hätten uns gestritten, wer die Freistöße schießen darf. Da sind vier grandiose Linksfüße dabei.«

»Ja, Litti, hast ja recht …! Aber deine Sorgen möchte der aktuelle FC wohl gerne haben, was …!?« konterte Danny.

Und Lukas Podolski war der einzige Spieler der Elf, der noch aktiv spielte. Die mehr als 12.000 Teilnehmer hatten ihn trotz riesiger Konkurrenz als Nummer eins im Sturm auserkoren. Lukas Podolski: »Weil die Fans gewählt haben, bedeutet es mir sehr viel, dass ich dabei bin. Leider habe ich keinen Titel mit dem FC gewonnen oder miterlebt. Trotzdem ist es mein Klub, seit ich denken kann, und deshalb umso mehr eine Ehre, bei dieser Elf dabei zu sein.«

Fast alle Spieler der Jubiläums-Elf kickten mehr als zehn Jahre für den FC. »Es ist schön, dass Leute, die lange im Verein waren, noch immer solch eine Akzeptanz bei den Fans haben«, sagte Littbarski.

Und Wolfgang Overath fand es ein wenig schade, dass am Ende nur elf Akteure dabei sein konnten: »Der eine oder andere hätte noch dazugehört.« Ja, da musste Danny dem Overath voll und ganz recht geben. 70 Spieler und Trainer standen in den vergangenen Tagen im EXPRESS zur Auswahl. Zum Beispiel der sympathische Jonas Hector, er war nur so eben gescheitert. Einige andere waren nur knapp hinten dran. Den Kader der Jubiläums-Mannschaft komplettierten: Bodo Illgner (2059 Stimmen), Jonas Hector (5497), Jürgen Kohler (4821), Thomas Häßler (6516), Bernd Schuster (3701), Toni Polster (4972) und Klaus Allofs (4172). Na guck, da waren ja einige, die Danny schon vermisst hatte, wenigstens noch in den Kader gerutscht.

Interessant war die Assistenz-Trainerwahl. Denn der beliebte Trainer Peter Stöger (1387) würde dem unangefochtenen Double-Trainer Hennes Weisweiler assistieren. Der Österreicher Stöger, der den FC zurück nach Europa führte, landete knapp vor Christoph Daum (1111).

In der Jubiläums-Elf dominierten verständlicher Weise die Double-Gewinner von 1978. Doch mit Hans Schäfer, der schon im Gründungsjahr 1948 dabei war, und dem noch aktiven Podolski war die Mannschaft eine Reise durch siebzig Jahre FC. Wie schön ...!

Die launische Diva vom Rhein

Das wußte doch jeder, als Fan vom 1.FC Kölle, da musstest du leidensfähig sein. Denn sie wurden ja auch nicht zu unrecht die »launische Diva vom Rhein« genannt. Mal spielten sie Weltklasse und alles an die Wand, dann wieder verzweifelte der Fan am bescheidenen Spiel der Geißböcke und musste mit einer enttäuschenden Niederlage nach Hause gehen.

Ein gutes Beispiel zeigte die aktuelle Saison 2018/2019 des FC in der 2. BULI. Nach einem grandiosen 3:5-Auswärtssieg-Spektakel beim FC St. Pauli kam das nächste Heimspiel der Kölner gegen den Aufsteiger FC Paderborn. Und was geschah: wieder Spektakel, wieder grandios, wieder 3:5, aber dieses Mal eine Heimniederlage gegen die Ostwestfalen ...

Und dazu gehörte auch die Geschichte der sechs Abstiege und der sechs Aufstiege des 1.FC Köln. Treu hielten und halten die Fans trotzdem zu ihrem ›Effzeh‹. Die ›Geißböcke‹ stiegen 2000 auf, um 2002 wieder abzusteigen, stiegen 2003 dann wieder auf, um 2004 wieder abzusteigen, stiegen 2005 wieder auf, um 2006 wieder abzusteigen, und das trotz ›Prinz Poldi‹ Lukas Podolski, und wenn sie nicht gestorben waren, dann steigen sie wieder auf ...! So treu waren die FC-Fans, dass es auch trotz Niederlagenserien aus dem Stadion und den Szene-Kneipen klang: »Mer stonn zo dir, FC Kölle.« Und erst recht im Abstiegskampf sang der Kölner mit den ›Höhner‹: »Echte Fründe ston zesamme, su wie eine Jott un Pott.« *

Und die Kölner Fans aus der Südkurve des Müngersdorfer Stadions kreierten den neuen Kölschen Hit seit Herbst 2004, und das in der Melodie von ›Polonäse Blankenese‹:

---

* *»Su wie eine Jott un Pott«: gar nicht so leicht zu übersetzen, aber im Grunde eine Zusammenfassung des urkölschen Familiencredos: »Wir beten zu einem Gott und essen aus einem Topf«. Irgendwann ist dieser Grundsatz verkürzt worden zu »Su wie eine Jott und Pott«. Soll also heißen: »Wir gehören zusammen und enger als wir kann keiner zueinander stehen!«*

»Erst steigen wir wieder ab,
dann steigen wir wieder auf,
dann steigen wir wieder ab,
dann steigen wir wieder auf,
das finden wir lustig, weil wir bescheuert sind.«

Fast hätte Danny das Unglaubliche, den ersten Abstieg des FC Kölle, ja, fast hätte er ihn schon im Mai 1996 erlebt. Da befand sich Danny mit seiner Moni zu einem verlängertem Wochenende in Bad Marienberg im Westerwald. Und es war ausgerechnet das Wochenende mit dem letzten Spieltag der Saison 1995/96. Der FC wäre dabei mit einer Niederlage in Rostock abgestiegen: uuuuiiiijjjjhhhh …!?! In den Tagen vor dem entscheidenden Samstagnachmittag des letzten BULI-Spieltages schaute sich Danny schon mal vorsichtig um. Er hatte durchaus Skepsis, sich im »Feindesland« zu befinden. Bad Marienberg gehörte zu Rheinland-Pfalz. Und deren bester und traditionsreichster Fußball-Verein, der 1.FC Kaiserslautern, steckte genauso wie Dannys Kölner FC im Abstiegskampf. Er fragte Kosta, den Wirt der örtlichen griechischen Taverne, ob es da nicht irgendwo im Ort eine Möglichkeit gäbe, die Sportschau zu schauen. »Warum er das denn wissen wollte?« erkundigte sich Kosta. Mutig erklärte Danny ihm sein Anliegen. Und er wurde nicht nur nicht enttäuscht, sondern sogar mit einer Super-Nachricht belohnt. Denn Kosta meinte: »Ja, dann komm mal mit.« Er führte Danny in die Kellerräume der Taverne. Dort befand sich eine gemütliche Kellerbar mit TV-Gerät. Und eine Theke. Dahinter lockte er Danny. Dort zeigte er stolz auf ein Metall-Wappen aus den 1960er Jahren. Es war ein Traditions-FC-Kölle-Sticker mit Geißbock: »Ja, wie du siehst, bin ich auch Fan das FC Köln. Wir hier im Westerwald sind eher Köln- als Kaiserslautern-Fans. Und am Samstag-Nachmittag schaue ich mit meinen Freunden natürlich die BULI zusammen an. Du bist herzlichst dazu eingeladen.«

»Boah, danke, Kosta, das ist ja toll. Da bin ich ja sowatt von happy. Ich komme gerne.«

Dannys Moni hatte Verständnis dafür und ging derweil in ein Cafe. Und Danny und seine neuen Freunde aus dem Westerwald schauten am 18. Mai 1996 ab 15.30 Uhr zusammen die BULI im TV. Die FC-Fans feierten zusammen mit Bier und trockenem Weißwein in dieser privaten Kellerbar. Besonders heiß her ging es da natürlich, als der Kölner Stürmer Gaißmayer in der 73. Minute das entscheidende 1:0 bei Hansa Rostok schoss. Der Effzeh hatte sich noch mal gerettet, aber der 1.FC Kaiserslautern musste tatsächlich an diesem Tag absteigen.

Den ersten Abstieg erlebten die FC-Fans in der Spielzeit 1997/98, als der Effzeh von Beginn an im Tabellenkeller feststeckte. Trainer Peter Neururer holte in den ersten acht Spielen nur sieben Punkte. Danach wurde er entlassen und durch Lorenz-Günther Köstner ersetzt. Der war dann zunächst durchaus erfolgreich. Vor dem 30. Spieltag lagen die Kölner fünf Punkte vor den Abstiegsrängen und hatten sogar noch ein Nachholspiel zu absolvieren. Doch obwohl die Geißböcke in dieser Saison sehr heimstark waren, verloren sie die zwei so wichtigen nächsten Heimspiele. Auch das Nachholspiel bei Schalke 04 endete in letzter Minute mit 0:1. Der Schalker Oliver Held hatte den sicheren Führungstreffer für Köln damals durch ein Handspiel verhindert. Das vorletzte Saisonspiel bei den bereits abgestiegenen Bielefeldern musste der Effzeh gewinnen. Tatsächlich ging das Team in Führung, verlor jedoch unglücklich mit 1:2. Köln stieg mit 36 Punkten zum ersten Mal in seiner Vereinsgeschichte ab.

Nach dem fehlgeschlagenen Experiment mit Bernd Schuster in Liga zwei übernahm Ewald Lienen. Er erreichte nach einer guten Saison in seinem hellblauen Oberhemd in Köln »Kultstatus« und führte den FC mit ganz vielen kleinen Zetteln zurück in Liga eins. Dort hielten die Geißböcke zunächst die Klasse. Dann aber kam die Spielzeit 2001/02 und der Effzeh steckte von Beginn an wieder im Abstiegskampf fest. Am 19. Spieltag wurde Lienen entlassen. Nur drei Siege waren den Kölnern bis zu diesem Zeitpunkt gelungen. Interimsmäßig übernahm Christoph John, ehe Friedhelm Funkel verpflichtet wurde. Doch es änderte nichts. Die Geißböcke rutschten auf Rang 18 ab, erst zum Ende der Spielzeit begann die Mannschaft, regelmäßig zu punkten. Trotz dreier Siege an den letzten vier Spieltagen war der zweite Abstieg der Vereinsgeschichte nicht mehr zu verhindern. Blamable 29 Punkte standen für einen verdienten Abstieg. Eine Saison zum Vergessen, in die auch ein Bundesliga-Negativrekord des Effzeh fiel: 1033 Spielminuten blieb der FC damals am Stück ohne Torerfolg.

Es ging aber noch schlechter. Traurig, aber wahr. In der Bundesliga-Saison 2003/04 gab der 1. FC Köln, der eben erst wieder aufgestiegen war, ein noch schlechteres Bild ab. Von Beginn an stand er unten drin. Friedhelm Funkel wurde bereits am 10. Spieltag entlassen. Bis dahin konnte Köln lediglich zwei Spiele gewinnen. Jos Luhukay übernahm zunächst, danach folgte der Schweizer Marcel Koller. An der desaströsen Saison änderte sich jedoch nichts mehr. Auswärts legte man die schlechteste Bilanz überhaupt hin, erreichte drei Unentschieden und verlor die restlichen 14 Spiele allesamt. Mit nur 23 Zählern holten die Geißböcke die schlechteste Punkteausbeute der Klubhistorie und stiegen abgeschlagen ab. Das einzig Positive an dieser Saison und das wohl ewige Vermächtnis Kollers, der nach der Saison gehen musste: er entdeckte einen gewissen Lukas Podolski und verhalf ihm zum Sprung in die Bundesliga.

Nach Kollers Abgang kam Huub Stevens zu den Geißböcken und führte sie sofort wieder zurück in Liga eins. Doch der Holländer blieb nicht. Mit Uwe Rapolder übernahm in der Spielzeit 2005/06 ein junger Trainer die Aufstiegsmannschaft und weckte große Hoffnungen. Der FC verlor nach zwei Siegen zum Auftakt so gut wie alles und spielte mit zwölf Punkten die bis dahin schlechteste Hinrunde der Vereinsgeschichte. Trainer Rapolder wurde entlassen, der sportliche Geschäftsführer Andreas Rettig trat zurück und als Nachfolger wurde Michael Meier geholt. Als Trainer kam erneut ein Schweizer, der später als Bergdoktor bezeichnete Hanspeter Latour sollte die Wende schaffen. Doch trotz einer ordentlichen Rückrunde gelang es dem Effzeh nicht mehr, die Abstiegsplätze zu verlassen. Mit 30 Punkten mussten die Domstädter zurück ins Unterhaus. Aus den einst so stolzen Geißböcken war eine Fahrstuhlmannschaft geworden: zu gut für die Zweite Liga, zu schlecht für die Bundesliga.

In der Saison 2011/12 retteten Poldis Tore den FC nicht. Es folgte eine Zeit der trügerischen Stabilität. Christoph Daum kehrte zurück, führte Köln zurück in die Bundesliga, lief dann aber bald davon und überließ Zvonimir Soldo die Geschicke. Doch wäre Frank Schaefer nicht gewesen, wäre der FC schon in der Saison 2010/11 wieder abgestiegen. Erst der Nachwuchscoach und am Saisonende interimsweise Sportchef Volker Finke retteten den FC vor dem neuerlichen Absturz. Der erfolgte dann aber ein Jahr später – auf die wohl unnötigste Art und Weise. Mit dem norwegischen Trainer Stale Solbakken sollte alles besser werden, doch dessen Taktik und Personalpolitik erwiesen sich von Beginn an als großer Streitpunkt. Lange hielt sich der Effzeh im unteren Mittelfeld der Tabelle. Einen Machtkampf zwischen Solbakken und Finke gewann überraschend der Trainer. Doch auch der musste schließlich am 30. Spieltag gehen. Köln stand inzwischen auf einem Abstiegsplatz, obwohl nach 25 Spieltagen mit 28 Punkten alles nach dem Klassenerhalt ausgesehen hatte. Aus den letzten neun Saisonspielen holte Köln aber nur jämmerliche zwei Punkte. Als 17. ging es am Ende verdient in die 2. Liga. Es war die Saison, in der Köln nicht nur den Trainer, den Sportchef und den sportlichen Wettkampf verlor, sondern beinahe auch seine Zukunft. Wolfgang Overath hatte als Präsident hingeschmissen, Werner Spinner wurde kurz vor Saisonende als neuer Präsident gewählt. Dessen erstes Erlebnis als neuer FC-Boss war der Abstieg mit 30 Punkten und der Abschied von Lukas Podolski. Der FC brauchte eine Generalüberholung.

Die Saison 2016/17 gelang bekanntlich bravourös dank Alexander Wehrle, Jörg Jakobs und später Jörg Schmadtke und Peter Stöger mit dem Einzug in die Euro-League. Doch in der Saison 2017/18 schwächte ein Machtkampf zwischen Sportchef und Trainer den FC. Der Trainer gewann zwar, um dann doch nur wenige Wochen später ebenfalls entlassen zu werden. Auch, weil der FC die schlechteste Hinrunde der Vereinsgeschichte von 2005 (zwölf Punkte) noch einmal unterbot und mit gerade einmal sechs Punkten in die Winterpause einlief. Die Spielzeit 2017/18 endete dann mit dem sechsten Abstieg des 1.FC Köln in den Geschichtsbüchern. Ein weiteres trauriges Kapitel in der FC-Historie und vor einem Jahr wohl nicht im Ansatz vorstellbar, als der FC grandios Fünfter der BULI wurde und in die Euro-League einzog. Trotzdem wäre in der Saison 2017/18 der Abstieg mit neun Punkten Rückstand auf den Relegationsplatz zumindest noch theoretisch vermeidbar gewesen. Aber auch dem neuen Trainer Stefan Ruthenbeck gelang das nicht. Wieder ein Abstieg 2018, aber auch wieder die Chance auf einen Aufstieg 2019 …!?

»Und der hat ja dann auch geklappt, juchee …,« freute sich Danny.

Denn auch in seinem Gespräch mit Tomte vom Fun-Out im Herbst 2018 waren sich die beiden völlig einig: »Was ist das schön, bald wieder mal ne Aufstiegs-Feier aus der 2. Liga in die 1. BULI zu feiern, wonnich …!«

»Ja, genau,« meinte Tomte, »lieber ein Jahr wegen eines Abstiegs leiden, und in der nächsten Saison wieder den Aufstieg feiern.«

»Das lieben wir doch so am FC,« bestätigte Danny, »das Auf und Ab ist doch allemal spannender als Jahr für Jahr eine »graue Maus« im Bundesliga-Mittelfeld zu bleiben …!«

Hennes, der Geißbock

Der Geißbock Hennes war und ist das Maskottchen des Fußballvereins FC Kölle und das traditionsreichste lebende Maskottchen eines deutschen Profivereins.

Am 13. Februar 1950, exakt zwei Jahre nach der Vereinsgründung, überreichte die Zirkusdirektorin Carola Williams mit dem eigentlichen Ideengeber Johann Thelen, der zu der Zeit als Zirkusdirektor angestellt war, bei einer in ihrem Zelt stattfindenden Karnevalssitzung dem FC einen jungen Geißbock. Denn dem jungen Verein fehlte es noch an einem Glücksbringer. Das Geschenk wurde angenommen und das Tier nach dem Spielertrainer Hennes Weisweiler «Hennes« getauft. Die vielfach kolportierte Anekdote, Weisweiler sei bei der Übergabe von dem kleinen Bock angepinkelt worden, soll indes nicht der Wahrheit entsprechen.

Innerhalb einiger Jahre wurde der Geißbock, der bei den Heimspielen immer dabei war, zum Identifikationsobjekt des Vereins. Die Mannschaft erhielt den Spitznamen »Die Geißböcke«. Und der Geißbock wurde in das Vereinswappen aufgenommen.

Die Amtszeiten der acht Geißböcke des 1.FC Köln verteilten sich wie folgt: Der erste Bock von 1950 bis 1966 namens Hennes I. war bisher auch der langlebigste mit 16 Jahren Amtszeit. Dann folgte von 1966 bis 1970 Hennes II., von 1970–1975 hieß er Hennes III., von 1975–1982 feierte Hennes IV. mit dem FC 1978 das Double. Es folgte von 1982 bis 1989 Hennes V. mit dem letzten Kölner Titel, dem Pokalsieg 1983. Dann in einer relativ erfolgreichen Zeit von 1989–1996 Hennes VI. Von 1996–2008 hieß der bedauernswerte Geißbock Hennes VII. Der war zwar mit 12 Jahren Amtszeit auch recht zäh, musste aber einige Abstiege des FC ertragen. Und schließlich residiert seit 2008 der aktuelle Hennes VIII.

Früher wohnten die Geißböcke immer in einem Privat-Stall am Rande von Köln. Nachdem jedoch der Stallbesitzer verstorben war, wurde der aktuelle Hennes im Kölner Zoo untergebracht. Dort hat er jetzt sein Gehege. Er ist übrigens das einzige Tier des Zoos, das ihn verlassen kann. Alle zwei Wochen während der Fußball-Saison wird er ins Kölner Stadion gebracht, um dem FC bei seinen Heimspielen Glück zu bringen.

Während die Kölner mit dem Geißbock eine ähnliche folkloristische Institution wie Willy Millowitsch erschafften, reisten Dannys Eltern in jenen Jahren mit ihren Kindern Camping-mäßig kreuz und quer durch Europa und machten dort Folklore: von Norwegen bis Spanien, von Jugoslawien bis Frankreich lernten sie fremde Kulturen, Sprachen und Nahrungsmittel kennen. Danny erinnerte sich gerne an das Schützenfest im Sommer 1967 am italienischen Gardasee, als er 15-jährig mit seinen Eltern und Schwesterchen Bär-Bel Urlaub in Lazise machte. Dannys Vater zelebrierte zusammen mit einem Schweizer ein Schützenfest, mangels fehlender Armbrust musste eine selbstgebastelte Gummi-Flitsche herhalten. Auch wollte keiner der Väter seinen Sohn mit nem Apfel auf‹fem Kopp wie einst bei Wilhelm Tell da rum stehen haben. Von daher kamen ihnen die Engel und Putten vom italienischen Wochenmarkt gerade recht, die der Marktschreier ihnen bei den gekauften Murano-Glasvasen umsonst und reichlichst mitgegeben hatte. Das war ein Fest, die Steinschleuder-Flitsche wurde von Hand zu Hand gereicht, und die Gipsbrocken der Heiligenfiguren spritzten nur so über den Camping-Platz …

Danny schlief derzeit allein im Zelt und beschäftigte sich mit unterschiedlichsten Tätigkeiten. Da lag auf dem Zeltplatz so ein Speer rum, also übte er sich mal mit Speerwerfen. Da schaffte er aber nur ein paar Meter weit. Einmal musste er sich fast die Seele aus dem Leib kotzen. Das war nach dem Genuss von italienischer Eiscreme in schreienden Farben im kleinen Örtchen Lazise, wohin er mit seinem Vater Götz gepaddelt war. Allerdings blieb das dann eine sehr heftige und bleibende Erinnerung für ihn. Auch der Fußball brauchte nicht zu kurz zu kommen, und zwar in Form von Fußballübertragungen aus dem Radio. Damals gewann der 1.FC Köln sensationell 7:0 gegen Schalke 04, was Danny hoch erfreute. Na ja, und dann allein in seinem Zelt, mit mächtig hoch steigenden Hormonen in der Pubertät blieb ihm nur die Selbstbefriedigung.

Danny hatte es sich in den nächsten Jahrzehnten bei seinen Reisen kreuz und quer durch Europa und Deutschland angewöhnt, mit Ziegenböcken und -Böckchen zu ›sprechen‹, wo immer er sie antraf. Häufiger kam das vor auf diversen griechischen Inseln wie Kreta, Karpathos, Lesbos oder Samos, wo die Ziege an sich auch heute noch als ein alltägliches Haustier fungiert. Aber auch an den Lenne-Wiesen in Hohenlimburg, in den Elbe-Auen von Brandenburg oder in den Stallungen in Steinenstadt am südbadischen Oberrhein. Wenn Danny dort mal auf Ziegen oder einen Geißbock traf, dann sprach er das Tier mit ›Hennes‹ an. Als wäre es die natürlichste Sache der Welt, dass alle Ziegen und Geißböcke mit dem einen aus Köln verwandt oder zumindest bekannt waren. Er redete dann mit leiser, aber eindringlicher Stimme auf das Tier ein, besprach mit ihm die aktuelle Lage des 1.FC Köln, ob es dem Verein Glück bringen, zu mehr Toren oder einer besseren Abwehr verhelfen sollte, ob der Aufstieg zu erringen oder der Abstieg zu vermeiden war. Immer hörte der fremde Geißbock interessiert zu, egal ob er braunes, beiges, schwarzes, weißes oder geschecktes Fell hatte. Meistens mümmelte er nachdenklich an seinem Strohhalm, oder was immer er gerade knabberte, und ließ sich das eben Gehörte durch den Kopf gehen. Aber immer starrten die Ziegen ihn mit großen Augen an. Später erfuhr er, dass Ziegen es angeblich lieben, von Menschen angeschaut zu werden. So war es natürlich für Danny auch in keinster Weise eine Überraschung, als er vom US-amerikanischen Film ›Männer, die auf Ziegen starren‹ las, eine Literaturverfilmung und Parodie von 2009. Dieser Film mit George Clooney und Jeff Bridges war ein irrwitziges Roadmovie, das mit einer abgedrehten Story punktete. Was aber noch amüsanter war, dass er auf wahren Begebenheiten beruhte. Die US-Army hatte tatsächlich ein Programm, das sich mit übersinnlichen Fähigkeiten befasste und diese auch anwenden wollte. Insgesamt eine kurzweilige Komödie. Die stand Dannys skurrilem Verhalten im Umgang mit den Geißböcken dieser Erde kaum nach.

Noch mehr Folklore, und zwar brasilianische. Da staunst du, was: »In Brasilien gibt es einen Fußballer, der Overath Breitner da Silva Medina heißt. Doch, tatsächlich, kein Witz. Der Mann spielte sogar schon für den berühmten Pele-Klub FC Santos. Warum Overath Breitner? Ganz einfach: es kommt in Brasilien nicht selten vor, dass vor allem Väter darauf pochen, ihren Söhnen Namen von prominenten Fußballern zu geben. Der Vater von Overath Breitner hatte ein Faible für die beiden deutschen Weltmeister von 1974. Overath Breitner selbst hat ansonsten zu Deutschland so viel Bezug wie Helene Fischer zu Rammstein. Es nervt ihn sogar, immer wieder erklären zu müssen, warum er diesen seltsamen Namen trägt.« *

---

*   *Peter Müller – »Namen sind Ball und Rauch«, in Westfälische Rundschau Hagen, 03.11.2018*

V. Fußball-Verletzter

Das verpatzte Sportabitur

Danny machte schon immer gerne Sport, verletzte sich dabei leider öfters. Vielleicht lag es aber auch an seinen »schlechten« Gelenken und Sehnen ...? Immerhin hatte ein Facharzt in Herten, zu dem Danny kurz vor seiner Musterung fürs Militär geschickt wurde, bei ihm ein »unheilbares Kapsel-Leiden« diagnostiziert. Das führte in der Vergangenheit bei Danny ziemlich oft zu »dicken Knien«, und zwar besonders nach Hochsprung, Weitsprung, Bocksprung, Pferdsprung oder Kunstspringen vom Brett ins Wasser. Anscheinend war was in seinen Gelenken nicht in Ordnung, dass sie die Belastungen bei Sprüngen nicht abfedern konnten. So bescherte ihm dieses Manko des Öfteren auch elastische Binden an Knie- oder Fußgelenken oder gar Punktierungen, wenn sich zu viel Flüssigkeit im Knie-Gelenk abgelagert hatte. Da wunderte es Danny überhaupt nicht, als er diese Notiz im Dezember 2018 in der westfälischen Rundschau las: »*Hannover 96. Für Stürmer Niclas Füllkrug (25) ist die Saison endgültig beendet. Bei einer Operation bei einem Knie-Spezialisten hat sich der Verdacht eines Knorpelschadens bestätigt. Bei Füllkrug war vor dem Bundesligaspiel beim SC Freiburg (1:1) Flüssigkeit im Knie entdeckt worden.*« * Tja, Flüssigkeit im Knie war für Danny in den 1960er und 1970er Jahren wie tägliches Brot. Wenn dieser Kniespezialist vom Füllkrug ihn damals untersucht hätte, dann wäre Dannys Saison schon vor 50 Jahren endgültig beendet worden ...

Nun denn, die Musterung vor dem Kreiswehrersatzamt in Recklinghausen verlief deshalb auch ziemlich grotesk. Danny hatte um sein linkes Knie eine elastische Binde, weil er mal wieder vom Schulsport ein dickes Knie hatte. Sein Hausarzt meinte vor der Musterung: »Mit dem Knie müsste er nie und nimmer zur Bundeswehr.« Der hatte ihn dann ja zu diesem Gelenk-Spezialisten in Herten überwiesen. Mit dem Attest über das unheilbare Kapsel-Leiden

---

* *Westfälische Rundschau Hagen, 28.12.2018*

wurde Danny bei der Musterung vorstellig. Die jedoch hatten nix eiligeres zu tun, als über ihn abzulästern: »Was haben Sie denn da für›n lustigen Verband ums Knie!?« Und das Ergebnis des Musterungsbescheides war entsprechend lachhaft, denn Danny war für fast alle Waffengattungen untauglich, bis auf vier, wovon eine tatsächlich die Fallschirmjäger waren. Als wollten sie sich über ihn lustig machen …!?

Zur gleichen Zeit, als Danny noch nix großartig mit Mädchen zu tun hatte, wurde es Abitur-mäßig bei ihm schon ernst. Mit dem Sportabitur ging es bereits im Spätsommer 1970 los, also fast ein halbes Jahr vor dem eigentlichen Abitur. Da kam es dann zum ersten Akt: die Leichtathletik, der totale Flop für Danny.

Bei der ersten Übung, dem 100 m-Lauf, wollte sein Körper beim Endspurt schneller als die Beine sein. Das Ergebnis: er fiel nach vorne und rutschte die letzten Meter über die schwarze Aschenbahn ins Ziel. Das ergab – abgesehen von der schlechten 100 m-Zeit – noch zusätzlich aufgeschrammte Oberschenkel und ein negatives Feeling obendrauf. Also war er mit anderen Worten »mental total daneben«.

Dummerweise hatte er Hochsprung statt Weitsprung gewählt. Dafür wochenlang den Straddle geübt, denn damals war der todesmutige Fosbury-Flop – mit dem Rücken über die Latte – noch nicht so populär. Wegen seiner durch den Sturz beim 100 m-Lauf hervorgerufenen negativen Grundstimmung (also mental mies drauf) oder wegen der aufgeschrammten Oberschenkel … Jedenfalls riss er drei Mal hintereinander die Anfangshöhe von 1,40 m, die er sonst beim Training immer locker geschafft hatte. Null Punkte für Teil Zwei. Das Kugelstoßen gehörte für ihn als körperlichen Hänfling eh nie zu seinen Stärken und erbrachte ihm demzufolge nur ein paar eingeplante Pünktchen. Beim abschließenden 1500 m-Lauf war er durch die voran gegangenen Ereignisse so demotiviert, dass er am liebsten aufgehört hätte, quälte sich aber lustlos über die Runden ins Ziel.

Gesamtergebnis nach Teil A = Leichtathletik: total verpatzt – Note 5, mangelhaft. Scheiße! Und das ihm als Sportler. Dabei machte er doch eigentlich total gerne Sport, spielte doch sogar freiwillig in Sport-AG›s in der Handball-Schulmannschaft und früher in Fußball-Klassenmannschaften mit. Auch bestritt er Wettkämpfe im Schwimmverein. Und in der Realschule war er der schnellste Schwimmer überhaupt gewesen und hatte wegen überragender

Schwimmnoten immer ein »Gut« oder gar »Sehr gut« beim Sport auf dem Zeugnis gehabt.

Aber das Sportabitur 1971 folgte den Regeln der Bundesjugendspiele: im Sommer Leichtathletik, im Winter Turnen. Und sonst gar nix, kein Schwimmen, kein Fußball, kein Tischtennis oder sonst eine andere Sportart wurde gezählt. Später nach der sogenannten »differenzierten Oberstufe« hörte er von seinen sportlich begabten Freunden wie Carlos oder Eddie, die für ihr Sport-Abi Disziplinen wählen oder abwählen durften, je nach Lust oder Befähigung.

Aber nicht so bei Danny 1970. Also musste er sich für Teil B = Turnen, den Winter über quälen, um dort mit wenigstens einer »Zwei« die »Fünf« von der Leichtathletik zu einer »Drei«, also befriedigend, auszugleichen. Das war das mindeste, was er von sich als Sportler verlangte.

Aber Geräteturnen war kein Honigschlecken. Geräte wie Barren, Pferd oder Reck waren schon immer harte Konstruktionen, die dem weichen Körper des 19-jährigen Danny bei sportlichen Berührungen weh taten.

Das wurde ein langer schmerzensreicher Weg. Wieder verbrachte er in zusätzlichen freiwilligen Sport-AG‹s seine Freizeit, wo ihm die Furcht vor dem Hochreck genommen wurde. Nämlich davor, dort oben in 2,50 m Höhe als Abschluss der Reck-Kür nach Felgenaufschwung und Umschwung eine Hocke über die Reckstange zu machen. Das hörte sich so einfach an. Aber die Angst blieb ein ständiger Begleiter, dort oben mit den Turnschuhspitzen hängen zu bleiben und wie ein waidwunder Adler kopfüber durch die Lüfte auf die Matte zu krachen …!

Ja, und das funktionierte dann irgendwie. Erst auf dem niedrigen Reck, rechts und links die Sportskameraden Herbie und Lukas, die ihm seine Arme als Hilfsstützen hielten, bis er es vor Erschöpfung im Schlaf konnte. Dann auf dem Hochreck dasselbe. Erst wieder mit Hilfe der beiden Kameraden, dann irgendwann zum ersten Mal allein. »Danke Jungs, für die großartige Hilfe.« Puuuhh, es klappte, und Danny war mächtig stolz. Solche »Hochakrobatik« würde er heutzutage bei Tod und Teufel nicht mehr wagen.

Aber damals musste er ja Punkte für den Gesamtpunktestand sammeln, um auf die »Zwei« beim Turnen zu kommen.

Dann kam auch noch die unangenehme Barren-Übung hinzu, mit den harten Holzholmen, über die seine Oberarmmuskeln unangenehm durchgewalkt rollten. Danach der schwungvolle Sprung übers Pferd, und schließlich irgendwas am Boden. Danny schaffte tatsächlich die »Zwei« beim Sport-Abi-Turnen. Und ihr Sport- und Englisch-Lehrer, der dynamische Herr Rassel, hielt sein Versprechen von der Schülersprechstunde. Da hatte Danny ihn nach der Prognose für seine Sport-Note befragt. Das Versprechen hieß, aus 5 und 2 könnte eine 3 gemacht werden. Puuuh, geschafft: na, wenigstens etwas …!

Da war sein Ski-Unfall im Klein-Walsertal schon schlimmer. Winter Neunzehn-Sechzig-Neun, der erste Ski-Urlaub im Leben. Zweiwöchige Klassenfahrt, am zweiten Tag passierte es schon. Danny kam mit seinen alten Weltkriegs-Langlauf-Holzskiern vom Vadder Götz daher. Der Klassenlehrer hatte doch gesagt, jeder sollte mitbringen, was einigermaßen nach Skiern aussah. Boah, aber diese Bretter unter Danny wollten nicht, was sein Körper plante. Ski-Kurs, Lehrhang direkt unter der Hütten. Kehren üben, ganz gegen das Körpergefühl den Tal-Ski belasten, um eine Linkskurve zu fabrizieren. Danny belastete den Tal-Ski und sein Körper stellte sich auf Kurve ein. Doch der Ski fuhr geradeaus. Ein Sturz auf steiler Piste war an sich normal und nicht weiter schlimm. Aber Dannys Ski-Bindung – fürs Langlaufen konzipiert – ging nicht auf. Der arme Danny stürzte mit Skiern an den Füßen. Das Ergebnis war, dass das linke Bein um 180 ° verdreht, quasi überdreht wurde. Das Knie dick, die Fußgelenke und Sehnen überdehnt, aber immerhin nix gebrochen. Das hieß erst mal, ab zum Doc, dicke Verbände und eine Woche Schonung: Beine hochlegen. Nach einer Woche konnte Danny dann wieder auf Skiern stehen, aber andere Bretter, nämlich die vom Rally, der sich bei einem Ski-Unfall sein Bein gebrochen hatte, der Arme.

Nach dem Abitur, Neunzehn-Siebzig-Eins, nur zwei Wochen später, fand sich Danny in grün-oliv wieder, das 2. FschJgBat.272 in Wildeshausen war sein neues Zuhause. Sie hatten ihn tatsächlich zu den Fallschirmjägern eingezogen. Dort wurde er brav ein »Jäger« und wohnte mit fünf anderen Kameraden auf einer Stube. Er hatte aber überhaupt keine Lust, sich am allabendlichen Kampftrinken im Casino zu beteiligen, weil er in der Zeit lieber Literatur über Kriegsdienstverweigerung las. Allerdings hatten nach einigen Monaten das allwöchentliche Rödeln im Gelände und das regelmäßige Training für die Springerprüfung den angenehmen Nebeneffekt einer unübertroffenen Fitness, so dass er im 50 m-Kraulschwimmen mit 32,0 Sek. gleich seine persönliche Bestzeit schwamm, obwohl er jahrelang nicht mehr fürs Schwimmen trainiert hatte. Als Jugendlicher war er in einem Schwimmverein, trainierte dort und nahm an Wettkämpfen teil, aber diese Zeit erreichte er damals nie. Nichtsdestotrotz war er wegen seiner Knieverletzungen häufiger »marsch- und sportbefreit«.

Aber die militärische Elite-Einheit der Fallschirmjäger forderte ihre Soldaten extrem körperlich. Klaro, dass Dannys Knie öfters dick geschwollen waren. Einmal so stark, dass er ins Krankenhaus Wildeshausen gefahren werden musste. Dort machten sie eine Knie-Punktierung. Unangenehm, aber das Blut und die Flüssigkeit kamen raus aus dem Knie. Ja, und weil die Fallschirmjäger so harte Hunde waren, musste Danny danach die 6 km zur Kaserne zu Fuß zurückgehen, quasi als Reha. Nach dem Motto: »was uns nicht umbringt, macht uns noch härter ...!«

Danny strapazierte seine Knochen und Sehnen, seine Knöchel und Knie ja nicht nur durch jahrzehntelang ausgeübte Ballsportarten. Nein, nein, er liebte auch das Tanzen, um so wilder, um so lieber. Erst begann es ganz harmlos in den 1960er Jahren mit Modetänzen wie Twist, Let-Kiss und Soft-Beat, dann wurde es schon lebhafter mit Rock«n Roll. Und noch wilder gebärdeten sie sich in den 70ern beim Boogie-Woogie und Underground-Rock, oder gar in den 80ern bei Punk und New Wave. Das machte alles einen »Mörder-Spaß« und fetzte gut rein. Als er dann die Ballsportarten ganz aufgeben sollte, um seine Knie zu schonen, versuchte er es hin und wieder mit ein bisschen Tanzen. Nicht so wild wie früher, aber wenigstens den Körper etwas zur Musik zu bewegen. Da es gerade mal wieder ein Rock«n Roll-Revival mit einer Renaissance des Rockabilly gab, musste er sich nach den Tanzvergnügungen hinterher immer wieder die eine oder andere Knie-Punktion abholen.

Als Danny sich Anfang des neuen Jahrtausends die olympischen Sommerspiele 2004 in Athen im Fernseher anschaute, hatte er ein ›Deja vu‹ zu seinen eigenen sportlichen 1970er Jahren. Mit der Leichtathletik fingen nämlich für ihn die olympischen Spiele erst richtig an. Das sah er am liebsten, noch lieber als Fußball, wenn es »schneller – höher – weiter« ging. Denn das war abwechslungsreich und spannend. Wie zum Beispiel der 10.000 m-Lauf am 20. August 2004, als der Sieger Bekele nach 9.600 m auf einmal in der letzten Runde los spurtete, als wäre der Löwe persönlich hinter ihm her war. Aber auch die anderen schwarzen Läufer aus Äthiopien, Eritrea, Uganda oder Kenia, fantastisch, wie die liefen. Selbst dem Fünften, Haile Gebrselassie, gehörte Dannys höchste Sympathie, wie er sich als zweimaliger Olympiasieger auch für seine jungen Landsleute aus Äthiopien auf Platz 1 und 2 mit gefreut hatte.

Vielleicht gefiel ihm das Langlaufen »Mann gegen Mann« deshalb auch so gut, weil er mit seinen Sportskameraden damals in den 70er Jahren circa fünf Jahre lang selber die 8 km lange Cross-Strecke durch die Haard gelaufen war, aber vor allem als Gruppe von Freunden. Sie starteten immer am Gasthaus Jammertal, dann ging«s erst durch Wald, danach an einem Feld vorbei, dann wieder ein Stück Wald. An der Stelle wollte seine »Pumpe« nach ungefähr 1,5 km eigentlich schon nicht mehr mit machen. Aber da galt es für alle, den inneren Schweinehund zu überwinden und auf den »Zweiten Wind« zu hoffen. Schließlich ging es die steile Sandbahn den Stimberg hoch. Oben am Reckgerät konnten sie beim Krafttraining etwas durch pusten, und dann liefen sie mit dem »Dritten Wind« wieder zurück zum Ausgangspunkt. Beim allerersten Waldlauf wollte Danny tatsächlich nach 1,5 km seine Langlauf-Ambitionen gleich wieder aufgeben. Aber durch gutes Zureden der Sportskameraden um Florian war er weiter gelaufen. Und er hatte es für die nächsten fünf Jahre nicht bereut. Sie liefen jede Woche, ob«s stürmte, regnete oder Schnee lag. Das war ihnen egal, da sie nach etwa einem Kilometer sowieso vom Schwitzen nass waren. Carlos war mit gelaufen, und Harry, Matthes, natürlich Frank und seine Biggy, und Dannys damalige Freundin Tina war auch dabei.

Das dort bei ihren Waldläufen in der Haard sah zwar alles nicht so dynamisch wie bei den äthiopischen Langläufern aus. Aber Spaß hatte es gemacht …

Tja, aber was hatte Leichtathletik mit Fußball zu tun? Ganz einfach, Fußball war und ist ein Laufsport und ein Kampfsport. Das sah man ja auch gut an Hans-Peter Briegel aus Kaiserslautern, die »Walz aus der Pfalz«, ein ehemaliger Leichtathlet und Zehnkämpfer, der als Fußball-Profi Karriere machte. Er war Europameister 1980, Vize-Weltmeister 1982 und 1986, mit Hellas Verona wurde er 1985 italienischer Meister und wurde im gleichen Jahr zu Deutschlands »Fußballer des Jahres« gewählt.

Und genau dieser Briegel wurde Jahrzehnte später von Dannys Schulkameraden Herbie operiert. Denn Herbie, einst der beste Sportler an Dannys Schule und ebenfalls Zehnkämpfer, wurde Arzt und praktizierte als Chirurg in einer Klinik in Rheinland-Pfalz. Einmal machte er auf Zypern Urlaub. Hans-Peter Briegel, der ebenfalls auf Zypern Ferien machte, erlitt dort nach einem schweren Unfall eine Trümmerfraktur des rechten Ellbogens. Da niemand der einheimischen Ärzte dazu in der Lage war, operierte Herbie ihn kurzerhand dort im Krankenhaus. Das war der Beginn des gemeinsamen Urlaubes in 2011. Klar, dass seitdem Briegels Dank dem Herbie auf ewig hinterher wanderte.

Der Herbie und der Briegel, nur durch ein OP-Skalpell voneinander getrennt: das waren Geschichten, die das Leben schrieb. Und der Kreis hatte sich geschlossen.

Die heilende Kraft der Liebe

Beim »Pfingsttrainingslager« 1977 spielten Danny und seine Freunde von Cosmos Datteln bei strahlendem Sonnenschein am Samstag, am Sonntag und am Montag bis zum Umfallen Fußball. Danach sah sein rechtes Bein reichlich demoliert aus. Am Sonntag wurde ihm schon kurz nach Spielbeginn während eines Zusammenstoßes mit dem gegnerischen Torwart knapp oberhalb des Knöchels eine stollengroße neue Körperöffnung zugefügt. So begleitete ihn bei jedem Schritt der Schmerz als Stimulator.

Am Montag spielte er dann selber den Torwart und bekam als erste Aktion einen Mordsschuss gegen den lädierten Knöchel, der ihn augenblicklich hellwach machte. In der Nacht vorher war es ihm ja fast nicht möglich gewesen zu schlafen. Denn Danny und seine Kicker-Freunde frönten ein recht fortschrittliches Trainingslager, also alles inklusive, auch die körperliche Liebe …! So wurde Danny dann beim Montagsspiel durch diesen Mordsschuss gegen den Knöchel sofort wieder an seine »Körperlichkeit« erinnert.

Dann ein erneuter Zusammenstoß Torwart gegen Stürmer, wobei Danny dieses Mal als Torhüter ein Tor verhinderte. Aber er bekam dafür einen entsetzlich folgenschweren Tritt ans Knie, so dass er bei jedem Blutzufuhr-Impuls vom Ober- zum Unterschenkel und umgekehrt sein Knie wild pochen spürte.

Am nächsten Tag war sein Fuß dermaßen angeschwollen, dass er den Knöchel nicht mehr sehen konnte. Zusätzlich pocherte das Knie immer noch. Jedenfalls konnte er nur humpelnd den schmerzensreichen rechten Teil der Links-Rechts-Schrittkombination gehen, die man im allgemeinen »das Gehen« nannte.

So begab es sich zur Abendstunde, als er gerade die drei Kilometer von der Wohnung seiner damaligen Freundin Tina nach Hause ging, als er plötzlich bemerkte: »Whow, ich gehe, Schritt für Schritt, schon länger …! Und auch vorher war ich schon mit Tina einige Zeit zusammen, ohne das geringste am Knöchel oder am Knie zu bemerken. Boah, rein gar nichts, ein ganz normales Schrittgefühl. Ja, wie kam das denn wohl …!?« Tja, das war dann wohl die überwältigend heilende Kraft der Liebe zu Tina, die er deshalb auch mehr als Apfelmus, Pflaumenmus und Rübenkraut zusammen liebte …!

Dannys letzter Fußball-Unfall

Wie aufreibend und zehrend sich der Fußballsport auf einen menschlichen Körper auswirken kann, das hat ja das letzte Kapitel überdeutlich gezeigt. Ja, so entpuppten sich schließlich für Danny die Sportarten der Erwachsenen als eine Mischung aus Vernunft, Notwendigkeit und Reife. Es bedurfte der vernünftigen Einsicht, dass es für ihn als Erwachsener nicht mehr jugendliche Sportarten wie Skaten, Breakdance oder Bungeespringen waren, die angesagt waren, um ihm einen Thrill zu verschaffen. Außerdem gab es schlichte Notwendigkeiten wegen verschiedener Sportverletzungen und dem unvermeidlichen Verschleiß seiner Knochen und Sehnen. Dadurch entstanden entsprechende Defizite in den einzelnen Körperfunktionen.

1991 hatte Danny allein zwei Operationen. Die erste OP nach seinem letzten Fußball-Unfall im Leben, und zwar am rechten Knie eine Meniskusoperation nach einem Press-Schuss beim Fußballspielen. Es geschah im Frühling 1991, bei einem Spiel mit einigen Kindern und Erwachsenen auf einer Wiese im Jenisch Park in Hamburg. So hieß da ein Park zwischen Elbe und Elbchaussee. Die Wiese mitten in dem Park war von der Baron-Voigt-Straße erreichbar, die wiederum von der Elbchaussee abging. Danny machte einen Press-Schlag mit einem der anderen Erwachsenen. Das bedeutete, kurz für den Laien erklärt, dass beide Spieler gleichzeitig mit dem Fuß gegeneinander schossen, nur befand sich der Ball genau zwischen den beiden gegnerischen Füßen. Danach hatte Danny besagte OP am Knie, in Form einer Arthroskopie.

Der zweiten OP musste Danny sich nach einem Fahrradunfall im Sommer 1991 am gebrochenen Rollhügel des rechten Oberschenkels unterziehen. Das bedeutete damals vor 28 Jahren, als es in den Krankenhäusern noch gemächlicher und bedeutend weniger straff als im neuen Jahrtausend zuging, dass er zweimal jeweils für zwei Wochen im Krankenhaus behandelt wurde. Er lief zweimal wochenlang mit Unterarmstützen herum, oder auch als Krücken bekannt. Und er musste zweimal vermittels wochenlanger Krankengymnastik wieder neu laufen lernen. Zudem hatte er jeweils zwei Monate lang eine Arbeitsunfähigkeit-Bescheinigung und fehlte deshalb wegen der beiden Krankenscheine vier Monate lang an seiner Arbeitsstelle.

Danach riet ihm sein Orthopäde dringend: »Herr Kowalski, das mit Ihren Knien, das wird nicht mehr besser, weil die Knorpel schon so abgenutzt sind. Es wäre besser, mit solchen Sportarten wie Fußball, Tischtennis und Badminton aufzuhören. Betreiben Sie lieber andere Sportarten, die die Knie schonender behandeln.« Das Wort seines Orthopäden, die Sportart zu wechseln, nahm sich Danny dann auch besser mal zu Herzen. Nach diesem Veto wegen seiner beiden Unfälle 1991 meldete sich Danny 1993 beim Hagener Fitness-Center WOS an, dem ›World of Sports›. Dort wurde er auf Grund seiner körperlichen Defizite in den Knien sportmedizinisch zu einem speziellen Circle angeleitet. Das waren zehn verschiedene Krafttrainingsgeräte für die verschiedenen Muskelpartien des Körpers. Zusätzlich benutzte er die Ausdauergeräte Laufband, Rudermaschine, Fahrrad-Hometrainer und Crosstrainer, die er nacheinander ausprobierte. Schließlich entschied er sich für Fahrrad-Hometrainer und Crosstrainer, weil diese am schonendsten für die Knie waren. In diesem Studio verbrachte er immerhin sieben lange Jahre, in denen er sich regelmäßig sportlich betätigte. Obwohl natürlich die Übungen im Fitness-Center sehr einsam und entsprechend wenig Spaß bereitend waren. Ganz im Gegenteil zu den meisten Ballsportarten, die er immer gerne zu Zweit, zu Viert oder als Mannschaft mit großem Spaß gespielt hatte.

Zu seinem 40.Geburtstag am 27.09.1991 hatte er sich dann auch die Reife erworben, bei seiner großen Feier mit fast dreißig Gästen eine Tombola zu veranstalten, wobei er alle seine gesundheitsgefährdenden Sportgeräte verloste: die komplette Skiausrüstung, seinen Tischtennis-Schläger und seinen Badminton-Schläger. Das tat er ohne Wehmut, sondern mit reifer Einsicht in die Notwendigkeit, seine Knochen in den nächsten Jahrzehnten etwas mehr zu schonen. Bei der selben Feier bekam er das Buch »Die fünf Tibeter« geschenkt. Das las er sich äußerst interessiert durch. Nach dieser Methode soll man angeblich 100 Jahre alt werden. Es handelte sich um eine Beschreibung einer fünfteiligen asiatischen Gymnastik. Diese Übungen begann er damals als 40-jähriger und betreibt sie bis heute: jeden Morgen etwa eine Viertelstunde lang. Und jeden Abend kam noch ein halbstündiges Radeln auf dem Hometrainer dazu.

Apropos Krankengymnastik, die Danny immer wieder nach seinen zahlreichen Unfällen zur Wiederherstellung seiner Bewegungsfähigkeit benötigte. Viele Elemente aus den verschiedenen Übungen der Krankengymnastik übernahm er für seine tägliche Morgengymnastik. Die erweiterte er zusammen mit den »Fünf Tibetern« zu einem viertel-stündigen Morgen-Programm, das er schon seit Jahren regelmäßig absolvierte: und zwar jeden Morgen, auch vor der Arbeit.

Badminton spielte er ein paar Mal mit Moni nur so aus Spaß. Im Gegensatz zu den 1980er Jahren, als er mit Cora in einem Verein Badminton trainierte. Aber das machte halt nicht so Spaß, einfach den Federball hin und her zu schlagen, statt wie früher nach Punkten zu hetzen. Nur so zu spielen, das war dann eher Urlaubs-Federball.

Zu den körperlichen Ertüchtigungen eines Erwachsenen gehörten natürlich für ihn wie für die meisten Menschen ausgedehnter und befriedigender Sex. Aber reifer und ruhiger, ganz im Gegensatz zu seiner Ende der 60er Jahre erlebten Erotik, als für ihn noch wildes Knutschen, Streicheln und Petting angesagt war. Und er hatte ja auch erst Anfang der 70er Jahre den ersten richtigen Sex, aber alles noch in der Anfangs- und Übungsphase. Aber dann, so etwa in den 1990er Jahren des 20. Jahrhunderts erwarb er sich erst die Fähigkeit zu reifem Sex. Der fand dann nicht mehr hinter Schulgebäuden oder auf dem Rücksitz eines Käfers statt, sondern ganz gepflegt im eigenen Bett mit der jeweiligen Lebensgefährtin und später im neuen Jahrtausend auch mit der eigenen Ehefrau. Aber es gab da nicht nur saftigen und leidenschaftlichen Sex, es wurde auch Wert auf ein geiles Vorspiel und viele schöne Stellungen gelegt.

Ansonsten praktizierten Danny und seine Moni in den 1990er Jahren und im neuen Jahrtausend all die »Sportarten für Erwachsenen«. Diverse Fahrradtouren führten die beiden in ihrer näheren Heimat von Hagen und Hohenlimburg entlang der Lenne und der Ruhr. In anderen Teilen Deutschlands radelten sie im Frankenland an der Altmühl, in Rheinland-Pfalz entlang der Mosel und auf den ostfriesischen Inseln Juist und Langeoog. Oder gar die Wochenend-Radtour im Münsterland mit Moni, seinen Geschwistern Gerry und BärBel und ihren Partnern. Ausgehend von Münster ging es westlich bis nach Darfeld bei Rosendahl, wo die drei Paare die drei einzigen waren. Sie hatten einfache Zimmer auf dem Darfelder Immenhof gebucht. Dort schliefen sie nach einem frugalen Mahl den Schlaf der Gerechten, da sie die 40 km Hinweg fast ausschließlich mit westlichem Gegenwind gemeistert hatten. Am nächsten Morgen fuhren sie mehr oder weniger frisch auf ihren Drahteseln zurück nach Münster. Im Südbadischen radelten sie von Steinenstadt am Rhein aufwärts oder abwärts, einmal sogar von Neuenburg ein Stückchen nach Frankreich rein.

Dieser Abstecher nach Frankreich blieb aber nicht der einzige »Auslandseinsatz« mit Fahrrädern. Denn Danny radelte mit Harry im niederländischen Maastricht entlang des Maas-Tals. Und mit Moni fuhr er 1997 per Fahrrad ab Nieuwvliet im südholländischen Flandern nach Breskens. Dort setzten sie mit der Fähre über nach Vlissingen auf die Halbinsel Walcheren.

Die Orthopäden empfehlen ja bei Kniebeschwerden immer gerne viel Radfahren und Schwimmen. Das Radeln schmierte durch die gleichmäßigen Bewegungen die Gelenke. Und das Schwimmen galt als sehr gelenkschonend, weil im Wasser das Gewicht nicht auf den Gelenken lastet. Aber Danny musste gestehen, dass ihn die vielen Aufenthalte in tropischen Gefilden mit 28 ° bis 30 ° C Meerwassertemperatur eher zum »Warmduscher« gemacht hatten. Schwimmen in der deutschen Nordsee oder in klassischen Frei- und Hallenbädern kämen für ihn nur in Notfällen in Betracht. Da müsste schon das warme Badewannenwasser der Karibik oder des Indischen Ozeans her.

Kanufahren im Zweier-Wanderkajak auf der gemütlichen fränkischen Altmühl; Thermalbaden und Fahrradtour am Oberrhein nach Frankreich (Haut-Rhin); ›links unten: Radeln auf der brandenburgischen Elbdeich-Seite, auf der anderen Elb-Uferseite das Wendland in Niedersachsen.

Aber Meerwasser, egal wie warm oder kalt, hatte auch immer eine gewisse Härte. Und Salzwasser zu schlucken, schmeckte auch nicht wirklich lecker, sondern eher bitter. Dagegen war Flussbaden eine willkommene Abwechslung. Moni und Danny schwammen mal während des besonders schönen und heißen August 1998 in der Mosel. Das Moselwasser umspielte dabei weich und angenehm ihre Körper. Das goutierten auch eine einheimische Badenixe aus Bullay und ein Paar Schwäne mit ihren drei flauschigen Küken, die links und rechts um sie paddelten. Da machte es natürlich noch mehr Spaß, in wärmeren Gefilden wie 1979 auf der Karibik-Insel Dominica in einem der vielen Flüsse zu baden oder 1999 auf der philippinischen Insel Palawan eine Dusche unter einem warmen Wasserfall zu genießen. Oder gar noch besser gefielen ihm heiße Thermen. Da saß er 2005 mal alleine in den »Fluten« des Thermalbades Bad Bellingen am Oberrhein, zwischen Freiburg und Basel. Und zur gleichen Zeit wohnte er in einem Ferienhäuschen aus Holz auf einer FKK-Anlage in Steinenstadt, dort wo Fuchs und Naturisten, Hase und Nudisten sich gute Nacht sagten ... Und weil es so schön war, besuchte er ein Jahr später 2006 das Balinea-Thermalbad in Bad Bellingen noch ein weiteres Mal. Bei dieser Gelegenheit erlebte er die erquickende Wärme der Therme zusammen mit seiner Moni. Denn das minerale Thermalwasser der Balinea-Therme hatte genau die Funktion der Kohlensäure für das Sulfatmolekül, dass nur in dieser Symbiose das Sulfat über die Haut in den Körper eingeschleust wurde. Dieses Heilwasser wirkte somit interaktiv therapeutisch und nachhaltig. Dadurch wurde die Alterung verlangsamt und gleichzeitig das Wohlgefühl gebessert. Danny persönlich hatte ja auch schon vorher Erlebnisse mit heißen Quellen: zweimal auf der Insel Taiwan und drei Mal in verschiedenen Thermen in Deutschland. Auf jeden Fall war ihm das doch immer sehr angenehm, wenn ihm heiße Wassersprudel um den Körper wirbelten.

Das Wandern durch die Natur wurde zu einer ständigen, aber unregelmäßigen Einrichtung bei ihnen. Das Wandern war ja auch die intensivste Art des Reisens, weil sie dabei langsam vorwärts kamen. Und dabei stand die Begegnung von Mensch und Natur im Vordergrund, wenn es seltene Pflanzen oder Tiere zu beobachten galt. Hagen mit seinen vielen Wäldern bot sich ja geradezu an, ausgedehnte Wandertouren zu unternehmen.

Und später im neuen Jahrtausend kam dann noch das Walking hinzu. Moni mit ihren Karbon-Stöcken bevorzugte das Nordic Walking. Danny machte erst nur die klassische Form des Walkens ohne Stöcke. Aber bei seiner Reha im schleswig-holsteinischen Mölln 2011, wo Walking mit zum Sportprogramm gehörte, lernte er auch das Nordic Walking. Das machten sie öfters zusammen im Fleyer Wald, ihrer neuen Heimat in Hagen-Fley seit 2005. Bis heute absolviert Danny in den Sommermonaten sein Nordic Walking-Programm. Er macht seit 2011 wechselweise im Sommer Outdoor-Übungen, also Walken und Radeln, und in den acht kälteren Monaten geht er in sein neues Fitness-Center, das Fun-Out in Hohenlimburg. In der Reha in Mölln erlernte Danny auch noch das chinesische QiGong und PM, also progressiven Muskelentspannung nach Jacobson, bei dem durch die willentliche und bewusste An- und Entspannung bestimmter Muskelgruppen ein Zustand tiefer Entspannung des ganzen Körpers erreicht werden konnte. Diese Übungen machte er noch einige Jahre regelmäßig zu Hause.

Aber trotz all seiner Bemühungen um sportliche Fitness eröffnete Dannys neuer Orthopäde ihm 2017 nach dem gemeinsamen Betrachten seines Röntgenbildes, dass man da wohl schon mal über ein neues Kniegelenk nachdenken könnte. Danny mit seinen mittlerweile 67 Lenzen wusste um seine Arthrose. Deshalb dachte er da auch nur kurz drüber nach, verschob aber jede Knie-OP-Planung auf einen unbestimmten Termin in die Zukunft: »Solange es noch ohne Schmerzen geht, lasse ich mich noch nicht operieren.«

Nun gut, er konnte keine ausgiebigen Wanderungen mehr wie früher machen, aber das Radeln ging noch gut. So kaufte sich erst Moni, und dann auch Danny selber, jeder ein E-Bike, also ein Pedelec, womit sie gut unterwegs waren.

Im Sommer 2018 machten die beiden einen zweiwöchigen Urlaub an der Elbe in Brandenburg. Da wohnten sie in Kietz, in einem Haus direkt am Elbdeich. Was lag da näher, als das schöne Wetter im Juni 2018 zu nutzen, um fast jeden Tag auf dem Elbdeich zu Radeln. Da sahen sie die für die Mittel-Elbe typischen Bunen und Sandstrände. Mal fuhren sie flussabwärts nach Mecklenburg-Vorpommern oder flussaufwärts in Brandenburg.

Jonglieren ist auch was mit Bällen

Als es bei Danny wegen seiner Kniebeschwerden nicht mehr ging, das Spiel mit den Füßen: kicken, pölen, Fuß-Jonglage, da kam dann eher das Hand-Jonglieren mit den kleinen Bällen in Frage. Das machte Spaß, er konnte es überall alleine machen, und trotzdem war es gut für seine Knochen.

Durch seine Hagener Freundin Carlotta lernte Danny 1987 das Jonglieren. Das ging recht flott. Sie gingen zusammen in den Stadtgarten oberhalb von Wehringhausen. Dort auf einer Wiese unter einem großen Laubbaum brachte sie ihm das Jonglieren mit drei Bällen bei, oder besser mit drei Bean-Balls. Das sind kleine, mit Hirse gefüllte Bälle. Da Danny als langjähriger Percussion-Musiker den Rhythmus im Blut hatte, ging das auch ganz gut. Drei Stunden später konnte er jonglieren.

Danny brachte diese neue Fähigkeit mit zu seiner Hagener Arbeitsstelle, in das Jugendinformations-Zentrum Volkspark. Überraschenderweise konnten dort schon einige junge Männer und Frauen jonglieren, wie Akim, Olli und Miss G. Deshalb machten sie das gemeinsam, als Info-Jongliergruppe.

Carlotta kannte einen Jongleur aus Berlin, den Mike. Der machte dann mal im Info-Zentrum einen Jonglier-Workshop, wobei er den Hagener Jongleuren so einiges beibrachte. Mit Dannys Lieblings-Jongleur Akim hatte er dadurch als erstes Hagener Jongleur-Paar das Keulen-Passing geschafft. Für die Laien: Passing bedeutet, dass beide Jongleure mit je drei Keulen jonglieren, sich dabei gegenüber stehen und sich dann auf ein vorher verabredetes Kommando eine Keule zuwerfen, und weiter und weiter und weiter.

Hach ja, die Anfänge von Dannys Jonglage waren erst mal sparsam, mit drei Bällen, später kamen auch noch Keulen, Ringe, Tücher und andere Gerätschaften dazu.

Da sich aber das Keulen-Jonglieren im Info-Zentrum wegen der zu niedrigen Decke als schwierig erwies, suchte Danny mit den anderen Jungs im Winter 1988 nach einem Gebäude mit hoher Decke. Das fanden sie rasch in der Hagener Pelmke-Schule und gründeten dort die erfolgreiche Gruppe. Aus der gingen mehrere super Jongleure wie Rolle und Ole hervor, die auch noch Jahrzehnte später von ihren Auftritten lebten. Das erfuhr Danny, als er zum Jubiläum ›20 Jahre Jonglier-Gruppe‹ im Januar 2008 in die Pelmke-Schule als Gründungs-Mitglied eingeladen wurde.

Doch zurück zu den Anfängen. Akim und Danny hatten dann in der Folgezeit einige Auftritte unter dem historischen Namen ›The Flying Hip-Hops‹, im August 1988 im Jugendzentrum Hagen-Buschey und in zwei Altenpflegeheimen. Dafür nahmen sie immer gerne rhythmische Musik als Untermalung mit, die sie auf einem Ghetto-Bluster abspielten – wie die Hits von Talking Heads.

Und schließlich als Höhepunkt ›Georg lebt!‹ im Stadtmuseum Hagen am 13.12.1990. Live-Musik und Live-Jonglage der Gruppe ›Georg lebt!‹, wozu sich die Musiker extra T-Shirts hatten machen lassen – mit der Aufschrift ›Georg lebt!‹ Das war eine Koproduktion von drei verschiedenen Info-Zentrums-Gruppen. Nämlich der Literatur-Gruppe, die zum Anlass der Georg Weerth-Ausstellungs-Eröffnung zusammen mit der Videofilm-Gruppe und der Jonglier-Gruppe performte. Dazu Live-Musik im Museum, wie der Georg›s Rap. Musiker waren am Schlagzeug Mats, am Bass Olli, Percussion und Geschrei Danny, dazu Filmaufnahmen von Akim, Jonglage mit Georg-Weerth-Büchern durch Olli und Danny, und Jonglage mit Keulen machten Akim und Olli. Das war super für alle Beteiligten, denn es ging bei diesem Auftritt im Museum ab wie ›Schmidt‹s Katze‹.

Danny schenkte seinem Vadda Götz zum 70. Geburtstag in Datteln einen Jonglierauftritt. Und sonst: Jonglieren mit Kokosnüssen in der Dominikanischen Republik, mit Bällen in Thailand, mit Ringen & Keulen in Finnland, mit Devilstick in Lüdinghausen und mit Bällen, Ringen und Keulen in Hagen.

110

Später jonglierte Danny aus Spaß in aller Welt, wobei da die geografische Bandbreite von Hagen über Finnland und die Toskana bis zur Karibik und nach Thailand und Sri Lanka und wieder zurück nach Hagen-Fley reichte. Da waren auch schon ganz schöne Raritäten dabei. Im November 1987 beim deutsch-finnischen Jugendaustausch jonglierte er in einem Jugendzentrum in Kouvola. Bei einem Italienisch-Bildungsurlaub im September 1988 versuchte er sich mit drei Klobürsten auf einem Markt in der Toskana. Oder mit Kokosnüssen in der Karibik – Jonglieren mit Kokosnüssen, hihihi. Sowas gab es bei Danny nur in Tropen-Urlauben, wie 1998 am Palmenstrand von Samana in der Dominikanischen Republik, oder in Sri Lanka 2004.

Und Danny schenkte seinem Vadda Götz zum 70. Geburtstag einen kleinen Jonglierauftritt. Im Garten am Schürenheck 32 wurde in Datteln am 4. Mai 1996 der besondere Ehrentag gefeiert. Dort gab er eine kleine Jonglier-Show mit vier Bällen, Devilstick und Keulen-Jonglage für die ganze Verwandtschaft und Gästeschar.

Danny benutzte die Fähigkeit, mit vier Bällen jonglieren zu können, auch gern aus therapeutischen Gründen. Er hatte sich bei einem winterlichen Waldspaziergang im Januar 2003 auf einer abschüssigen mit Eis bedeckten Straße bei einem Sturz einen komplizierten Bruch des linken Handgelenks zugezogen. Da half ihm hinterher neben der Krankengymnastik das Jonglieren, um die Bewegungsfähigkeit im Handgelenk wieder herzustellen.

Später nutzte er es auch gerne als Teil seines regelmäßigen Fitness-Programms. Dafür kam nämlich alles in Frage, was Spaß machte, was er auch alleine machen konnte und was trotzdem gut für seine Knochen war, also auch das Jonglieren. Er hatte mal gehört, dass dabei durch die wechselseitigen Beanspruchungen der beiden Gehirnhälften neue Hirnzellen aufgebaut würden. Na, das war ja mal ein positiver Gesundheits-Aspekt: länger fit im Kopf durchs Jonglieren, hihihi. Zusammen mit den ›Fünf Tibetern‹ gehörte das Jonglieren auch heute noch zu seinen all-morgendlichen Fitness-Übungen, immer zu rhythmischer Musik von Radio Cosmo, dem früheren Funkhaus Europa. Dabei liebte er lateinamerikanische Stücke, denn die Menschen aus Süd- und Mittelamerika hatten den Rhythmus im Blut.

VI. Tipper

Da für Danny das Kicken mit den richtigen Bällen zu gefährlich geworden war, er sich aber immer noch für Fußball interessierte, kam ihm eine Tipp-Gemeinschaft gerade recht. Denn tippen hörte sich doch eher ungefährlich an, oder ...?

Der Tipp-Gauner aus Berlin

Es geschah Anfang der 90er Jahre des vorigen Jahrhunderts, als die beiden ehemaligen deutschen Staaten BRD und DDR nach dem Fall der Berliner Mauer 1989 zu einem gesamtdeutschen Staat zusammen wuchsen. Durch seine Freunde Harry und Eddie wurde Danny zu einer gesamtdeutschen Bundesliga-Tipprunde eingeladen, deren Zentrale sich in Berlin bei Jonas J. Rinnsaler befand, wohin die Tipps immer gingen und wo alles zusammenlief.

Danny startete in der Saison 1991/92 in dieser Tipprunde als Einzelspieler und zusammen mit Harry, Carlos und Hannes als Vierer-Mannschaft, die sie »Sanuk II« nannten. »Sanuk« war der thailändische Begriff für »Spaß«. Und dieser Name entstammte aus dem gemeinsamen Thailand-Urlaub von Carlos und Danny, als sie sich in den heißen Tropen am kalten Kontrastprogramm der Olympischen Winterspiele 1988 im fernen und kalten kanadischen Calgary erfreuten. Damals machte sich ja die Marotte breit, dass weniger erfolgreiche Sportler auf einmal für andere Nationen starteten, um überhaupt an Olympischen Spielen teilnehmen zu können. Eine mittelschlechte deutsche Skiläuferin wurde so auf einmal für die Niederlande bei den Olympischen Winterspielen angemeldet. Auch Carlos und Danny hatten wieder mal Probleme mit ihrem eigenen deutschen Bob-Verband, der sie kurzerhand suspendierte. Deshalb starteten sie für Thailand als Bob »Sanuk II«, auch die »Rakete aus Krabi« genannt. Sanuk II war der einzige Bob, in dem die Sportler nur mit Badehosen und Helm bekleidet durch den Eiskanal flitzten, und zwar direkt auf dem Arsch. Dafür warfen sie in der Südkurve mit Eiswürfeln zu ihren treuesten Fans und Groupies. Immerhin schafften sie so sogar bei den Olympischen Winterspielen im kanadischen Calgary den 24. und vorletzten Platz, also einen Platz besser als »Monaco I«, dem Bob vom Prinzen von Monaco, hihihi …

Jetzt also weiter in Neunzehn-Neunzig-Eins: in der Tipprunde tippte jeder Teilnehmer nur einmal vor der Saison die Reihenfolge der Bundesligamannschaften in einer Tabelle. Und zwar so, wie jeder halt die jeweilige Stärke der einzelnen Mannschaften in den jeweiligen Spielzeiten einschätzte.

Das hatte in der Saison 1991/92 die Besonderheit, dass es damals für eine Spielzeit ausnahmsweise 20 Mannschaften in der ersten Fußball-Bundesliga gab. Denn wegen der Ost-Erweiterung erhöhten die beiden besten Ost-Teams von Hansa Rostock und Dynamo Dresden das Bundesliga-Feld der normalerweise 18 Mannschaften auf 20 Teams. Dadurch gab es nach der Saison 1991/92 auch nur einmal vier BULI-Absteiger, um dann ab 1992 wieder normal mit 18 Mannschaften in der ersten Bundesliga zu spielen.

Zusätzlich zahlte jeder Teilnehmer 80,-- DM pro Saison einmalig vor Saison-Start auf das Konto von Jonas J. Rinnsalers Mutter Isolde Rinnsaler ein, also satte 320,-- DM pro Viererteam. Da kam bei anfangs 300 Teilnehmern, später am Ende der Tipp-Jahre sogar bis zu 450 Teilnehmern, schon ein hübsches Sümmchen zusammen. Aber die eingezahlten Spielbeiträge wurden ja auch nach der Saison großzügig unter den Gewinnern aufgeteilt. Die ersten Dreißig bei der Einzelwertung und die ersten Zehn bei der Teamwertung wurden hinterher mit Bargeldgewinnen belohnt, so dass alle Tippbeiträge am Ende für Gewinne ausgeschüttet waren.

Finanziell richtig lohnten sich im Prinzip nur jeweils die ersten drei Gewinn-Ränge. Aber ihr Mitspieler und Freund Harry schaffte es tatsächlich Mitte der 90er Jahre einmal, in der Einzelwertung Gesamt-Zweiter zu werden. Das brachte ihm ungefähr 1250,-- DM Gewinn ein, wovon er seiner Familie einen schönen Sommerurlaub finanzieren konnte.

Diese merkwürdige Überweisungsmodalität auf das Konto seiner Mutter erklärte ihnen Rinnsaler damit, dass diese ganze Tipp-Geschichte eigentlich illegales Glücksspiel bedeutete. Deshalb sollte jeder auch irgend etwas Neutrales auf den Überweisungsträger schreiben, jedoch auf keinen Fall was zum

Tippspiel. Nun ja, sie machten alle trotzdem gerne mit, ohne das Gefühl zu haben, in einem illegalen Wettbüro um Geld zu spielen. Es machte ja auch Spaß, jeweils nach den Bundesligaspieltagen die Tabellen zu betrachten und daraus seine eigenen Punkte und die seiner Mitspieler zu beobachten. Sie bekamen auch regelmäßig Post von Rinnsaler, wobei er die Auswertungen der Punkte und die jeweiligen Tabellenplätze der einzelnen Mitspieler veröffentlichte.

Nach der ersten Saison 1991/92 hatte Danny genauso wie seine anderen Mitspieler einen Mittelfeldplatz erreicht. Dasselbe galt für ihre Mannschaft Sanuk II. Das einzig Auffällige an Dannys Tipp war, dass er bei der Abschlusstabelle nur einen richtigen Tipp auf dem richtigen Tabellenplatz gelandet hatte. Er hatte nämlich Platz 1 und damit den überraschenden Deutschen Meister 1992 VfB Stuttgart vor der Saison richtig getippt. Dafür gab es 5 Extra-Punkte. Zusätzlich hatte Danny drei von den vier Absteigern richtig getippt, bekam aber keinen einzigen Punkt dafür, weil er nicht die exakt richtige Platzierung getroffen hatte. Das gab Hannes und Danny den Anlass, deswegen eine Regel-Änderung vorzuschlagen, damit Fußball-Fachverstand mehr honoriert werden sollte als Glück. Aber vergebens: auf Vorschläge für Regel-Änderungen reagierte Rinnsaler nie. Später entwickelte Danny ja zusammen mit Hannes aus Hagen und Werner aus Iserlohn mit den Totti-Tippern ein eigenes Tipp-Spiel, wobei sie solche Sachen wie weitsichtigen Fußballfachverstand natürlich voll berücksichtigten.

Die Besetzung ihrer Mannschaft Sanuk II wechselte mit den Jahren. Als Erster schied Carlos nach der ersten Saison freiwillig aus und wurde durch Klaus »the Eagleman« aus Osnabrück ersetzt. Ein paar Jahre später hörte auch Hannes aus Hagen auf, der durch Dannys Schwester BärBel aus Datteln ersetzt wurde. Nur Harry und Danny bildeten den Stamm und die Konstante bei Sanuk II.

So lief das Spiel Saison für Saison dahin, ohne dass irgendetwas Großartiges für sie geschah, außer natürlich dem oben beschriebenen 2. Platz in der Einzel-Gesamtwertung für Harry mit dem 1250,-- DM-Gewinn.

Dann kam das Jahr 1998, das Jahr der Fußball-Weltmeisterschaft in Frankreich, direkt im Anschluss an die Saison 1997/98. Für diese WM hatte Rinnsaler ein eigenes Tippspiel veranstaltet, bei dem insgesamt etwa 50 Teilnehmer mitmachten. Danny hatte dabei den totalen Riecher und gewann das

WM-Tippspiel locker. Da er so gut getippt hatte, stand er schon vor dem Halbfinale als Tippsieger fest. Außerdem hatte er dabei auch drei von vier Halbfinalisten und zusätzlich auch noch Frankreich als Weltmeister richtig vorhergesagt. Erstmal war Danny besonders stolz, überhaupt mal so richtig was gewonnen zu haben, und dann sogar gleich 440,-- DM.

Aber dieses Geld bekam er nie. Erst dachte er an eine normale Verzögerung der Auszahlung. Dann lief die neue Saison 1998/99 an. Der übliche Modus der Tipperei vor der Saison begann. Auch die Vier von Sanuk II machten wieder mit, da sie da ja noch nix Böses ahnten. Glücklicherweise bezahlten sie alle Vier nix ein. Stattdessen schrieb Danny als Mannschaftskapitän dem Rinnsaler, dass er ihren Tippeinsatz von vier mal 80,-- DM = 320,-- DM mit Dannys WM-Tipp-Gewinn von 440,-- DM verrechnen sollte und ihm entsprechend dann nur noch den Rest von 120,-- DM überweisen sollte.

Doch auch dieses Geld bekam Danny nie von Rinnsaler zu sehen. Aber es kam noch viel schlimmer. Nach und nach kam heraus, dass Rinnsaler nicht nur Dannys WM-Gewinn von 440,-- DM veruntreut hatte, sondern auch die gesamte Gewinnausschüttung der Saison 1997/98 von sämtlichen Tipp-Beiträgen aller 450 Mitspieler in die eigene Tasche geschüttet hatte. Das belief sich auf eine runde Summe von circa 36.000,-- DM. Zusätzlich kam noch eine unbekannte Summe von bereits gezahlten Tipp-Beiträgen für die neue Saison 1998/99 hinzu. Dabei hatte er wenigstens von ihrem Team Sanuk II nicht auch noch »seine Urlaubskasse« aufgebessert. Aber sämtliche Gewinner der Saison 1997/98 gingen leer aus. Und der Kerl war einfach abgetaucht. Er meldete sich weder auf Briefe, noch war er telefonisch erreichbar.

Rein rechtlich konnte niemand von den Mitspielern was machen, weil es sich ja eh um illegales Glücksspiel gehandelt hatte. Und alle hatten immer treu doof auf das Konto von Rinnsalers Mutter eingezahlt und nicht auf Rinnsalers Konto. Allerdings gab es da welche aus der Spielgemeinschaft, die so was nicht mit sich machen ließen. In Eddies WG in Berlin wohnte einer von zwei Waltroper Brüdern, die beide Dachdecker und handfeste Kerle waren. Sie suchten Rinnsalers Wohnung in Berlin auf, wo sie ihn natürlich nicht erreichten. Wütend wie sie waren, nagelten sie ihm die komplette Wohnungstür von außen wie ein Fakirbett mit Zimmermannsnägeln zu. Außerdem hinterließen sie ihm dann an ihrer Nagel-Installation noch

einen Zettel mit   der freundlichen Aufforderung: »Beim nächsten Mal bist
du persönlich dran!«

Aber es war alles vergeblich. Danny schrieb seine 440,-- DM nach einiger Zeit
genauso wie alle anderen betrogenen Mitspieler ab.   Rinnsaler blieb verschütt.
Aber selbst wenn er in Berlin doch noch mal aufgetaucht sein sollte, dann
würde er bei den Feinden, die er sich dort fürs Leben gemacht hatte, keine
ruhige Minute mehr erleben.

Danny selber musste sich eingestehen, auf einen Tipp-Gauner aus Berlin rein-
gefallen zu sein. Dessen Name Jonas J. Rinnsaler wahrscheinlich voll ausgeschrie-
ben Jonas Judas Rinnsaler heißen sollte: »Du Judas, Verräter aus Berlin …!«

Die Totti-Tipper

Diese originelle Tipp-Runde entstand 2001, bestehend aus drei ehemaligen
Jugendzentrums-Kollegen, die sich damals in den 80er Jahren beim Fußball-
spielen auf der Emster Wiese und in zahlreichen dramatischen Duellen an der
Tischtennis-Platte in TT-Einzelturnieren bekämpften. So wurden aus früheren
Sportgegnern heutige Sportfreunde: Hannes Engelmann aus Hagen, Werner
Sperling aus Iserlohn und Danny Kowalski.

Sie beschlossen, eine kleine exklusive Bundesliga-Tipp-Gemeinschaft zu
werden, indem sie für jedes Wochenende nur jeweils drei Spiele zu tippen
brauchten, und zwar die Spiele ihrer Lieblingsmannschaften:
- Borussia Mönchengladbach, dem Hannes seine ewige Liebe, die ›Fohlenelf‹
vom Niederrhein.
- Borussia Dortmund, schwarz-gelb vom Revier,
  da steht der Werner drauf, denn der ist von hier.
- 1.FC Köln, Dannys Treue zum ›Geißbock‹-Verein seit 55 Jahren durch alle
Höhen und Tiefen, durch alle Freuden und Leiden.

Jeweils einmal im Monat zählten sie die Punkte zusammen. Der Sieger bekam vom Verlierer ein Frühstück in der ehemaligen Sparkassenkantine ausgegeben: keine großen Gewinne, aber jede Menge Spaß.

Weil es oft knapp wurde bei der Punkteverteilung, führten sie die Sonder-
tipps ein, die bei Punktegleichheit entschieden, und zwar sogar recht häufig.

Nachdem der Hagener Sparkassen-›Oskar‹ am 07.03.2004 gesprengt worden war, konnten sie sich nicht mehr in der Sparkassen-Kantine treffen, sondern verlegten ihre Tipp-Runde auf den Nachmittag um 17.00 Uhr nach Dienstschluss, entweder in die Eisdiele ›Öse‹ im Hagener Volkspark, versuchsweise auch mal in andere Kneipen oder zu besonderen Fußballfilmen auch mal ins Kino-Restaurant, aber auch öfters mal in das neue rauchfreie Cafe ›Vincenzo‹. Seitdem bekam der Sieger ein Getränk seiner Wahl vom Monats-Tipp-Verlierer ausgegeben.

Dann fand Danny bei einem Kalabrien-Urlaub 2003 am Strand von Capo Vaticano eine kleine Plastikfigur. Das war übrigens ein guter Reise-Tipp des Tippkollegen Hannes, der dort vorher im Urlaub auch schon lecker italienische Hausmannskost bei Mimo gegessen hatte. Also dort am Strand fand Danny im Sand den ›Totti‹: eben jenen kleinen Plastikfußballer mit italienischen Nationaltrikot in azurblau und mit einem Löwenkopf. Den nannten sie den Totti. Und daraus wurde ›ihr Totti‹, der begehrte Wanderpokal, der immer dem jeweiligen Monatssieger vom letzten Totti-Träger übergeben wurde. Der Name entstand nach dessen Namenspatron Francesco Totti von der AS Roma, deren Kapitän er lange Jahre war. Aber er wurde ja auch 2006 Weltmeister mit der italienischen Nationalmannschaft ›Squadra Azzura‹. Der Fußballstar im azurblauen National-Trikot trug dort die Nummer 10 auf dem Rücken, genauso wie ihr kleiner Wanderpokal-Totti.

Sie starteten ihre Tipprunde mit der Saison 2001/2002 und tippten jetzt schon die 18. Fußball-BULI-Saison. Heuer hatten sie die Saison 2018/2019 absolviert. Und es wird wohl noch ein paar Jährchen mit den Sportsfreunden so weiter gehen …

Die erfolgreichsten Jahres-Tipper waren bisher Werner und Danny, die jeder sieben mal Tipp-König wurden. Hannes wurde vier mal Tippkönig, außerdem führte er den Gesamt-Sondertipp-High-Score an. Dagegen hielt sich Werner mit der Führung im Gesamt-High-Score schadlos. Es blieb für die drei ein ewig spannendes Treffen.

Joh, sie sind die Totti-Tipper …!

Sie hatten sich in den letzten Jahren eindeutig für ihr »Lokal des Vertrauens« entschieden, dem »Café im Quadrat« auf Emst bei der sympathischen Wirtin Conny. Dort trafen sich die drei Tottis immer gut und gerne, um über die große und die kleine Fußballwelt zu diskutieren.

Totti-Tipper im »Kaffee im Quadrat«, oben v.l.: Totti, Zizou und Cafu. Mitte: Totti-Sieger Werner hält den »Pokal« hoch. Treffen im »Café im Quadrat«. Unten links: der schreckliche Iwan

Die große Fußball-Welt waren Champions-League, Welt- und Europa-Meisterschaften, die kleine Welt dagegen die Hagener Lokal-Teams. Und diese Hagener Fußball-Mannschaften spielten alle zur Zeit eher unterirdisch …

Kein Wunder, dass sich die jungen Hagener Frauen lieber den Fußballstars aus der Nachbarstadt Dortmund zuwandten. So ist diese Rubrik auch als letzte Warnung an die Hagener Junggesellenwelt zu verstehen:

»Achtung Männer, aufgepasst, die BvB-Fußballstars aus Dortmund greifen unsere heimischen Mädels ab. Erst der Mario mit dem breiten Kreuz, der sich schon die kesse Nad, also datt Nadine Allezeit, aus Hagen geangelt hat. Als Mario von Dortmund nach Istanbul abgeschoben wurde, hatte er so großes Heimweh nach seinem Hagener Rotschopf, dass er kein einziges Spiel für seinen neuen Verein in Istanbul gemacht hatte. Dafür durfte er sich auch monatelang von einer Kölner Komikerin als ›Running Gag‹ gekonnt durch den Kakao ziehen lassen. Na ja, das hübsche Hagener Girl kann sich trösten. Ihr Lover wurde inzwischen zurück nach Deutschland transferiert.

Und jetzt auch noch Fußballnationalspieler Bernie Braus. Der hat sich kurz entschlossen mit dem Hagener Model Vanessa Fürstlos zusammengetan. Was die 22-Jährige Blondine wohl an dem findet …? Vielleicht ist es das Attraktive an ihm, dass sie mit ihrem neu erworbenen Führerschein seinen heißen Ferrari fahren darf. Denn er braucht eh jemand, der ihn immer rum fährt. Sein gefälschter luxemburgischer Führerschein wird ja höchstens noch auf der Cranger Kirmes beim Auto-Skooter anerkannt …: hihihi ….

Hagener Jungs, also passt op! Es sind noch einige hübsche Hagener Girls übrig. Aber die Dortmunder Fußballstars liegen schon auf der Lauer …!«

Anfang der 1980er Jahre, während der Musikphase der ›Neuen Deutschen Welle‹, hieß es ja ›Komm nach Hagen, werde Popstar …‹, als Nena und Extrabreit von Hagen aus die Welt eroberten. Zwar kam Danny Kowalski damals nach Hagen und gründete mit Freunden die Musikgruppe Vogelfrei, aber er wurde nie Popstar.

Und heuer 2016 heißt es auf einmal ›Komm nach Hagen, find dein Traumgirl.‹ Die beiden BvB-Stars aus Dortmund, Mario Breit und Bernie Braus, fanden doch tatsächlich jeder ihr Traumgirl in Hagen.

Mario seine Nadine, die ihm von Dortmund nach Istanbul und schließlich über Stuttgart und Darmstadt nach Krefeld folgte …: was für eine Aufsehen erregende Städtetournee für ein junges hübsches Girlie. Aber er gedachte sie dann sogar zu ehelichen. Was soll ein verletzter Fußballstar schon auch sonst in solch einer Zwangspause machen …!?

Damit alles im neuen trauten Heim in Stuttgart seine glückliche Fügung bekommen sollte, erdachte sie sich auch schnell noch eine 16 Regeln-Hausordnung für ›Mario-allein-zu-Zweit‹. Denn solch einem ungehobeltem Kerl musste ein modernes Mädel doch erst mal beibringen, wie und wo es so im Leben lang ging.

Ja, und Bernie fand seine Vanessa in Hagen. Die war ein süßes blondes Model, die 1994 in Hagen geboren wurde, schlank, bestimmt 1,73 m groß und hatte die griffigen Maße von 88-64-91. Bernie Braus beneidete man von allen Seiten, zumal auch noch ihr Hobby das Reiten war. Aber sie war eine gut geerdete Person, wie fast alle Frauen in Hagen. Sie hatte einen Hund namens Rusty. Aber das wichtigste für Bernie: einen gültigen deutschen Führerschein. Sie war seine Traum-Fahrerin.

Dann aber wurde am 17. August 2016 in der Presse bekannt gegeben, dass Bernie Braus endlich seinen Führerschein gemacht hatte. Oje, was würde denn nun aus seiner Hagener Freundin Vanessa werden, wenn er sie nicht mehr zum Chauffieren brauchte? Würde er sie dann abservieren? Oder sie wenigstens fragen, ob er bei hier hinten auf dem Pferd mit reiten dürfte …

Dann kam alles ganz anders: die beiden bekamen 2019 eine kleine Tochter.

Da sich unsere bekannten drei ›Totti-Tipper‹ Danny, Werner und Hannes auch für alles andere interessierten, was mit und um den Fußball zu tun hatte, also nicht nur für ihre drei Lieblingsvereine aus Köln, Dortmund und Mönchengladbach, quatschten sie auch über andere Vereine, Spieler und Spielerfrauen. Sie unterhielten sich eines Tages an ihrem Stammtisch im Emster Kult-›Café im Quadrat‹ beim Totti-Tippen über dieses und jenes Fußball-Detail. Und plötzlich waren sie ganz Ohr, als sich auf einmal die Café-Wirtin Conny in ihr Gespräch einschaltete: »Hört mal, Jungs, hier im Café, da wird öfters von dem Mario Breit gesprochen, weil seine Freundin, die kommt doch hier aus Hagen.« Und bei jedem weiteren Tipp-Treffen erfuhren sie dann immer die neuesten Storys aus der Hagener Glimmerwelt. Conny erzählte ihnen gerne über ein paar junge Mädels, die ab und zu ins Café kamen: »Die tratschten darüber, wie plötzlich ein hübsches Hagener Model nach dem nächsten an die Dortmunder Fußballstars verloren ging. Eins von den Mädels, die hier hin kommen, die kannte alle abgängigen Traumgirls aus ihrer Schulzeit persönlich.« So waren Conny und das Twitschern im Café ein unerschöpflicher Quell für die drei Totti-Tipper, wenn sie Neues über Mario und Bernie und ihre Girlies wissen wollten.

Gib mich die Kirsche

›Gib mich die Kirsche‹ hieß nicht nur ein laut raus gerufenes Zitat des Torjägers Lothar ›Emma‹ Emmerich von Borussia Dortmund aus den 60er Jahren, wenn der Linksaußen und Vizeweltmeister von 1966 (›Das Wembley-Tor‹) seine Mitspieler um den Ball bat, nämmich die ›Kirsche‹. Nein, sondern ›Gib mich die Kirsche‹ nannte sich auch eine lustige Internet-Tipprunde, in die Danny von seinem Freund Harry nach jahrelangem Drängeln rein geholt wurde: www.kicktipp.de/grasklopper/

Dafür war Danny ihm ewig dankbar, denn diese Tipprunde hatte ihm doch in seiner ersten Saison 2007/2008 jede Menge Erfolgserlebnisse verschafft. Zwar konnte niemand in dieser Spielrunde durch gutes Tippen Geld verdienen, dafür aber Ehre und persönliche Selbstbestätigung, aber die gab es dann frei Haus durchs Internet.

Danny spielte unter seinem Tipp-Pseudonym ›Manolito‹. Jawoll, genau der schlitzohrige Manolito Montoya aus der Western-Serie ›High Chaparrel‹ war das Vorbild für Dannys Spielname. Diese Serie wurde in der Zeit von 1967 bis 1971 im deutschen TV ausgestrahlt. Und Henry Darrow spielte den Manolito, den mit dem großen Sombrero und dem gackernden Gekichere: ›Hihihi, hihihi …‹

So durfte Danny als ›Manolito‹ sechs Mal das ›gelbe Trikot‹ des Gesamtführenden überstreifen. Und zwar am 4. Spieltag gleich für zwei Wochen, am 25., 26. und 33. Spieltag jeweils nur für eine Nacht, dafür aber vom 28. Spieltag bis zum 30. Spieltag für drei Wochen, aber am wichtigsten, nach dem 34. Spieltag, und nur das zählte: Gesamtsieger und Tippkönig! Er errang mit drei Tagessiegen am 18., 20. und 24. Spieltag die meisten Tagessiege von allen Tippern. Und schließlich gewann er am 17. Mai 2008, also am letztem Spieltag der 1. Fußball-BULI, um 17.15 Uhr, den nie erwarteten ersten Platz und den Gesamtsieg der Tipprunde unter zuletzt noch übrig gebliebenen 34 Teilnehmern.

Zusätzlich animierte diese fröhliche Tipprunde Danny und seinen Freund Harry zu dauernder E-Mail-Korrespondenz, die teilweise auch auf ihre anderen Dattelner Freunde Eddie und Bridgie ausgeweitet wurde. Die vier bildeten das ›Team Datteln‹, das es in Wirklichkeit gar nicht gab, sondern nur aus einer fiktiven Gemeinschaft von ehemaligen Dattelnern bestand, die über halb Deutschland versprengt waren und inzwischen in drei verschiedenen Bundesländern wohnten.

So spornte Danny ihr ›Team Datteln‹ nach einem beispiellosen Tipp-Hänger am 26. Spieltag mit folgenden News an:

»Am heutigen 31.03.2008 fand sich folgende Kurznotiz in den Sportnachrichten:

Team Datteln trotzt Serbien ein 11:11 ab
Berlin/Osnabrück/Lüdinghausen/Hagen. Nach erbittertem Kampf trotzt das Team Datteln, bestehend aus DearEddy (5 Pkt.), Klüvenstein (0 Pkt.), Szymaniak (0 Pkt.) und Manolito (6 Pkt.), mit insgesamt 11 Pkt. am 26. Spieltag der deutschen BULI den dezimierten Serben ein 11:11-Unentscheiden ab. Die traditionell trickreichen Serben hatten ihren besten Scorer in Tagessieger ›Pantelic‹ * mit 11 Pkt., weil sie sich durch den wechselhaften Verlauf der jugoslawischen Geschichte selbst dezimiert hatten.

- Josip Tito, eigentlich Kroate, starb am 04.05.1980 im slowenischen Ljubljana
- Der serbische Ex-Chef Slobodan Milosevic starb, von der Weltöffentlichkeit heftig umjubelt, am 11.03.2006 im niederländischen Den Haag.
- Milutin Soskic, der serbische Torhüter der jugoslawischen Fußball-Olympiasieger von 1960, lebt heute in Bakersfield, Kalifornien, und hat sich vom Fußball zurückgezogen …

Das heute Morgen gemeldete 11:11-Unentschieden zwischen Serbien und Cosmos Datteln verbreitete mittlerweile weitere Wellen im Pressewald:

Cosmos Datteln besticht durch mannschaftliche Geschlossenheit
Berlin/Osnabrück/Lüdinghausen/Hagen. Auf die Frage nach dem Erfolg des von Ingo Anderbrügge gecoachten Teams Cosmos Datteln antwortete Pressesprecher Manni Breuckmann heute: »Cosmos Datteln besticht durch mannschaftliche Geschlossenheit. Die aktuellen Plätze 2., 13., 14. und 29. ergeben 58 : 4 = also den 14,9. Platz, womit sie klar vor den Serben liegen (Pantelic belegt den 22. Platz). Das ist das Ergebnis der Umstellung im Mittelfeld von

---

* ›Pantelic‹ *nannte sich ein Mitspieler aus ihrer Tipprunde, nach dem serbischen Fußballnationalspieler Marko Pantelic, früher Hertha BSC Berlin*

der Viererkette zur Raute, was Trainer Anderbrügge seit dem 18. Spieltag erfolgreich bei den Dattelnern durchsetzte: Tagessiege für Manolito am 18., 20. und 24. Spieltag, für DearEddy am 21.Sp. und Klüvenstein am 22.Sp., als Szymaniak auch noch Zweiter wurde, bestätigen diese Maßnahme.«

Berlin/Belgrad. Nach bisher unbestätigten Quellen wollen die Serben sich für die nächste BULI-Tipp-Saison erheblich verstärken. Der neue Trainer Dragoslav Stepanovic (›Lebbe geht weiter‹) versucht, seine Beziehungen zu Sport und Wirtschaft spielen zu lassen. Angeblich will er ein schlagkräftiges Tipp-Team um Pantelic verstärken mit:

- dem französischen Weltklassehandballer Nicola Karabatic von THW Kiel.
- Branko Jelic, der am 24. Spieltag beim sensationellen 2:0-Sieg von Energie Cottbus gegen Bayern München mit seinen zwei Toren als der ›Lederhosenauszieher‹ gefeiert wurde.
- Dschungelcamper Bata Ilic: ›Holt mich hier raus!‹
  Das serbische Team soll die Tennis-Stöhnerin Monica Seles als Mentaltrainerin wieder nach oben bringen: »Wir werden die Dattelner nieder stöhnen …!«

Darauf freut sich schon jetzt mit euch zusammen euer Danny …«
Was dann auch von seinem Freund Harry postwendend beantwortet und als wertvolle Aufbauarbeit bewertet wurde:
»Deine Aufmunterung ist gelungen, danke dafür. Ist wirklich niederschmetternd, keinen Punkt zu machen, selbst wenn man in Gesellschaft ist. Da kam der Serbien-Konflikt wie gerufen. Freund, das war richtig journalistisch, was du geschrieben hast. Satire und Glosse, ein flotter Stilmix mit glaubhaft pseudo-realen Einschüben. Ich wusste nicht, dass du so schreiben kannst. Eine interessante und unterhaltsame Form. In diesem Fall zudem aufmunternd, das saß umso mehr. Danke dafür.
Alle guten Wünsche von mir für den nächsten Spieltag. Mach et, sei mein Star.«

Danny Antwort ließ nicht lange auf sich warten: »*Ja, ich sach ma zu mich: ›datt schaffst du schon!‹ Und danke, lieber Froind Harry. Ich werde mein Bestes geben …!«*

Und ansonsten ›Gutes Tippen‹ wünsche ich dir vom Team Datteln, wo ja auch rechtzeitig Ingo Anderbrügge bei Wacker Burghausen gefeuert wurde, um sich ganz auf unser Coaching zu konzentrieren.

Erst Serbien, dann die ganze Welt, so hat es ja auch mit dem 1. Weltkrieg geklappt …! Da werden wir Dattelner ja wohl wieder ein Spitzenteam im Ostring-Stadion auflaufen lassen können, oder …!?«

Aber zweifellos der Höhepunkt war dann zum Schluss der Bundesliga-Saison 2007/08 der 34. Spieltag am 17. Mai 2008. Da gab es noch eine ganz knappe Kiste zwischen Danny und dem späteren Zweitplatzierten Hermann um den 1. Platz. Selbst am letzten Spieltag ging das dauernd zwischen Danny und Hermann hin und her. Am Ende war es eine knappe Entscheidung von 409 Punkte für Danny, gegenüber 408 Punkten für Hermann. Und diese knappe Entscheidung um nur einen Punkt fiel nach einer langen ganzen Saison vom Sommer 2007 bis zum Mai 2008. Danny hatte das Glück, dass er dieses für ihn tolle Erlebnis zusammen mit seinem Freund Harry (also Klüvenstein) in Hagen/Westfalen feiern durfte. Harry hatte diesen Termin als Treffpunkt schon einen Monat vorher für sie beiden vorgeschlagen, weil es ja eventuell da was zu feiern gab. Dannys Frau Moni backte zu Ehren der ›Gib mich die Kirsche‹-Tipper einen leckeren Kirschkuchen. So aß Danny, der er normalerweise gar keine Kirschen mag, vor dem entscheidenden letzten Spieltag zum ersten Mal freiwillig ein Stück Kirschtorte. Und er musste zugeben: »Das war echt lecker!« Und sein Freund Harry kam aus Osnabrück, wo er kurz vorher auf seinen journalistischen Dienstwegen in Hagen ATW, also am Teutoburger Wald, das dortige Kirschblütenfest erlebte: ein Blütentraum in rosa, weiß und rot. Im dortigen teutonischen Hagen ATW wurden nämlich durch Biologen sage und schreibe 357 verschiedene Sorten Kirschbäume gezählt …: boah, ej!

Schön war es auch für Harry, dass er am letzten Spieltag noch unverhofft einen Tagessieg in der ›Gib mich die Kirsche‹-Tipperrunde errang. Zusätzlich hatte er auch den Saison-Rekord mit 22 Tagespunkten behalten können. Also hatte Harry damit auch noch den höchsten Tagessieg von allen erreicht!

Und letztlich konnten die beiden als FC Kölle-Fans auch noch den Aufstieg der Geißböcke in die erste Bundesliga feiern.

Tippkönige		2018	**Manolito**	2017	Thor
2016	Flankengott	2015	Fohlen	2014	Geissbock
2013	Thor	2012	RheumaKai	2011	juems
2010	daggett	2009	StanLibuda	**2008**	**Manolito**
2007	soccerqueen	2006	juems	2005	soccerqueen

Es gab wirklich jede Menge Gründe zum Feiern. Da kamen ihnen die Grill-platten beim Jugo (es war wahrscheinlich ein Kroate?) gerade recht. Die waren nämlich eine gute Feier-Grundlage für ihr Freundschaftstreffen mit viel Bier, Rotwein, Grappa und Slibowitz. Diese Sause wurde dann hinterher noch bis 03.00 Uhr in der Nacht auf Dannys Terrasse in Hagen-Fley fortgesetzt, und das trotz ›Eisheiliger‹ Kälte …

Und dann, genau 10 Jahre später, kam die Saison 2017/2018, als Danny zu einem erneuten Siegeszug über die ›Kirschen‹-Tipper hinweg brauste. Unter mittlerweile 40 Tipp-Teilnehmern konnte er seinen Sieg von 2008 wiederholen. Der Spielleiter Detlef Müller-Merker, alias RheumaKai, sandte Danny die Urkunde zum Tipp-könig 2018, die er mit einer lustigen Bemerkung verziert hatte. »Frei nach Wei-denfeller: You have a grandios Saison gespielt«. Denn Danny hatte einen wahren Durchmarsch vorgelegt. An sage und schreibe 29 von 34 Spieltagen war er Ta-bellenführer der Tipprunde, zum ersten Mal am 2. Spieltag. Dann übernahm er erneut am 5. Spieltag die Tabellenspitze, schaffte am 6. Spieltag den Tagessieg und blieb 26 mal hintereinander Erster des Tipp-Tableaus, bis zum 30. Spieltag. Ein kleiner Hänger kurz vor Saisonende bescherte ihm an den Spieltagen 31 und 32 jeweils ›nur‹ den zweiten Platz, bevor er am 33. Spieltag zurückschlug und wieder Erster wurde. Souverän verteidigte er den ersten Platz auch nach dem 34. Spieltag. Beim Endstand hatte er 547 Punkte erreicht, immerhin 22 Punkte Vorsprung vor ›Litti‹ auf dem zweiten Platz mit 525 Punkten. Und somit freute sich Danny, dass er verdientermaßen Sieger der Tipp-Runde und Tippkönig wurde. Dadurch stieg er auf in die Liga der ›Doppel-Tippkönige‹: nach Soccerqueen, Juems und Thor gehörte nun auch Manolito zu diesem erlesenen Kreis.

126

Gib mich die Kirsche

Tippkönig 2008: manolito
Tippkönig 2007: soccerqueen
Tippkönig 2006: juems
Tippkönig 2005: soccerqueen

Nach 2008 wurde Danny auch 2018 wieder Tippkönig der ›Gib mich die Kirsche‹-Spielgemeinschaft.

Nach dem Gesetz der Serie freute er sich schon auf 2028, haha, hihi …

Harry fragte zum Ende der Saison 2019 an: »Hey, Danny, wo stehst du denn eigentlich in der ewigen Tabelle?«

»Moment, Harry, die Frage kann ich dir sofort beantworten. Hier sind die ersten vier in der ewigen ›Kirschen‹-Tabelle: 1. Manolito – 5.623 Pkt.; 2. juems – 5.541 Pkt.; 3. Handgottes – 5.492 Pkt.; 4. RheumaKai – 5.486 Pkt. Das also sind die ersten vier: ich als ›Manolito‹ vor dem Bruder des Spielleiters ›Juems‹, dem Sohn des Spielleiters ›Handgottes‹ und dem Spielleiter ›RheumaKai‹ selber.«

Zizou + der schreckliche Iwan im Café im Quadrat

Danny traf sich mit den beiden anderen Totti-Tippern Werner und Hannes ja regelmäßig in ihrem Stamm-Café, dem Café im Quadrat. Sie gaben im Sommer 2016 auch den speziellen EM-Tipp ab. Im Endstand wurde Werner mit 73 Punkten Erster, Danny Zweiter mit 70 und Hannes Dritter mit 61 Punkten. Nach der EM in Frankreich lud Danny seine beiden Tipp-Kameraden zu einem Treffen ein, das sie ›nach der Euro ist vor der Buli‹ nannten. Er gratulierte bei der feierlichen Überreichung des ›Zizou‹, ihrem EM-Wanderpokal, dem verdienten Sieger: »unserem EURO-Tippspiel-Sieger Werner noch mal einen herzlichen Glückwunsch,« und überreichte ihm den Zizou. Und Hannes bilanzierte: »Endlich ist die öde, langweilige und spieltechnisch schlechte EM zu Ende. Eigentlich hätte diese EM keinen Sieger verdient. Denn es gab keine herausragende Mannschaft. Der letztliche EM-Sieger Portugal hat gegen eine gute Mannschaft gewonnen, nämlich Frankreich. Vielleicht sind sie deswegen zu Recht Europameister geworden. Von den 24 Mannschaften waren etwa 18 grottenschlecht.«

»Boah, Hannes,« hakte Danny ein, »das war ja jetzt mal ne echt fundierte Total-Kritik in aller Kürze und Schärfe. Da fehlt nix. Du meinst also, Portugal hat es verdient?«

Spontan kam es aus Hannes raus gesprudelt: »Klar, Ronaldo ist natürlich ein nerviger Gockel, aber abgesehen davon ein genialer Fußballspieler. Er ist der mit Abstand meist gefoulte Spieler, der aber von den Schiedsrichtern nicht geschützt wurde. Das war echt eine EM für Klopper und Kämpfer, aber keine für spielerisch gute Spieler.«

Dazu meinte Werner nur lakonisch: »Ich erlaube mir auch eine kurze Einschätzung zur EM. Am Ende zählt immer das Ergebnis. Da können wir Deutschen in der Rückschau auf manches Turnier sicherlich ein Lied von singen.«

Zustimmend nickte Danny: »Genau. Aber wisst ihr, was meiner Meinung nach der Grund ist für das Ausscheiden der deutschen Jungens? Die haben die spanische Krankheit. Vor lauter Tiki-Taka, Schön-Spielen, Ballbesitz und Spielkontrolle schießt da keiner mehr die Tore, wie früher Uwe Seeler, Gerd Müller, Rudi Völler und Miro Klose. Bei den Spaniern war das auch so ein

Aufstieg und Fall der Tiki-Taka-Generation.* Damit hatten sie die Welt 2010 erfreut, wurden damals Weltmeister in Süd-Afrika, vorher und nachher sogar noch Europameister 2008 und 2012. Das hat die Deutschen derartig beeindruckt, dass sie das dann auch übernahmen: glatt wurden sie 2014 mit dieser Spielweise Weltmeister. Und die Spanier als Favorit sind nun mit ihrem ewigen Tiki-Taka-Ballbesitz-Fussball ausgeschieden. Die wollten am liebsten den Ball auf der Torlinie noch mal hin und her schieben, bis einer die optimale Position hatte, bevor er dann endlich aufs Tor schoss. Dieses System hat sich anscheinend so was von überlebt …!? Und jetzt hier das gleiche auch mit der deutschen Mannschaft im Halbfinale gegen Frankreich. Die meisten statistischen Werte sprachen tatsächlich für die DFB-Elf. Moment mal, die Statistik hab ich mir doch irgendwo hier aufgeschrieben …,« womit Danny nach dem Zettel kramte, raschel – raschel, »da, hier hab ich ihn. Beeindruckende Zahlen, was? Das deutsche Team hatte beispielsweise deutlich mehr Ballbesitz als Frankreich. Teilweise erinnerte das Match an eine Partie von Bayern München unter Pep Guardiola. Denn 67,8 % der Spielzeit hatte ein deutscher Kicker den Ball am Fuß. Doch letztlich sind solche Werte kaum von Bedeutung. Denn in der entscheidenden Statistik, nämlich der der erzielten Tore, lag am Ende dann auch verdient Frankreich vorn.«

»Joh, Danny, haste absolut recht. Bei uns Deutschen fehlen mittlerweile die Goalgetter. Bei der Ausbildung der jungen Kicker wird zu viel Wert aufs Schön-Spielen gelegt. Technik ist total wichtig, aber noch wichtiger sind die Tore,« meinte Werner.

»Und im Übrigen hast du natürlich total Recht mit dieser EM hier in Frankreich,« wandte sich Danny noch mal abschließend an Werner, »die Wahrheit liegt auf dem Platz. Und da lagen tatsächlich im Finale in Paris Tausende von schwarzen Motten auf dem Rasen. Also: die Wahrheit sind schwarze Motten, hihihi …«

Rechtzeitig, bevor die deutschen Fußball-Männer bei der WM 2018 in Russland starteten, machten erst mal die Totti-Tipper Platz und gingen in die

---

* *Tiki-Taka oder Tiqui-taca bezeichnet einen Spielstil im Fußball, der charakterisiert wird durch Kurzpassspiel und einen hohen Ballbesitzanteil der angreifenden Mannschaft. Dabei befindet sich fast die gesamte Mannschaft fortwährend in Bewegung und lässt den Ball durch ihre Reihen zirkulieren.*

Sommerpause. Aber sie blieben nicht faul, sondern begannen sofort mit dem WM-Tipp. Danny hatte eine kleine rote Plastik-Figur als WM-Tipp-Pokal in die Runde geschmissen: und zwar den Iwan. Der mickerige Kerl sah gar schrecklich aus, weshalb er auch »Iwan, der Schreckliche« getauft wurde. Tipp-Kollege Werner war ganz heiß auf den Iwan. Er wollte ihn gerne für seine Vitrine zu Hause gewinnen. Denn dort standen schon die bisherigen kleinen Pokal-Kerlchen, nämlich der »Cafu«, Tipp-Siegerpokal der WM 2014 in Brasilien, und der »Zizou«, Tipp-Siegerpokal der EM 2016 in Frankreich. Werner schien ein Spezialist in Sachen Sonder-Pokale zu sein.

Die »Tottis« hatten in siebzehn BULI-Saisons ihre Tipp-Runden hinter sich gebracht, von 2001 bis 2018. Und sie hatten an sage und schreibe 16 verschiedenen Treffpunkten in Hagen und Letmathe getippt. Jedoch setzte sich in den letzten Jahren eindeutig das Café im Quadrat auf Emst durch. Sie tippten allerdings schon als Totti-Tipper, lange bevor der Namensgeber ihrer Tipp-Trophäe, Francesco Totti, mit Italien 2006 Weltmeister wurde, so unverdient der Titel für die Azzuris auch gewesen sein mag. Und gerade deren Weltmeister-Keeper Gianluigi Buffon stand für den erstaunlicher Brückenschlag zwischen dem ehemals so erfolgreichen Weltmeister 2006 aus Italien und den nun 2018 in der Relegation gegen Schweden ausgeschiedenen aktuellen Azzuris. Dabei spielte das schwedische »Tre-Kronor-Team« noch nicht einmal besonders königlich. Das einzige Königliche bei den Schweden waren die drei Kronen im Wappen auf ihren Trikots. So trat also Gigi Buffon 2018 sowohl bei Italia als auch bei seinem Verein Juventus Turin zurück. Aber damals in Berlin und im letzten WM-Spiel auf deutschen Boden, dem Endspiel in Deutschland 2006, lautete es Frankreich gegen Italien. Im Finale 2006 spielte ja neben vielen anderen Stars auch ein gewisser Francesco Totti mit, der genauso wie die drei Hagener Totti-Tipper mit ihren drei Lieblingsvereinen eine für Fußball-Profis seltene und Karriere-lange Liebe zur AS Roma teilte, wo er immer und ausschließlich spielte, bis er dort 2017 mit 41 Jahren zurücktrat.

Für die WM im Sommer 2018 in Russland ging es also um den Iwan, als sie ihren WM-Tipp machten. Die ausgeschiedenen Italiener hatten Danny schon im Vorfeld seinen WM-Tipp verhagelt. Denn laut dem ›Gesetz der Serie‹ wäre wieder mal ein Endspiel Brasilien gegen Italien dran gewesen, das dann die

Brasilianer gewonnen hätten. Denn es gab ja diese erstaunliche Serie, dass ab 1970 alle 12 Jahre die Italiener in einem WM-Finale standen. 1970 in Mexico gegen Brasilien im Finale verloren, nachdem die Azzurris das berühmte ›Jahrhundert-Spiel‹ im Halbfinale gegen die BRD mit 4:3 nach Verlängerung gewonnen hatten. 12 Jahre später gewannen die Italiener in Spanien 1982 den WM-Cup im Finale gegen Deutschland. Nach weiteren 12 Jahren verloren die Italiener in den USA 1994 das dramatische Finale gegen die Brasilianos nach 0:0 und Verlängerung und Elfmeterschießen. Schließlich waren die Italiener 12 Jahre später wieder mit dem Titel dran, denn sie gewannen in Berlin die WM 2006 gegen Frankreich ebenfalls nach Verlängerung und Elfmeterschießen. Das war übrigens das letzte Spiel von Zinedine ›Zizou‹ Zidane, als er die rote Karte wegen angeblichen Kopfstoßes gegen Matarazzi bekam und unrühmlich vom Platz flog. Aber immerhin wurde er danach ein erfolgreicher Trainer, der Real Madrid 2016 nicht nur zum Champions League-Erfolg führte, sondern auch 2017 und 2018 das Kunststück schaffte, als erste Mannschaft überhaupt mit Real diesen Titel zu verteidigen.

Tja, Dannys WM-Final-Tipp war also dahin, denn die 12 Jahre nach 2006 waren vorbei, und Italien wäre eigentlich nach dem ›Gesetz der Serie‹ fürs Finale wieder dranne gewesen. So tippte er dann halt mal Spanien als Weltmeister, übrigens genauso wie die Tipp-Kollegen Werner und Hannes auch.

Als die drei sich zum WM-Tipp trafen, eröffnete Werner fast mit einer Absage: »Wenn ich vorher gewusst hätte, dass sich Özil und Gündogan als ›Wahlhelfer‹ für den türkischen Präsidenten Erdogan verdingen und dann trotzdem noch mit nach Russland fahren dürfen, wogegen der Journalist Seppelt nicht nach Russland einreisen darf, dann hätte ich die russische WM samt dieses WM-Tipps hier boykottiert …« Damit spielte er auf das Treffen der beiden deutschen türkisch-stämmigen Nationalspieler Mesut Özil und Ilkay Gündogan an, die sich nicht nur in London mit Erdogan trafen, sondern ihm auch noch ihre Trikots schenkten. Dabei schoss Gündogan sogar noch den Vogel ab, weil er auf sein Trikot geschrieben hatte: ›Für meinen Präsidenten Erdogan‹.

»Mann-Mann-Mann, da haste voll recht, Werner,« stimmte ihm Danny zu, »als deutsche Nationalspieler Wahlkampf für den türkischen Präsidenten zu machen, das geht gar nicht. Die hätte der Löw dann besser zu Hause gelassen, wenn man bedenkt, wie in der Türkei die Grundrechte der Pressefreiheit ständig ›mit Füßen getreten‹ werden. Bloß der Seppelt, der darf jetzt auf einmal – nach Einschreiten der FIFA – doch nach Russland kommen. Aber er soll da an einer Anhörung teilnehmen. Hubuh, ob ich Lust hätte, irgendwo in Russland bei einer Anhörung mitzumachen …!? Ich weiß nicht, ich glaube, eher nicht.« Schließlich fuhr dann der ARD-Journalist und Doping-Experte Hajo Seppelt tatsächlich nicht zur WM nach Russland. Das Sicherheitsrisiko war für ihn einfach zu hoch.

Es wurde auch zwischen den Dreien darüber diskutiert, ob sie nicht überhaupt die gesamte WM in Russland boykottieren sollten, wie es Dannys Freund Harry lautstark formulierte: »*Ich habe mir in diesem Jahr WM-Enthaltsamkeit auferlegt und werde zum ersten Mal seit 1962 nicht mitfiebern. Ich will die verlogene Sache nicht auch noch unterstützen. Da gibt es einen Typen in Moskau, der in fremde Länder einfällt, dort Gebiete annektiert, der die Waffengefährten in Syrien dabei unterstützt, das eigene Volk mit Giftgas zu attackieren, der seine eigene Opposition mit einer gelenkten Justiz in den Knast steckt. Dann kauft er von den korrupten Fifa-Bossen das Turnier ein, und alle Fußballfreunde werden von einem kollektiven Gedächtnisverlust ereilt und machen Business as usual. Nee, da bin ich nicht dabei.*«

Die Totti-Tipper überlegten hin und her, waren auch sehr zwiespältig in ihren Überlegungen und dachten auch schon vorher wegen der korrupten Fifa an Boykott, hatten sich aber zuletzt doch zu einem WM-Tipp entschieden: den Kampf um den ›schrecklichen Iwan‹.

Die Totti-Tipper oder jetzt bei der WM 2018 die Iwan-Tipper zogen nach dem ersten Drittel der WM ihr erstes Resümee. Hannes meinte: »Bisher ist die WM sehr ausgeglichen, in Bezug auf unsere Tipp-Punkte und auf die Teams der WM bezogen. Ein klarer Favorit hat sich nach meiner Meinung noch nicht gezeigt. Warten wir mal.«

Dagegen analysierte Werner nach der deutschen Auftaktniederlage gegen Mexiko: »Ich gehe davon aus, dass sich die Spieler bis Samstag verbal gegenseitig in den Hintern treten und gegen Schweden deutlich mehr Einsatz zeigen werden. Ich würde anstatt Khedira Gündogan spielen lassen sowie Reuss von Beginn an und den offenbar gesundeten Hector ins Team nehmen. Die linke Angriffsseite hat ja gegen Mexiko nicht stattgefunden. Jedenfalls können wir uns auf ein echtes »Endspiel« gegen Schweden freuen, lediglich mit der Einschränkung, dass es weder Verlängerung noch Elfmeterschießen gibt. Schau›n wir mal!«

Damit hatte Werner ja in Bezug auf die deutsche Aufstellung als auch auf das deutsche »Endspiel« gegen Schweden mitten ins Schwarze getroffen. Die Realität sah dann allerdings anders aus: zwar stimmte die Aufstellung, und auch die Einstellung der deutschen Mannschaft, und sie waren auch drückend überlegen, standen aber nach der schwedischen Führung vor dem Ausscheiden. Dann kam der verdiente Ausgleich, aber in der letzten Viertelstunde standen die Deutschen nach Boatengs Platzverweis mit einem Mann weniger auf dem Platz. Man machte sich schon in ganz Fußball-Deutschland mit einem Ausscheiden des Teams vertraut. Doch die Antwort war dann wirklich »Kroos«-artig. Der Mann machte ja quasi alles selber in der deutschen Mannschaft: erst besorgte Toni Kroos durch seinen Fehlpass der schwedischen Mannschaft die Führung. Und eine Minute vor dem Schlusspfiff zauberte er den Ball aus spitzem Winkel an dem insgesamt super haltenden schwedischen Keeper zum 2:1-Endstand ins Tor.

Aber dann kam das blamable Ausscheiden der deutschen Elite-Kicker bereits in der Vorrunde, wozu Werner meinte: »*Hi Danny, biete Deutschlandfahne günstig abzugeben. Nur dreimal gebraucht.*«

»*Ist doch alles nur Spiel, Werner,*« meinte Danny, »*aber wenn du deine Deutschland-Fahne noch nutzen willst, dann drehe sie um 90°, danach brauchst du nur noch die Streifen zu zerschneiden und zu schwarz, gelb, rot anzuordnen, schon hast du eine belgische Flagge. Ja, und die Deutschen sind dann wohl das Opfer der Statistik geworden. Denn sie hatten 2017 in Russland mit einer sogenannten B-Elf überraschend den Confed Cup* gewonnen. Und noch nie hat ein Confed-Sieger hinterher die anschließende WM gewonnen. Das sagte doch wohl alles über die nicht vorhandenen Aussichten der Deutschen bei dieser WM ...!?*« Jop, und Dannys Statistik-Orakel hatte hinterher recht behalten.

Werner kam noch mit einem Bonmot: »*Hallo zusammen, Deutschland scheitert nach 73 Jahren zum zweiten Mal in Russland, so meldet es eine englische Tageszeitung. Der schwarze englische Humor hat aus meiner Sicht was.*«

---

* *Der FIFA-Konföderationen-Pokal, umgangssprachlich Confed Cup, ist ein interkontinentales Turnier für Fußballnationalmannschaften. Das ist ein Vorbereitungs-Turnier, das immer ein Jahr vor der eigentlichen WM im selben Land durchgeführt wird. Da machen immer 8 Mannschaften mit: die Teams der sechs Kontinentalsieger, sowie des Titelverteidigers und des Veranstaltungslandes.*

Und es entwickelte sich ein fleißiger E-Mail-Verkehr zwischen den drei Tippfreunden zum WM-Geschehen. Danny legte mit seinem Schwärmen über das grandiose 4:3 der Franzosen gegen die Gauchos um Messi vor, und Werner flankte zurück: »*hi Danny, als es in dem Spiel 2:2 stand, bin ich in die Eigenaktivität gegangen, hab ne Radtour gemacht. Die Tore wurden abends ja wiederholt. Die Urus werden den Franzosen allerdings nicht die Freude machen, »mitzuspielen« wie die Argentinier. Die Urus werden einen Möbelwagen vor ihr Tor stellen und vorne auf den »Beißer« Suarez und hoffentlich auf das Mitwirken von Carvani hoffen. Die WM zeigt, was mannschaftliche Geschlossenheit und der Wille, um jeden Ball zu kämpfen, bewirken kann.*

Ich habe den WM-Höhepunkt allerdings schon gesehen, und zwar den »Torjubel« von Mikki Batschuaj, oder wie auch immer er geschrieben wird, nach dem Tor der Belgier gegen die Engländer. Schönen Sonntag und weiterhin viel Freude mit der WM, Werner.«

Daraufhin antwortete Hannes: »*hallo, fast alle Favoriten sind ausgeschieden. Der Weg für Brasilien ist damit frei; oder kann Frankreich den zweiten Titel gewinnen? Hannes.*«

»*Ich stimme dir zu, Hannes, Brasil oder Frankreich ....!*« schwärmte Danny weiter für die Franzosen, »*wenn es aber eine Fortsetzung des französischen Champagner-Fußballs gibt, dann wieder gegen Brasilien, wie im Finale 1998: allez les bleus.*

Echt, das war ne geile Szene, Werner, den ›Torjubel‹ von Michy Batshuayi hab ich auch gesehen, als er sich fast selber die Rübe weg geschossen hat, das war gar nicht so einfach.«

Und Hannes schrieb eine Woche später: »*Hallo Danny, die Grobmotoriker von Schweden haben es weiter geschafft, gegen »Borussia Schweiz«[*]: sehr schade. Die Engländer haben ein halbes Jahr Elfmeter-Schießen geübt, und es hat sich ausgezahlt. Etwas Historisches ist passiert, die Engländer können beim Elfmeter-Schießen gewinnen.*«

Und dann kam es plötzlich und überraschend schon nach dem zweiten Viertelfinalspiel »Brasilien gegen Belgien« und dem damit verbundenen Brasil-Aus zur Entscheidung ihres WM-Tipps. Es sah bisher immer so aus, als würde Hannes den Iwan gewinnen. Aber zum Ende kam es doch anders. Danny hatte

---

[*] *Da spielt Hannes auf die vielen Schweizer Nationalspieler an, die bei Bor. Mönchengladbach spielen.*

einen hauchdünnen Vorsprung mit 74 Punkten vor Hannes mit 73 Punkten. Obwohl die WM noch eine Woche weiterlief, konnten beide keine Punkte mehr erzielen. Ihre getippten Favoriten waren nämlich inzwischen schon alle ausgeschieden. Werner erreichte 65 Punkte und blieb somit Dritter.

In diesem Sommer 2018 kam es bei Danny zu Hause zum historischen Treffen zwischen dem Totti, den Danny eh den Sommer über hatte, und dem frisch gewonnenen Iwan: guckstu hier …

Nachdem alle Teams mit gelben Trikots aus der WM ausgeschieden waren, blieben nur die Franzosen, also ›Allez les Bleus‹, und die anderen drei Halbfinalisten in Rot übrig. England, Kroatien und die ›Roten Teufel‹ aus Belgien mussten zusammen halten …

Der schreckliche Iwan, ihr kleiner WM-Pokal, wurde Danny beim nächsten Bundesliga-Tipp-Treffen im Café im Quadrat überreicht.

Und weiter ging›s wieder mit den Tottis, nach dem Motto ›nach der WM ist vor der BULI‹.

VII. ›Fachmann‹ und Diskussionspartner

Beim letzten Tipp-Treffen der Tottis vor der Sommerpause 2019 bemerkte Werner nach einer hitzigen Fußball-Diskussion treffend: »Wir sind ja inzwischen richtige Fachmänner geworden …!? Was wir hier alles so vortragen …«

Ja, tatsächlich, es ging bei den Gesprächen der drei Totti-Tippern mitunter leidenschaftlich zu, manchmal aber auch spöttisch oder nur lustig.

Dazu passte auch Dannys Geschichte über »Zizou« Zidane:

Wie Zidane von Materazzis Brust am Kopf getroffen wurde …

2006: Endspiel der Fußballweltmeisterschaft in Deutschland.

Frankreich gegen Italien, Spielstand 1:1, das Spiel befand sich in der Verlängerung. Frankreich war am Drücker, schien die bessere Mannschaft zu sein, bis …

… 10 Minuten vor dem Ende, 10 Minuten vor dem abschließenden Elfmeterschießen.

Was passierte denn da zwischen Zidane und Materazzi …!?!

Erst zerrte Marco Materazzi in einem Zweikampf Zinedine Zidane am Trikot, dass dieser den italienischen Abwehrspieler spöttisch anmachte: »Wenn du mit mir dein Trikot tauschen willst, dann musst du bis zum Spielende warten …!« Das sicherlich alles auf Italienisch, da ja »Zizou« Zidane jahrelang seine Brötchen (oder sagt man da besser: seine Pannini?) bei Juventus Turin verdient hatte.

Also könnte ein Gespräch zwischen den beiden »Kampfhähnen« ungefähr so abgelaufen sein:

Zizou: »Muova quel mano, Dilettanti!« (»*Nimm deine Hand da weg, du Anfänger!*«).

Materazzi: »Deficiente!« *(»Du Halbwilder!«)*
Zizou: »Testa vuota! Mi stin alla larga!« *(»Du Hohlkopf! Bleib mir vom Hals!«)*
Materazzi: »Imbroglione!« *(«Du Gauner!«)*.

So hätte es noch relativ harmlos bis zum Spielende weitergehen können, wenn der hinterhältige Materazzi nicht plötzlich in diskriminierender und menschenverachtender Weise den Stolz auf die algerischen Vorfahren von Zizou ins Spiel gebracht und dann auch noch die Ehre von Zizous Schwester und Mutter beleidigt hätte.

Da rastete was aus in den Köpfen der beteiligten Fußballer.

Augenscheinlich sah es so aus, als würde der genervte Zidane den nervenden Materazzi mit einem Kopfstoß gegen die Brust zu Boden strecken.

Aber Spötter behaupteten, dass der Italiener Materazzi mit seiner Brust mit unheimlicher Wucht gegen den Kopf von Zidane gestoßen hatte, so dass er selber von seinem eigenem Rückstoß niedergestreckt wurde.

Das wurde dadurch noch glaubhafter, als Materazzi einige Monate später, also nach dem von den Italienern durch Elfmeter-Schießen gewonnenen WM-Endspiel gegen die Franzosen, in einem Vereinsspiel für seinen Inter Milano innerhalb der italienischen »Serie A« wieder einen Gegner zum Kopfstoß provozierte.

Und dann gab es da noch das Skandalspiel in der Champions League am 06.03.2007 zwischen FC Valencia und Internationale Mailand, als sich nach dem Ende des Spiels eine Massenschlägerei entwickelte. Dadurch stand das Ausscheiden von Inter durch das 0:0 fest. Da befand sich Italiens größter Provokateur, Marco Materazzi, wieder mal mitten drin im Gewühl.

Außerdem wurde Materazzi noch zusätzlich bekannt dadurch, dass er kurz nach der WM 2006 ein Buch veröffentlichte, das hieß: »Ich – Materazzi«. Und dessen Inhalt wäre genauso nichtssagend und hohl wie die Sprüche von Dieter Bohlen.

2006 drückte Danny ja im Endspiel die Daumen für Frankreich: für Zinedine »Zizou« Zidane, seinen früheren Lieblingsspieler, der sich wieder zurück in sein Fußballherz gespielt hatte.

»Oh, mein Fußballheld Zizou,
ich wusste ja, du wolltest eigentlich nur deine Ruh‹,
aber konntest du nicht noch bis zum Spielende warten,
dann hättest du können in Ruhe mit deiner Rente starten.
Aber so, mit deinem Kopfstoß einfach vom Platz zu fliegen,
das konnte ich nicht in meinen Kopfe kriegen,
dabei verstand ich dich bei dieser WM mit deinem ›dicken Hals‹ ganz gut,
hatte doch mit meinem schmerzenden Nerv im Nacken auch nur begrenzten Mut.
Sogar die Journalisten wählten dich bei dieser WM in der Rubrik ›wertvollster
Spieler‹ zum Sieger,
und auch für mich bleibst du trotz allem immer das Idol unter
den genialsten Fußballspielern,
so bist du halt unter denen auch noch ein Krieger …!«

Sehr treffend äußerte sich die schwedische Zeitung »Aftonbladet« am 10.07.2006 zu Zidanes unverständlichem Kopfstoßausrutscher im WM-Endspiel, das ja sowieso Zidanes letztes Fußballspiel sein sollte: »Der letzte Trick des Zauberers Zidane bestand darin, sein Genie in reiner Form vorzuführen. Indem er es wegzauberte.«

Und schließlich gab dann Marco Materazzi im Sommer 2007 endlich zu, was er im WM-Endspiel 2006 zu Zidane gesagt hatte, um ihn zu provozieren. Nachdem Zidane ihm, Materazzzi, nach einem Trikotzupfer Materazzis angeboten habe, erst nach dem Spiel die Trikots zu tauschen, meinte Materazzi dazu: »Ich bevorzuge deine Schwester, die Nutte.« Daraufhin machte es »Rumms« in Zidanes Kopf …

Frauenfußball in Holland

Danny erlebte am TV-Gerät eine tolle Frauen-Fußball-Europameisterschaft in den Niederlanden (*UEFA Women›s Euro 2017*). Das war die zwölfte Ausspielung der europäischen Kontinentalmeisterschaft im Frauenfußball. Das Turnier fand vom 16. Juli bis 6. August 2017 statt und wurde erstmals mit 16 Mannschaften ausgetragen. Titelverteidiger war Deutschland, das 2013 zum sechsten Mal hintereinander Europameister wurde. In der Vergangenheit waren ja die deutschen Fußball-Fans von den Frauen-Teams regelrecht verwöhnt worden, als es von Titeln bei Europameisterschaften nur so hagelte und auch viele Weltmeisterschaften und olympische Fußballturniere mit Medaillen endeten. Doch dieses Mal gewannen die Gastgeber Niederlande das Turnier und wurden somit Europameisterinnen. Im Gegensatz zu den holländischen Männern spielten die holländischen »Meisjes« wunderbar und gewannen verdient den Cup.

So auch seine begeisterte E-Mail an seinen Freund Harry: »*Deine E-Mail-Überschrift gestern hieß »bestes Spiel bei der Frauen-EM«. Genau, das war gestern Abend Niederlande gegen Großbritannien 3:0, eine klasse Begegnung. Die holländischen Girls sind damit auch für mich die Favoriten im Finale gegen Dänemark, obwohl ich natürlich aus meiner persönlichen Geschichte für Dänemark halten werde. ›Den danske piger‹ waren schon gegen die deutschen Girlies besser. Trotz ihres Torwart-Problems (in der 3. Minute einen Fliegenfänger-Schuss rein bekommen). Das war wirklich teilweise witzig, wie sich die Torhüterinnen gegenseitig übertrafen, indem sie sich die lustigsten Eier rein flutschen ließen. Das hat mich an meine eigene Goalkeeper-Karriere erinnert: teilweise Weltklasse – teilweise Fliegenfänger, hihihi …*«

Das machte Danny Spaß, den dynamischen und technisch guten Niederländerinnen zuzuschauen, im Gegensatz zu den hoch gelobten deutschen Ladies, die nix auf die Reihe bekamen.

Anders die »Oranje Leeuwinnen«, wie die Holländerinnen um ihre Kapitänin Mandy van den Berg genannt wurden. Lieke Martens wurde auch von den technischen Beobachtern der UEFA verdient zur Spielerin des Turniers der »UEFA Women›s EURO 2017« gewählt. Die 24-Jährige Flügelspielerin, die in jenem Sommer 2017 von Rosengård zu Barcelona wechselte, führte ihre Mannschaft zum ersten Europameister-Titel für das Frauen-Nationalteam der Niederlande. Die dunkelhäutige Shanice van de Sanden wirbelte auf der rechten Seite herum, dass es Arjen Robben nicht hätte besser machen können. Und die anderen niederländischen »Frauschafts«-Kameradinnen wie Torjägerin Vivianne Miedema und die elegante Spielmacherin Sherida Spitse waren einfach Spitze, fand Danny.

Ja, dann schaun wa ma, was die deutschen Frauen mit der neuen Trainerin Martina Voss-Tecklenburg bei der Fußball-Weltmeisterschaft im Frankreich ab 7. Juni 2019 erreichen..? Sie sind ja immerhin die amtierenden Olympia-siegerinnen.

Die schönste Nebensache der Welt

- Sechs Gründe außer Sex, keinen Fußball zu gucken -

Tja, dass Fußball eigentlich nur eine Nebensache ist, das konnte man sehr gut daran sehen, in welchen Zeiten und Jahren und Sommern Danny nix von der großen Welt-Fußball mitbekommen hatte: wenn er mal wieder auf Reisen war. Oder sich frisch verliebt hatte und die kostbare Freizeit lieber mit Knutschen oder Bumsen verbrachte, haha …

Ja, ja, ja, und wann und was und warum …? Und woran sich Danny überhaupt noch spontan erinnerte?

An die WM 1954 in der Schweiz, als Deutschland überraschend Weltmeister wurde, an das »Wunder von Bern«, das 3:2 gegen Ungarn im Finale, daran erinnerte sich Danny überhaupt nicht. Mit noch nicht einmal 3 Jahren hatte er seine Erinnerungs-Kapazitäten noch nicht angeknipst. Nix da in seinen Erinnerungen – von all den Heldentaten. Er kannte das alles nur aus späteren Erzählungen, Berichten und Filmen …

Vier Jahre später, bei der WM 1958 in Schweden, war das schon ein bisken watt anders. In Dannys Familie gab es schon ein TV-Gerät. Zwar nur in Schwarz-Weiß, aber immerhin. Danny durfte auch mal gucken: da geisterte ein junger Uwe Seeler über den flimmernden Bildschirm. Und von einem sagenumwobenen jungen schwarzen Hüpfer namens Pele wurde berichtet.

Dagegen hat Danny von der WM 1962 in Chile überhaupt keine TV-Bilder im Kopf. War da vielleicht gar nix mit TV-Übertragungen aus dem fernen Süd-Amerika …? Oder aber nur zeitversetzt – mitten in der Nacht …? Nix für junge 10-jährige Schüler. So erfuhr Danny durch ihre Tageszeitung, die Dattelner Morgenpost, dass der Bundestrainer Sepp Herberger den jungen

Wolfgang Fahrian vom TSG Ulm 1846 ins Tor stellte, anstatt den bisherigen Stamm-Keeper Hans Tilkowski von Westfalia Herne. »Warum datt denn? Watt macht denn der Herberger da unten, am anderen Ende der Welt …?« Na ja, die Italiener mussten in Arica spielen, fast in der Wüste von Nord-Chile. Da konnten die Deutschen auch ruhig mal gegen die Yugos im Viertel-Finale mit 0:1 verlieren. Die spielten übrigens mit Milutin Soskic im Tor, dem späteren FC Köln-Keeper. Aber das erfuhr Danny erst viel später.

Vom deutschen Fußball konnte er sich jedoch schon lebhaft an Schwarz-Weiß-TV-Bilder erinnern. Obwohl noch kein FC-Fan, freute er sich über den ersten deutschen Meistertitel des stolzen 1.FC Köln, der im Finale im Berliner Olympiastadion 4:0 über den achtfachen Deutschen Meister und Vorjahressieger 1.FC Nürnberg siegte. Kölle war ja immerhin auch ein West-Verein.

Hach, die WM 1966 in England. Das war schon ganz anders. Da wurde mitgefiebert, geschaut, diskutiert, Fußball-Bilder gesammelt. Alles hautnah, anschaubar und ohne Zeitversetzung. Guckstu hier: das ARAL-Sammelalbum, hatte Danny komplett voll gesammelt.

Da wurde den Engländern doch auch noch der World Cup gestohlen. Und ein paar Tage später hatte ihn ein Hund beim Gassi gehen im Gebüsch wieder gefunden. Der Hund hieß Willie und wurde spontan zum »World-Cup-Willie« umgetauft.

Und als dann endlich das Endspiel statt fand, das England und Deutschland erreichten, befand sich Danny mit seiner Familie in Dänemark zum Camping-Urlaub. Danny hatte glücklicherweise sein kleines Transistor-Radiogerät mitgenommen. Als er gerade sein Zelt auf einer Wiese nahe dem Ostsee-Strand aufbaute, lief das Finale. Es stand kurz vor Schluss 2:1 für England. Da schaffte es doch ausgerechnet der Kölner Vorstopper Wolfgang Weber, den Ausgleich zum 2:2 zu erzielen. Da war Danny aber so was von froh, dass es ein Spieler seines 1.FC Köln war, der den Deutschen eine Verlängerung bescherte. Aber in der Verlängerung schoss Geoff Hurst das berühmte »Wembley-Tor«. Das konnte Danny zwar nicht im Radio hören, dass die Bude nicht drin war, aber hinterher in der Zeitung mit Großfotos nachlesen. Der Rest war Geschichte.

Ganz anders war es 1970 bei der WM in Mexiko. Da war eher nix, und wenn, dann zeitversetzt. Manche der Spiele dort wurden hier in Deutschland erst mitten in der Nacht im TV gezeigt. Aber immerhin erinnerte sich Danny an die WM-Revanche für das verlorene Wembley-Finale von 1966 gegen die Engländer. Es fand im Viertelfinale statt und zwar schon um 12.00 Uhr mittags Ortszeit, so dass Danny und seine Freunde es um 19.00 Uhr abends sehen konnten. Erstmalig eine Fußball-WM im TV in Farbe. Die Engländer als Titelverteidiger galten als Favorit. Weil die Spiele dort in der mexikanischen Höhenluft körperlich sehr anstrengend waren, dachte sich der englische Trainer, besser seinen besten Mann, Bobby Charlton, fürs Halbfinale zu schonen. Sie führten ja eh schon komfortabel mit 2:0. Aber Beckenbauer schoss den Anschluss, und Uwe Seeler köpfte kurz vor Schluss den Ausgleich zum 2:2 mit dem berühmten Hinterkopf-Tor. Die deutschen Fußball-Fans standen Kopf, denn wieder gab es eine Verlängerung gegen die Engländer. Dieses Mal gewannen die Deutschen, denn sie hatten ja einen Gerd Müller, der für das 3:2 sorgte. Danach kam es noch zum sogenannten »Jahrhundert-Spiel« zwischen Deutschland und Italien im Halbfinale. Kurz vor Schluss schaffte Karl-Heinz Schnellinger den Ausgleich zum 1:1 und damit die Verlängerung: »Ausgerechnet Schnellinger!« hieß der Kommentar im TV, weil der frühere Kölner Schnellinger zu der Zeit beim AC Mailand spielte und gegen »seine« Italiener ein entscheidendes Tor schoss. Danach wurde es dramatisch. Das Spiel wogte hin und her: Führung, Ausgleich, Rückstand, wieder Ausgleich und schließlich das 4:3 für die Italiener. Die hatten dafür allerdings im Endspiel keine Chance gegen die Brasilianer und verloren grandios mit 1:4. Zur Belohnung durften die Brasilanos den WM-Pokal behalten, weil sie ihn als erste Mannschaft dreimal gewonnen hatten.

Aber dann fing es schon an, bei Danny mit der Nebensache Fußball. Denn es gab tatsächlich Zeiten, in denen Danny noch nicht einmal Fußball im TV sah. Das hatte er alles später als Fußball-Kenner erfahren, dass er die angeblich beste deutsche Fußballmannschaft aller Zeiten 1972 bei ihrem EM-Sieg komplett verpasste. Da wurden die Mannen um Günter Netzer und Franz Beckenbauer Europameister und besiegten auf dem Weg dorthin sogar im Viertelfinale die Engländer mit 1:3 in deren ›Wohnzimmer‹, im Wembley-Stadion, in grandiosester Weise. Danach die Endrunde der vierten Fußball-Europameisterschaft, ausgetragen vom 14. bis zum 18. Juni 1972 in Belgien. Europameister wurde Deutschland im Finale in Brüssel gegen die Sowjetunion. Wieder hatte Danny nix davon im TV gesehen. Das war aber auch die Zeit, als er mit seiner Freundin Lulu aus Hannover viel herum getrampt war, nach Holland und nach Dänemark. Und dann hatte er auf einmal noch eine heiße Sommer-Affaire mit Paula. Auch mit der trampte er kreuz und quer durch Deutschland. Sie bumsten hier, sie bumsten dort, besonders gerne auf der Gäste-Couch einer Münchener WG. Und es gab ja auch noch viele neue Musik zu hören oder gar selber Musik zu machen, Romane zu lesen und darüber zu diskutieren. Die sexuell erfahrene Paula war übrigens auch diejenige, die ihm den Begriff der ›Almotromipirila‹ beibrachte. Das wäre die Abkürzung für ›Allmorgendliche-trotz-mit-Pisse-Riesenlatte‹. Während im fernen Londoner Nebel Günter Netzer aus der Tiefe des Raumes kam, führte Paula auf der Münchener WG-Couch unter der WG-Decke Dannys Almotromipirila von hinten in sich ein, lagen sie doch eh eng umschlungen in der Löffelchen-Stellung …

Da wunderte es niemand, wenn Danny in jenem Sommer bei diesen vielfältigen Angeboten nix vom Fußball mitbekommen hatte. Denn er war wohl zu sehr mit den Liebesspielen beschäftigt. Oder lag es eher daran, dass es die Zeiten waren, als er sehr konsequent die damals bei den politisch alternativen Jugendlichen bejubelte Tugend des ›Konsumverzichts‹ lebte, also auch kein TV-Gucken?

Ha, das war dann mal bei der WM 1974 in Deutschland ganz anders. Die WM 1974 wurde nach einem neuen Modus ausgetragen. Zwar bildeten die 16 Teilnehmer wie gehabt vier Gruppen mit je vier Mannschaften, von denen sich jeweils die ersten beiden für die nächste Runde qualifizierten. Jedoch wurde das Turnier nicht im K.-o.-System fortgesetzt, sondern in zwei Zwischenrunden-Gruppen mit je vier Mannschaften. Die Sieger der zweiten Finalrunde bestritten das Endspiel um die Weltmeisterschaft, die Zweitplatzierten das Spiel um Platz drei. Und in dieser Zwischenrunde gab es teilweise erfrischende Fußballspiele im TV zu sehen. Danny erinnerte sich gerne an die gewonnenen Spiele der Deutschen gegen die Schweden mit 4:2 und gegen die Jugoslawen mit 2:0. Noch mehr erinnerte sich Danny daran, wie er diese Spiele immer gerne bei seinem Dattelner Kumpel Krischan Lagberger zusammen mit einigen anderen Fußball-Fans anschaute. Denn dabei wurde viel gekifft. Und Krischan holte dann in der Halbzeitpause für alle Sahneteilchen, die sie sich mit ihrem unersättlichen Kiffer-Appetit mit großer Freude hineinschlangen. Und dann noch super Ergebnisse, das machte einen Riesenspaß. Ganz anders das letzte deutsche Spiel in der Zwischenrunde gegen Polen. Das war auch das entscheidende Spiel, wer von den beiden Teams ins Finale kommen sollte. Dafür hatte sich Danny was Besonderes ausgedacht. Zusammen fuhr er mit seinem Freund Matthes nach Bochum an die Ruhr-Uni, wo er damals SoWi studierte. Im Audimax wurde nämlich das Spiel auf einer riesigen Leinwand gezeigt. Erstes historisches Rudelgucken, aber irgendwie ohne rechte Stimmung, da sie ja alle in den Studierbänken des größten Vorlesungssaals saßen. Und dann wurde auch noch die sogenannte ›Wasserschlacht‹ von Frankfurt gezeigt. Es hatte dort so stark geregnet, dass eigentlich ein reguläres Fußballspiel nicht möglich war. Aber Terminnot zwang die Veranstalter zur Durchführung. So gewann Deutschland das ›Wasserball‹-Länderspiel mit 1:0 nach einem Gerd Müller-Tor gegen die Polen und zog ins Finale ein. Für das Endspiel hatte Danny sich eine Wette mit seiner Mutter überlegt, die auf Deutschland tippte, wogegen Danny den besseren Fußball der Niederländer anerkannte und auf Holland tippte. Der Sieger bekam vom anderen ne Kiste Wein. Danny dachte sich: »entweder gewinn ich den Wein, oder Deutschland gewinnt. So oder so wäre es schön für mich …« Doch das entpuppte sich als ein gewaltiges Eigentor. Er fühlte sich, statt sich auf jeden Fall zu freuen, eher wie im falschen Film. Denn er wusste nicht, sollte er jetzt zu den Deutschen oder zu den Holländern halten. So ging das Spiel, obwohl er es sich zusammen mit seiner Mutter im TV anschaute, irgendwie ganz seltsam und unemotional an ihm vorbei. Dann war Spiel-Schluss, Deutschland war Weltmeister geworden, und Danny hatte seine Wette verloren. So was Blödes hatte er dann auch nie wieder gemacht.

Dagegen musste Danny wohl während der EM 1976 in Jugoslawien was anderes zu tun gehabt haben: das Liebesleben mit seiner neuen ›Flamme‹ Tina vielleicht, oder die Irland-Reise im Sommer mit Freund Achim …? Jedenfalls waren da keine TV-Bilder in Dannys Kopf abgespeichert. Selbst der grandiose Elfer von Uli Hoeneß in den Belgrader Abendhimmel beim Elfmeterschießen im Finale der Deutschen gegen die CSSR, der den Tschechen den EM-Titel einbrachte …, selbst von dem erfuhr er erst hinterher.

Ja, und was war 1978 los …!? Danny erinnerte sich von der dortigen WM in Argentinien an rein gar nix. Vielleicht lag es daran, dass er in Meschede als Leiter eines Abenteuerspielplatzes arbeitete und an den freien Wochenenden immer mit seiner Liebsten Tina zusammen war …? Das einzige, was ihm im Nachhinein zugetragen wurde, das war der überschwappende Kommentar des österreichischen Radio-Reporters Edi Finger beim 3:2 des Außenseiters aus der Alpenrepublik gegen den Titelverteidiger aus der B.R.D., als in Cordoba der österreichische Mittelstürmer Hans Krankl mit dem dritten Tor die Deutschen aus dem Turnier nach Hause schickte: »Tooor, Tooor, Tooor, Tooor, Tooor, Tooor! I wer« narrisch! Krankl schießt ein – 3:2 für Österreich!« Es war halt eine Riesensensation, dass die Mannen aus Österreich den Titelverteidiger und übermächtigen Gegner aus Deutschland besiegten. Da kann ein Reporter schon mal am Mikro ausflippen.

Auch das einzige Double des 1.FC Köln, also Meister und Pokalsieger in einem Jahr, hatte Danny verpasst oder nur am Rande mitbekommen. In Meschede in der Woche arbeiten und in Datteln am Wochenende mit der Freundin, das war wohl mehr als genug für Danny. Da blieb keine Zeit mehr für Fußball-Gucken, zumal auch noch im Sommer das zweiwöchige Zeltlager in Holland mit den Kindern vom Abenteuerspielplatz dazu kam. Dabei war der letzte Spieltag der Saison 1977/78 doch sehr dramatisch und skurril zugleich, als der 1.FC Köln vor Borussia Mönchengladbach deutscher Meister wurde.

Auch von der EM 1980 im Italien bekam Danny nix mit, obwohl dort Deutschland sogar Europameister wurde, dank der Buden von Kopfball-Ungeheuer Horst Hrubesch im Finale gegen die Belgier. Wahrscheinlich war Danny durch die emotionalen Verstrickungen mit seiner neuen Flamme Lydia zu sehr abgelenkt gewesen …!?

Und die WM 1982 in Espana, da gab es doch in der Vorrunde die ›Schande von Gijon‹, der abgekartete 1:0-Sieg gegen die Österreicher, nach dem beide eine Runde weiter kamen. Und war da nicht auch das üble Foul von Keeper Toni Schumacher gegen den Franzosen Battiston …? Jedenfalls wurden die Deutschen nach der verdienten 1:3-Niederlage gegen die Italiener Vize-Weltmeister. Und Danny: alles nicht gesehen! Same-same like last time. Bloß die Ablenkung durch die aufgeheizten Emotionen von und mit Lydia liefen dieses

Mal anders herum. Denn ihre Beziehung neigte sich dem Ende zu und wurde von Danny noch während des gemeinsamen Jugoslawien-Urlaubs im Sommer 1982 beendet: seufz ...

Schon den bisher allerletzten Titel des 1.FC Köln, den Pokalsieg 1983, hatte Danny völlig verpasst, weil er zu jener Zeit frisch verliebt in seine ›neue Flamme‹ Kirsten war. Da blieb wohl keine Zeit für Fußball übrig ...!? Und 1984 war wieder so ein Fußball-loser Sommer während der EM in Frankreich. Danny machte lieber Urlaub mit seiner Freundin Kirsten und ihrer Tochter Jessica, als dass er Zeit fürs TV-Glotzen hatte. Wobei ja anscheinend gerade die EM 1984 für deutsche Fußball-Fans eh kein Fest war. Da berauschten doch eher die Dänen mit ›Danske Dynamite‹, deren Wahlspruch vom dynamischen Sturmlauf ihrer Fußballer nicht umsonst hieß:

> *»Vi er röde, vi er hvide,*
> *vi er danske dynamite ...«*
> *(»Wir sind rote, wir sind weiße,*
> *wir sind dänischer Dynamit ...«)*

Die Überraschungsmannschaft Dänemark begeisterte mit ihrem Spiel die europäischen Fußballfans, als sie sich bis ins Halbfinale bombte. Doch dort waren die Spanier Endstation. Das Finale gewannen die Franzosen um Torschützenkönig Michel Platini, die mit dem 2:0-Endspielsieg verdient den EM-Titel gewannen.

Dass der 1.FC Köln 1986 seinen größten internationalen Erfolg im UEFA-Cup hatte und bei der 15. Auflage des Wettbewerbs bis ins Finale einzog, erfuhr Danny erst 15 Jahre später in einem Telefonat mit seinem Kumpel Eddie aus Berlin. Der berichtete dem erstaunten Danny von zwei Finals des FC gegen Real Madrid, wovon der FC Kölle sogar eines gewann, aber in der Addition der Ergebnisse die ›Königlichen‹ aus Madrid den Pokal gewonnen hatten. Zwei UEFA-Cup-Endspiele deshalb, weil dieser Cup damals noch in Hin- und Rückspielen absolviert wurde. Die Daten der beiden Finals waren am Mittwoch, den 30. April 1986, und am Dienstag, dem 6. Mai 1986. Klar, Danny war ja damals Jugendzentrumsleiter in Hohenlimburg, mit regelmäßiger

Abendarbeit bis 22.00 Uhr. Bis auf Mittwochabend, da hatte er seinen ›freien Abend‹. Doch den verbrachte er von 1980 bis 1987 immer für Übungsabende bei und mit seinen Mit-Musiker/Innen der Latinjazz-Combo Vogelfrei. Mittwochs waren wohl auch immer die Europapokalspiele, in echt und im TV, falls sie denn damals überhaupt live im TV gesendet wurden …? Da fiel also für Danny TV-Gucken schon mal ganz weg. Das mit dem UEFA-Cup-Finale des 1.FC Köln war dann also total am völlig baffen Danny vorbeigegangen. Zumal ja auch Dienstagabends seine Arbeit im Jugendzentrum eh bis 22.00 Uhr ging. Danach begann immer erst seine Freizeit, die er speziell in jenem Jahr mit verschiedenen Herzensdamen verbrachte. Denn er war damals auf der rastlosen Suche nach der Frau fürs Leben, ›Cherchez la femme‹ … Mit großer Begeisterung erlebte Danny 1972 mal in Hannover die deutsche Komikergruppe Insterburg & Co. mit ihrer ›Kunst des höheren Blödsinns‹, wobei ihm ein Lied von Ingo Insterburg für immer im Gedächtnis verhaftet geblieben ist. Er begann seinen Feldzug der Liebe in Berlin und zog dann über Deutschland durch die ganze Welt: »*Ich liebte ein Mädchen in Lichterfelde, die lebte zu lange von meinem Gelde* ….« Danny trieb es nicht so eifrig und so bunt wie einst Ingo Insterburg, aber er hatte da ja immerhin 1986 in einem einzigen Jahr quasi mit rekordverdächtigen ›Sieben auf einen Streich‹ – doch mit relativ vielen verschiedenen Frauen gebumst:

> »*ob blond, ob schwarz, ob braun,*
> *doch ihre Körper waren alle Frau‹n …*«

Na guck, und was war dann im selben Jahr bei der WM 1986 in Mexiko …? Ja klar, das war ja das Jahr, als er mit den vielen Frauen Sex hatte. Aber anscheinend nicht während der Fußball-WM in Mexiko …!? Trotz der vielen Frauen-Geschichten in dem Jahr hatte Danny nachts Zeit für TV-Fußballgucken. Vielleicht hatte er da gerade keine feste Beziehung mit irgendeiner seiner zahlreichen ›Flammen‹ am Laufen …? Das Fußball-WM-Spiel zwischen Mexiko und Deutschland am Samstag, den 21. Juni 1986, wurde um 16.00 Uhr Ortszeit in Monterrey angepfiffen, was bedeutete, dass es wegen der Zeitverschiebung erst ab 23.00 Uhr MEZ im deutschen TV live übertragen wurde. Nachts saß er nackig auf seiner Couch, so heiß war das hier in Deutschland noch. Es war ein extrem heißer Sommer. Und Danny hatte in seiner Dachgeschosswohnung noch um Mitternacht 30 ° C. Und er schaute im TV zu, wie die Menge im Hexenkessel von Monterrey raste. Dort war›s bestimmt genauso heiß wie in seiner Dachwohnung. Dazu hatte er sich mit ein paar Gläsern trockenem Weißwein die Kante gegeben. Aber dort in Mexiko war echt der Teufel los. Als im Spiel Mexiko gegen Deutschland Thomas Berthold die rote Karte bereits in der ersten Halbzeit bekam, dachte Danny: »Jetzt ist›s aus! Denn Mexiko hatte doch da alle Vorteile für sich in der Hand: die Affenhitze am Nachmittag, den Heimvorteil und die für die Deutschen ungewohnte Höhe des Spielortes und dann noch einen Mann mehr. Entsprechend schleppten sich unsere Jungs durchs Spiel, durch die Verlängerung und ins abschließende Elfmeter-Schießen.« Doch als das Elfmeter-Schießen kam, da dachte Danny: »Das schaffen die Mexikaner nicht, da sind die viel zu nervös zu und halten den Erwartungsdruck der eigenen Fans im Stadion nicht aus.« Und: whupp – so war es auch. Erst verschießen sie einen Elfmeter nach dem nächsten, durch zwei vom Kölner Keeper Toni Schumacher mit Bravour gehaltene Elfer. Und dann legten die deutschen Spieler denen die Elfer wie die Ostereier – einen nach dem anderen – ins Netz. Endstand 4:1 nach Elfmeter-Schießen. »Ja, das können sie, die Deutschen – Elfmeterschießen, das können die gut…!« Die kleinen Mexikaner hatten vor eigenem frenetischen Publikum das große Nervenflattern bekommen.

Vorher hatte Danny schon die Berichte im Sportteil der Zeitung über die Fußball-WM in Mexiko ausführlich studiert. So las er genüsslich den Kommentar über die Affäre um den Ersatztorwart Uli Stein vom HSV, der ja die ganze Mannschaft als Gurkentruppe und seinen Teamchef ›Kaiser‹ Franz Beckenbauer als Suppenkasper titulierte, nur weil der den Kölner Toni Schumacher ins Tor der deutschen WM-Spiele stellte. Suppenkasper übrigens deswegen, weil der junge Franzl Beckenbauer mal in den 60er Jahren für eine heiße Suppe TV-Reklame gemacht hatte. Aber diese kräftige TV-Suppe wirkte anscheinend so nachhaltig, dass noch 20 Jahre später der junge Teamchef Beckenbauer bei seinem ersten großen Turnier aus einem Haufen limitierter Fußballer ein schlagkräftiges Team zusammen gebastelt hatte, das sich überraschend bis ins WM-Finale kämpfte.

Danny erinnerte sich: »jaja, unsere Rumpelfußballer…! Wenn die Gauchos aus Argentinien im Endspiel nicht aufpassen, werden die Deutschen womöglich aus Versehen noch Weltmeister…!?« Aber es kam anders. Der deutsche Keeper Toni Schumacher hielt das ganze Turnier über Weltklasse, bis er sich ausgerechnet im Endspiel folgenreiche Fehler erlaubte. So wurden die Argentinier um Maradona mit ihrem 3:2-Sieg gegen die Alemanos im Endspiel verdient Weltmeister.

Im Sommer 1988 hatte Danny wohl wieder Wichtigeres als Fußball im Kopf. Die neue Liebe mit Julie ließ ihn den runden Ball mal wieder links liegen lassen. Deshalb behielt er von der EM 1988 in Deutschland nur sehr wenig in Erinnerung. Das meiste hatte er Jahre später erst aus Büchern und Zeitschriften erfahren. Die Holländer gewannen souverän das Finale mit ihren drei Stars vom AC Milan, Kapitän Ruud Gullit, Frank Rijkard und Torschützenkönig Marco van Basten, mit 2:0 gegen die auch ganz gute Mannschaft der Sowjetunion. Im Halbfinale der EM 1988 war die UdSSR unter ihrem Trainer Lobanowski den Italienern sowohl spielerisch als auch taktisch überlegen und gewann mit 2:0 Toren. Das andere Halbfinale zwischen Gastgeber Deutschland und Holland endete mit einem 1:2, worauf der Sieg gegen den »verhassten« Erzrivalen zu einer nationalen Euphorie in den Niederlanden führte. Schätzungen zufolge befanden sich danach neun der damals 15 Millionen Niederländer auf der Straße und feierten. Die Holländer gewannen verdient. Ihre drei Super-Stars von AC Mailand bestimmten ihr elegantes Spiel. Allerdings blieb auch eine unschöne Szene in Erinnerung. Verteidiger Ronald Koeman freute sich nach Halbfinalsieg und Trikot-Tausch mit Olaf Thon dermaßen »den Arsch ab«, dass er sich mit dem deutschen Trikot denselbigen abwischte. Das trieb die gegenseitige Abneigung der beiden Nationalteams auf die Spitze. Heutzutage ist Koeman der Trainer der holländischen »Elftal« und mittlerweile – so hört man – weiß er auch, was sich gehört.

Die WM 1990 in Italien erlebte Danny so direkt und nah wie sonst keine andere. Denn er verbrachte seinen Jahresurlaub zusammen mit seiner damaligen Freundin Julie und ihrer Tochter Sally in Italien auf einem internationalen Camping-Platz am Lago di Bolsena. Dort fieberte und feierte er mit beim ›Public Viewing‹ auf der Großleinwand des Campingplatz-Restaurants zwischen lauter Niederländern, Iren, Italienern und Deutschen. Dabei gab es damals eine entspannte friedliche und fröhliche Atmosphäre zwischen Pizza,

Vino, Fußball und generationsübergreifenden Großfamilien zu erleben. So begleitete ihn sogar seine Freundin Julie mit ihrer Tochter, die sonst eigentlich mit Fußball nix am Hut hatte. Beim morgendlichen Einkauf fürs Frühstück im italienischen Campingplatz-Geschäft hatte Danny schon das strahlende Gesicht der Wurst- und Käse-Verkäuferin auf seiner Seite, wenn er mit seinem damaligen italienischen Lieblingsspieler und dem allseits beliebten Roberto Baggio seine Einkaufsbestellungen reimte auf Mortadella und Formaggio.

Danny hatte fast alle Spiele auf dem Camping-Platz am Bolsena-See verfolgt. Er erfreute sich am zauberhaften Aufstieg der afrikanischen Mannschaft aus Kamerun mit ihrem Oldie Roberto Milla, der erst kurz vor der WM aus seinem Fußball-Pensionsleben reaktiviert wurde und glatt einige tolle Tore für die bunt feiernden Afrikaner beisteuerte. Dann tanzte er immer hüftschwingend ›Hula‹ mit der Eckfahne, wenn er wieder ein Goal geschossen hatte. Danny erlebte das dramatische Spiel gegen die Holländer, das nicht nur 2:1 für die Deutschen endete, sondern auch einen unrühmlichen Höhepunkt in der Spuck-Attacke von Frank Rijkaard gegen Rudi Völler hatte. Beide bekamen die rote Karte. Aber zum Endspiel durfte Rudi schon wieder mitspielen, und auch Danny war schon wieder zu Hause in Hagen. Das Finale schaute er sich dann in aller Ruhe an und feierte den deutschen WM-Titel mit einer Flasche trockenem Weißwein: Salute …!

Und 1990 besang Gianna Nannini gemeinsam mit Edoardo Bennato während der Fußball-WM in Italien in ihrem von Giorgio Moroder komponierten Cansone ›Un estate Italiana‹ die ›notte magice‹ (also die ›zauberhaften Nächte‹) der abendlichen Fußballmatches in lauer mediterraner Luft. Vielleicht hörten wir diesen Italo-Hit immer noch so gerne, weil diese WM beim Endspiel am 08.07.1990 für uns Deutsche mit dem dritten Gewinn einer Fußball-Weltmeisterschaft glücklich, aber verdient endete. Schon damals wurde Jürgen Klinsmann als Spieler Weltmeister. Und Teamchef ›Kaiser‹ Franz Beckenbauer lief nach dem gewonnenen Endspiel einsam und rastlos auf der leeren römischen Fußballwiese herum, während seine Jungens sich am Spielfeldrand von und mit den Fans abfeiern ließen.

Bei der EM 1992 in Schweden mogelte sich die deutsche Mannschaft mehr schlecht als recht – trotz eines überragenden ›Icke‹ Häßler – ins Finale. Sie galt dort natürlich gegen die krassen Außenseiter aus Dänemark als klarer Favorit.

Denn die fröhlichen Dänen machten nur deshalb mit, weil sie für die eigentlich qualifizierten Jugoslawen nachgerückt waren, die wegen des Balkan-Krieges aus politischen Gründen plötzlich nicht mehr mitspielen durften. Und die Spieler aus Dänemark waren bereits im Urlaub und wurden vom Strand weg geholt. Aber sie schafften mit viel Spaß und unkonventionellem Burger-Essen zwischendurch den EM-Titel, was eine der größten Sensationen im Fußball überhaupt war. Danny traf sich mit seinen Freunden bei Harry›s Geburtstagsfeier in Osnabrück. Sie wollten Harry beim 38. Geburtstag begleiten und so nebenher noch den deutschen Fußballern zum Euro-Titel zujubeln. Doch daraus wurde nix. Sie erlebten staunend das Endspiel, das die Dänen mit einem lockeren 2:0 gegen die Deutschen gewannen.

Und das setzte sich bei der WM 1994 in USA noch eklatanter fort, wo die Deutschen bereits im Viertelfinale gegen die Bulgaren mit 1:2 ausschieden. Was war denn da los? Vorher verlor Kolumbien durch ein Eigentor ihres Verteidigers Andres Escobar gegen die USA. Das hatte ein tragisches Nachspiel, denn der wurde nach der Rückkehr in seine Heimat auf offener Straße erschossen. Anders machte es Stefan Effenberg, der wütenden und pfeifenden deutschen Zuschauern aus dem Publikum den »Stinkefinger« zeigte. Bundestrainer Berti Vogts war ja noch nie für seinen Humor bekannt. Folgerichtig schickte er »Effe« dafür gnadenlos und unbarmherzig nach Hause.

In den 1990er Jahren gab es den sogenannten UI-Cup. Dabei spielte der 1.FC Köln am 23.07.1995 gegen Tottenham Hotspur. Da der FC sonst nicht so oft im TV gezeigt wurde, wollte Danny dieses Spiel unbedingt abends zu Hause in seinem Fernseher verfolgen. Alles war gut vorbereitet, keine Arbeit verhinderte terminlich dieses Event. Er saß gespannt vor dem TV-Gerät, das Spiel begann. Und Danny, der damals immer früh morgens aufstehen musste, schlief schnell ein …

… er wachte mitten in der Nacht mit verdrehtem Hals auf seiner Couch wieder auf. »Alles war vorbei, was für ein Mist.« Am nächsten Tag erfuhr er dann aus der Zeitung das Ergebnis: 1.FC Köln – Tottenham Hotspur 8:0. »Boah, und dann auch noch solch ein grandioses einmaliges Spiel verpasst …!«

Der ›Bundes-Berti‹ Vogts machte es bei der EM 1996 in England bedeutend besser. Dort grölten die Jungens von Three Lions lautstark und von jedem

Fan zum Mitsingen geeignet den Fußballklassiker ›Football›s coming home‹. Denn England fühlte sich schon immer als das ›Mutterland‹ des Fußballs, wohin ja dann 1996 auch endlich der Fußball nach Hause zurück kam. Aber nicht die englischen Kicker, sondern das Teamwork der deutschen Nationalmannschaft um deren Kapitän Jürgen Klinsmann gewann die EM auf der britischen Insel. Und dem heutigen Nationalmannschafts-Manager Oliver Bierhoff gelang plötzlich und unversehens mit dem ersten ›Golden Goal‹ der Fußballgeschichte das 2:1 in der Verlängerung des Endspiels ›Deutschland gegen Tschechien‹. Somit gewannen die Deutschen zum dritten Mal den Titel des Fußball-Europameisters. Und Berti Vogts machte die Welle, als er allein, ohne die Spieler, in der Fankurve mit den deutschen Schlachtenbummlern die ›La Ola‹ zelebrierte.

Bei der WM 1998 in Frankreich schied das deutsche Team schon im Viertelfinale gegen Kroatien aus. Aber Danny begeisterte sich sowieso mehr für den ›Champagner-Fußball‹ der französischen Weltmeister 1998 um Zinedine ›Zizou‹ Zidane, seinem langjährigen Lieblingsspieler, die sogar über die brasilianischen Zauberer vom Zuckerhut triumphierten. Und beim Samba-Stück ›La Copa De La Vida‹ des Puertoricaners Ricky Martin ging bei der Fußball-WM in Frankreich richtig die Post ab, als die Sambatrommeln des ›Cancion Oficial de la Copa Mundial‹ die Beine zum Zucken brachten.

Die EM 2000 in Belgien und Holland, die WM 2002 in Japan und Südkorea und die EM 2004 in Portugal standen wieder mal für deutschen ›Rumpelfußball‹.

2000 schieden die Deutschen schon in der Vorrunde als Gruppenletzter aus, als sie sogar gegen eine portugiesische B-Mannschaft mit 0:3 verloren. Und Frankreich gewann das Finale durch ›Golden Goal‹ gegen Italien.

Man unkte vor der WM 2002, dass die Deutschen die WM besser gleich ab schenken sollten, um sich um einen Neuaufbau zu kümmern. Machten sie aber nicht, stattdessen führte der neue Teamchef Rudi Völler sein ›Rumpelteam‹ sogar bis ins Finale, weil der ›Titan‹ im Tor, Olli Kahn, wie ein Außerirdischer hielt. Nun gut, da war ihm mal ein Fehler unterlaufen, der den Brasilianos zum 2:0-Endspielsieg und zur Weltmeisterschaft verhalf. Aber letztlich war es doch eine Riesen-Überraschung, dass die deutschen

Kicker mit all ihrer fußballerischen Limitierung überhaupt das WM-Finale erreichten.

Bei der EM 2004 in Portugal scheiterte das deutsche Team erneut in der Vorrunde. Dafür gewann sensationell die griechische Mannschaft, zwar auch eine südeuropäische Mannschaft, aber mit dem defensivsten und zerstörerischsten Fußball, den Danny je erlebt hatte. Mit ihrem deutschen Trainer Otto ›Rehhakles‹ Rehagel kämpften sie sich zweckorientiert und nüchtern mit 1:0-Siegen bis ins Endspiel und zum Gewinn der Europameisterschaft.

Bei der Fußball-WM 2006 in Deutschland war Danny – wie ganz Deutschland – im Fußballfieber. Er begeisterte sich darüber, dass er bei den deutschen Kickern auch endlich mal wieder schönen erfrischenden Angriffsfußball erleben konnte, und nicht wieder wie jahrzehntelang den elenden Rumpelfußball anschauen musste. Trotz des Halbfinalausscheidens gegen die späteren Weltmeister aus Italien waren die Menschen in Deutschland auch so total stolz, dass Teamchef Jürgen Klinsmann mit der deutschen Mannschaft überhaupt so weit gekommen war. Sie wurden sogar begeisternd Dritter und hatten eine nie für möglich gehaltene ›südländische‹ Stimmung über Deutschland gebracht. Es wurde gefeiert bis zum Umfallen. Die Stimmung war bestens. Bei den aktuellen Fußballmusik-Hits lagen sich die Kicker und Fußballfans, Frauen und Männer, Musiker und Politiker schunkelnd und hüpfend in den Armen, besonders wenn die Sportfreunde Stiller ihren Hit anstimmten: ›54, 74, 90, 2006‹ ...

>»Ja, so stimmen wir alle ein:*
Mit dem Herzen in der Hand,
und der Leidenschaft im Bein,
werden wir Weltmeister sein ...!«

Allerdings erlebte Danny den Höhepunkt des WM-Endspieles 2006 in Berlin bereits bei der WM-Abschlussfeier vor dem eigentlich Spielanpfiff, als die temperamentvolle kolumbianische Sängerin Shakira zusammen mit dem schwarzen Haitianer Wyclef Jean ›Hips don‹t lie‹ sang und dabei von 500 Tänzern und Trommeln mitreißend begleitet wurde.

Und die deutsch-italienische Freundschaft blieb über Jahrzehnte erhalten.

Nachdem Deutschland 1990 in den italienischen ›notte magice‹ Fußball-Welt-meister geworden war, holte sich die italienische ›Squadra Azzura‹ 16 Jahre später unter mediterraner Sommersonne den Fußball-WM-Titel 2006 in Deutschland, wenn auch glücklich im Elfmeterschießen gegen Frankreich.

Aber wirklich guten begeisternden Fußball zeigten bei der WM 2006 in Deutschland überraschend nur die jungen deutschen Kicker, die von Jürgen Klinsmann dermaßen positiv eingestellt wurden, dass alle noch Jahre später davon schwärmen würden. Zu Recht kam dann auch das größte Lob von den holländischen Nachbarn, die die Deutschen und besonders die deutschen Fuß-baller eigentlich gar nicht leiden konnten, sondern eher stolz auf ihre eigenen Kicker waren: »Die deutschen Fußballer spielten so, wie wir gerne gespielt hätten …!« Dies übertrug sich natürlich auch einen ganzen Monat auf die gute Party-Stimmung auf den Fan-Meilen und beim ›Public Viewing‹ in un-zähligen deutschen Städten: »Pop ist Fußball – Fußball ist Pop,« schrieb die westfälische Rundschau am 10.07.2006 über den Empfang ›der Weltmeister der Herzen‹ in Berlin. Dort wurde der 3. Platz der deutschen Fußballnatio-nalmannschaft vor einer halben Millionen Menschen wie eine ›Love-Parade‹ zelebriert. Denn die wurde ja ebenfalls immer mit ähnlich zahlreichem und jungem Publikum ausgelassen in Berlin zwischen Siegessäule und Branden-burger Tor gefeiert.

Die Pressestimmen der europäischen Nachbarländer fielen entsprechend positiv aus. Der deutsche Grüne und 1968er Daniel Cohn-Bendit erklärte den Franzosen Anfang Juli 2006 in der Zeitung ›Le Parisien‹ das ›WM-Phänomen Deutschland‹: »Die Deutschen haben eine riesige Lust zu feiern. Wir erleben Patriotismus mit menschlichem Antlitz. Bilder junger Türken im Deutsch-landtrikot beeindruckten. Statt rassistischer Angriffe auf ausländische Fans gebe es ein ›Woodstock des Sports‹. Dieser Patriotismus macht keine Angst. Die Deutschen sind gastfreundlich und multikulturell.« *

Auch die dänische Zeitung ›Jyllands-Posten‹ berichtete über das veränderte Bild der Deutschen bei den Dänen: »Die WM konnte das nachhaltig ändern. Stärker als die überraschend risikoreiche Spielweise der deutschen Gastgeber hat dazu die unbeschwerte WM-Partystimmung in Deutschland beigetragen.« Ein spanischer Kolumnist resümierte in der ›El Mundo‹, »dass selbst die Engländer einsehen mussten, dass die Deutschen gar keine Unmenschen sind.« Schließlich

---

* *Westfälische Rundschau Hagen vom 08.07.2006*

schwärmte ein italienischer TV-Journalist des Senders RAI 2 »vom ungewöhnlich schönen Deutschland … Die ausgezeichnete Organisation fand ebenso ein Lob wie die Stimmung und die Partys, die die Deutschen veranstaltet haben … Die Deutschen riskieren, fast sympathisch zu wirken!« *

Bei drei Fußball-WM«s mit Songs von Shakira hatte diese den deutschen Kickern Glück gebracht, erinnerte sich Danny: »2006 sang sie »Hips don«t lie«, und die Deutschen schafften den dritten Platz, genau wie 2010 in Süd-Afrika zu ›Waka-Waka‹-Zeiten. Und schließlich bei der WM 2014 in Brasilien hat sie uns vor dem Finale ›Dare La-la-la‹ gesungen und uns das Glück zum WM-Titel gebracht.« Er fragte sich, ob seine damalige Lieblings-Sängerin Shakira wohl aus den Puschen käme und auch für die WM 2018 in Russland einen neuen WM-Song raus bringen würde …?

Hatte sie dann aber nicht und brachte den deutschen Kickern entsprechend auch kein Glück. Stattdessen schieden die anscheinend zu satten deutschen Weltmeister schon in der Vorrunde der WM 2018 grandios aus. Dieses Phänomen konnte das staunende Fußballvolk in den letzten 20 Jahren schon dreimal erleben. Der Weltmeister von 1998, Frankreich, schied bei der nächsten WM 2002 schon in der Vorrunde aus, ohne ein Tor geschossen zu haben. Und Italien, Weltmeister 2006 in Deutschland, hatte vier Jahre später, bei der WM in Süd-Afrika 2010, ebenfalls schon nach den Gruppenspielen ›fertig‹. Nicht besser ging es dem Weltmeister Spanien von 2010, der ebenfalls bei der nächsten WM in Brasilien 2014 nach der Vorrunde wieder nach Hause fahren mussten. Warum sollte es den Deutschen dieses Mal besser gehen …? Zumindest nicht, wenn sie derartig lahm über den Platz trabten, als würde sich eine Altherren-Mannschaft warm machen …!?

»Dafür hatten die Brasilianer mit ihrem gelb-grünen Trikot über blauen Hosen mit datt geilste Outfit,« schwärmte Danny, »ich fand deren Trikot schon immer toll. Hätte mir ja fast so eins schon mal gekauft, so‹n gelb-grünet. Datt wäre übrigens datt zweite Trikot in meinem Leben. Beim ersten Mal in den 1960ern, da hatte ich zwei Frottee-Shirts, ein rotet und ein weißet. Die hätte ich mir fast mal diagonal durchgeschnitten, um sie danach wechselseitig rot-weiß wieder zusammen zu nähen, weil datt dammals datt aktuelle FC Kölle-Trikot war. Gut, das ich datt nich gemacht hab. Denn meine Mutter hätte mir wahrscheinlich den Arsch voll gehauen, von wegen zwei zerschnittener Polo-Shirts …!?«

Nachdem Deutschland sein erstes WM-Spiel 2018 in Russland gegen Mexiko mit 0:1 verlor, war für Danny klar: »Der Grund der deutschen Niederlage gegen die jungen Mexikaner waren die zwei unterschiedlichen Arten der Vorbereitung, die aufeinander prallten. Auf der einen Seite die jungen Dachse aus Mexiko, die da so schelmisch in die Kamera grinsten und voller Inbrunst ihre Nationalhymne mitsangen. Wahrscheinlich erinnerten sie sich daran, wie sie letztens den 30. Geburtstag ihres Stürmers Chicharito zusammen mit 30 jungen Escort-Frauen gefeiert hatten …!? Die deutschen Weltmeister dagegen schauten ruhig und gelassen, ganz nach dem System Jogi Löw, also tiefenentspannte ›Schwarzwälder Meditation‹, als würden sie sich aus dem TV-Sessel eine DoKu über ihre größten Erfolge anschauen: ›The Best never rest‹, sagen se immer, hahaha …!«

Aber dann kam es, wie es kommen musste. Die deutschen Kicker schieden nämlich sang- und klanglos als Tabellenletzter ihrer Gruppe aus, nachdem sie auch ihr letztes Gruppenspiel gegen Süd-Korea verloren hatten. Danny schwärmte dann halt lieber für andere: »Der neue Weltmeister wurde mit »Allez les Bleus« gefeiert. Das war zwar nicht der Champagner-Fußball wie beim ersten WM-Titel der Franzosen 1998, damals mit Zidane, aber Frankreich ist verdient Weltmeister geworden. Vive la France!« Und in diesem überraschend torreichen WM-Finale haben die Franzosen die tapferen Kroaten verdient mit 4:2 geschlagen. Das war das torreichste Endspiel seit 60 Jahren, als 1958 die Brasilianer mit dem jungen Pele 5:2 gegen Schweden gewannen. Da hatte sich ein Kreis geschlossen, denn damals war der Brasilianer Mario Zagallo der erste Spieler, der auch später als Trainer Weltmeister wurde, und zwar 1970. Dieses Kunststück, den WM-Titel als Spieler und Trainer zu gewinnen, gelang sonst nur Franz Beckenbauer 1974 und 1990 und dann 2018 dem Franzosen Didier Deschamps als Trainer, der als Spieler 1998 Weltmeister wurde.

Aufholjagd des 1.FC Köln 2018 endete mit dem Abstieg

Ja, das war schon ein monatelanges Hoffen und Bangen, ob es der FC vielleicht doch noch schaffen würde, einen erneuten Abstieg zu verhindern …!? Besonders als die Kölner auf einmal um die Jahreswende von 2017 nach 2018 unter dem neuen Trainer Ruthenbeck eine kleine Siegesserie mit drei Siegen hintereinander starteten. Da dachte auch Danny: »Joh, jetzt noch ein paar Siege mehr, und es kann noch klappen, das Projekt »Doch nicht absteigen«. Sie können es ja doch noch: in der Bundesliga gewinnen! Zumal die anderen für den Abstieg in Frage kommenden Clubs auch reihenweise schwächeln.«

Dabei war vor der Saison in keinster Weise damit zu rechnen gewesen. Schließlich hatten die Geißböcke durch ihren grandios errungenen 5. Platz in der ersten BULI nach 25 Jahren wieder mal einen Platz im Europapokal ergattert. Da träumte der feierwütige rheinische Fan von Europareisen, nicht aber von Abstiegssorgen.

Obwohl, die mahnenden Erinnerungen von Danny schon im August 2017, also noch ganz am Anfang der Saison 2017/2018, sollten doch zu denken gegeben haben. Guckstu deshalb hier sein damaliges E-Mail-Gespräch mit Schalke 04-Fan Pitter O. aus›se ›Runkeltaiga‹, wie er seinen Wohnort in Lembeck bei Dorsten scherzhaft benannte.

Pitter an Danny, 19.08.2017
»Hallöchen an alle Freunde des rollenden Balls.

Nun geht dat wieder los: Ole, Ole, Ole. Die fußballlose Zeit ist endlich vorbei. Nun können wir uns wieder aufregen, jubeln, jammern oder heulend in unser Kissen beißen. Alles ist wieder auf Null gestellt. Der FC darf zur Belohnung für eine hervorragende letzte Saison gleich zum Lokalderby nach Gladbach. Mal sehen, wie die Jungs aus den Startblöcken kommen. Großen Respekt vor dem Trainer. Das sah in der letzten Saison wirklich sehr gut aus. Zur Belohnung dürft ihr auch dieses Jahr in der Euro League den Vereinen in Europa den Rasen kaputt treten. Hoffentlich gibt es ein paar attraktive Gegner, die nicht so schwer zu spielen sind. Ich kann mich noch an den VfL Bochum erinnern. Die sind aufgestiegen, haben dann UEFA Cup gespielt, und sind in der Saison auch prompt abgestiegen. Neues Vereinslied »Wir steigen auf, wir steigen ab, und zwischendurch UEFA Cup«. Das wird ja für den FC hoffentlich nicht zutreffen. Probleme wird der FC wohl im Sturm bekommen, einen Mann wie Modeste mit 25 Toren zu ersetzen, dürfte nicht so einfach sein. Ob der Ersatz, Cordoba heißt der, glaub ich, eine ähnliche Quote erreicht, möchte ich doch stark bezweifeln. Wenn man sich anguckt, was der Typ gekostet hat, müsste der eigentlich 50 Tore schießen. Aber der Transfermarkt ist ja wohl, was die Ablösesummen betrifft, total aus dem Ruder gelaufen.

Meine Schalker feiern diese Saison ein grooooßes Jubiläum:
›60 Jahre ohne Meisterschale‹
heißt die Party und ich bin dabei.
Der letzte Triumph war sage und schreibe 1958. Da war ich sieben Jahre alt und im zweiten Schuljahr. Mittlerweile bin ich Rentner, und die Ochsen laufen immer noch dem Titel hinterher. Damals hieß das Endspiel Schalke – Hamburger SV, was Schalke souverän mit 3:0 gewann. (Den HSV würden wir heute noch in Badelatschen weg hauen). Im Tor mit Orzessek. Ich meine, der hätte sogar noch in der Bundesliga bei Gladbach gespielt. Da war der ehemalige Präsident »Oskar« Günter Siebert noch aktiv. Willi »der Schwatte« Koslowski und Bernie Klodt zelebrierten den Schalker Kreisel. Ja, ja, lang, lang ist`s her. Mal schauen, was der junge Trainer in dieser Saison auf die Reihe kriegt. Vielleicht dürfen wir ja nächstes Jahr als Belohnung für die entgangene Meisterschaft wieder international mitspielen. Na ja, wir werden sehen, was uns die neue Saison bringt.«

Danny an Pitter, 19.08.2017
»Ja, ja, Köln gegen Mönchengladbach, gleich nen Klassiker. Obwohl sich der letztjährige Freistoß-Held Marcel Risse wieder gesund gemeldet hat und schon wieder fleißig Freistöße aus 35 Metern übt, wird ihm das wohl morgen kaum gelingen.
Und ohne Modeste wird›s schwer, dass einer von den anderen überhaupt ne Bude schießt.
Deshalb mein Tipp: 1:0 für Bor. M«gladbach.
Und die Abstiegsgefahr hat beim 1.FC Köln nach Höhenflügen Tradition. Es gab da mal vor 25 Jahren diesen europäischen Pokalwettbewerb, den UI-Cup, offiziell der UEFA Intertoto Cup. Da durften immer die Tabellen-Siebten der diversen Ligen teilnehmen. Deshalb wurde er umgangssprachlich auch ›Strohhalm-Cup‹, ›Trost-Cup‹ oder ›Cup der guten Hoffnung‹ genannt. Der FC hat das zweimal geschafft, 1995 und 1997. Er kam danach in der Saison 95/96 in große Abstiegsgefahr. Und 97/98 stiegen sie prompt wegen Überlastung nach dem Erreichen des UI-Cups direkt in derselben Saison ab.
Ja, und Schalke 04, datt hab ich auch noch so ähnlich wie du in Erinnerung: 1958, als wir beide uns gerade kennen lernten, bei der Einschulung mit Frollein Döll. Da wurden die Königsblauen vor lauter Rührung über uns I-Männchen

direkt Deutscher Meister, hihihi. Und bei uns auf>fe Wiese zu Hause, da umdribbelte ich meinen Bruder und war dammals tatsächlich ›Berni Klodt‹ ….: da staunste, wa!?

Aber heuer mit neuem Trainer, Schalke 04, gleich gegen die Rasen-Schachspieler aus Leipzig, da tipp ich mal ein lockeres 1:1. Denn der Timo Werner wird dieses Mal stehen bleiben, und keine Schwalbe mehr wagen, wa eh …!?«

Dazu auch sehr passend der Rückblick auf die FC-Saison von Christian Löer: »Die bittersüße Tragödie des 1.FC Köln«, vom 29.04.2018.

»Der 1.FC Köln ist zum sechsten Mal aus der Bundesliga abgestiegen. Die Saison, die voller Vorfreude begonnen hatte, ist im Drama geendet.

Im Sommer-Trainingslager war die Stimmung rund um die Mannschaft noch heiter. Der riesige Erfolg mit Rang fünf war nicht lange her, und auf dem Platz ging es locker zu.

Doch die Entfremdung von Trainer Peter Stöger und FC-Manager Jörg Schmadtke störte das Bild. Die Nähe im Oktober 2017 täuschte. Zwischen den beiden hatte es bereits zu Beginn der Saison eine Entfremdung gegeben. Denn am Ende der Transferphase hatte der FC noch Geld in der Kasse, ein schlechtes Zeichen. Trainer und Manager hatten keine Einigkeit über Transfers gefunden. Schmadtke holte Spieler, die Stöger nicht wollte – und ignorierte Wünsche des Trainers.« *

Zum Saisonstart gewannen die Kölner im Pokal 5:0 bei der Leher Turnerschaft, dem klassenniedrigsten Teilnehmer in der ersten Pokalrunde. Jhon Córdoba erzielte per Elfmeter im ersten Pflichtspiel sein erstes Tor für den 1.FC Köln zum 0:3, das nahm man damals im August 2017 eher heiter zur Kenntnis. Der 17-Millionen-Mann würde ja noch oft genug treffen. Vielleicht nicht 25 Mal wie Modeste. Aber 15 Tore sollten es schon werden. Es blieb aber Córdobas einziges Tor im Dress des FC auf deutschem Boden bis zum Abstieg.

Zum Auftakt der BULI-Saison folgte ein 0:1 mit viel Pech in Mönchengladbach.

Weiter mit Christian Löer: *»Dann die verlorene Heimpremiere gegen den HSV. Ein bisschen zeichnete sich ab, dass der 1.FC Köln ein sehr einfach zu benennendes Problem hatte. Die langen Bälle, die Anthony Modeste in der Vorsaison festgemacht, abgelegt oder selbst ins Tor geschossen hatte – sie landeten im Nirgendwo.*

---

* *Christian Löer – Die bittersüße Tragödie des 1.FC Köln, Kölner Stadtanzeiger, 29.04.2018*

Im Angriff lief nichts, doch konnte es tatsächlich an einem Spieler liegen? Es schien zu banal, um wahr zu sein. Köln verlor 0:3 in Augsburg, es folgte ein erregender Moment. Der Tag in London, die Rückkehr auf die internationale Bühne mit dem Spiel beim FC Arsenal.

Jhon Córdoba und Arsenals Alexis Sanchez kämpften im Europa-League-Gruppenspiel in London um den Ball. Es war eine Demonstration der Größe dieses Vereins. Der FC verlor trotzdem. Die Saison schien zwar neu begonnen zu haben, doch drei Tage später folgte der erste Untergang: 0:5 in Dortmund. Köln war Letzter.« *

Boah, was für eine »Bude« von Jhon Córdoba im Europa-Cup beim FC Arsenal-Spiel, per Drehschuss aus 30 Metern erzielte er das 0:1 …! Halbzeit-Führung des FC in London. Hat alles nix geholfen: mit 1:3 verloren. In diesem Spiel verletzte sich auch noch dummerweise Jonas Hector, Kölns wichtigster Spieler, und fiel für einige Monate aus. Ohne ihn lief danach beim FC fast gar nichts mehr …

Auch mit seiner Ex-Kollegin und Borussia Dortmund-Fan Helen hatte Danny einen regen E-Mail-Verkehr zur laufenden BULI-Saison.

Helen an Danny, 28.09.2017

»Eine Frage sei noch erlaubt. Was ist denn bloß mit deinen Kölnern los? Aber trotz alledem schmeißen sie nicht gleich den Trainer raus. Ja, bei den Bayern war mir klar, dass der Ancelotti wohl nach dieser Niederlage gehen muss. Der saß gestern schon so teilnahmslos auf der Bank, als ein Tor nach dem anderen fiel. Das war dann sein letztes Oktoberfest.«

Danny an Helen, 29.09.2017

»Das war ja keine schöne Überraschung, dass mein FC sogar gegen Roter-Stern Belgrad verloren hat. Aber sie reihten sich ja unauffällig ein, in die einmalige deutsche Niederlagen-Serie im Europapokal: erst BvB und Leipzig, dann Bayern, und gestern noch Köln, Hertha und Hoffenheim. Dabei eine Trainer-Entlassung.

Genau, die Kölner halten wenigstens am Stöger fest, denn die Mannschaft des 1.FC Köln ist zur Zeit echt schlecht (nicht der Trainer), und wenn›de schlecht bisst, kommt auch noch Pech dazu (wie gegen Frankfurt).

Wer soll nur die ganzen Modeste-Tore schießen …?

* Christian Löer – Die bittersüße Tragödie des 1.FC Köln, Kölner Stadtanzeiger, 29.04.2018

Cordoba wohl kaum, vielleicht Pizarro …!?

Und dann noch hinten die Abwehr schlecht, die ja ›Last Saison was a great Saison‹ (frei nach Weidenfeller) noch ne richtige ›Bank‹ war ….

Mann-Mann-Mann, aber als Kölle-Fan, da musste leidensfähig sein.

Bin ich, und dann: Augen zu und durch.«

Helen an Danny, 02.11.2017

»Aber was ist bloß mit dem BVB los. Das war ja grottenschlecht gestern. Es wird immer schlimmer. Das Spielsystem von Bosz können sie irgendwie nicht umsetzen. Ich frage mich, wie lange der Trainer noch bleibt?! Und am Samstag kommen die Bayern. Hoffentlich gibt es kein Desaster (z.B. ein 5:0)!

Bei deinen Kölnern ist es ja nicht besser. Mal schauen, wie sie sich heute Abend schlagen. Aber du bist ja leidensfähig, laut deiner letzten Mail :-)«

Danny an Helen, 03.11.2017, ›Mein FC gegen Bate Borrisow 5:2‹

» … nicht verschont wird der BvB von vielerlei Kritik nach zweimal 1:1 gegen Nikosia. Dagegen war das gestern Abend eine wunderschöne Überraschung, dass mein FC die Weißrussen aus Borissow mit 5:2 aus dem Stadion geschossen hat. Was für eine Freude, die Kölschen auch mal wieder gewinnen zu sehen.

Jetzt nur noch ein Sieg am Sonntag gegen Hoffenheim, dann würde auch die BULI-Luft wieder besser aussehen.

Ja klar, bin ich als Kölle-Fan leidensfähig, ich werde auch Fan sein, falls sie mal in die 2. BULI absteigen sollten.«

Danny an Helen, 10.12.2017

»Liebe Helen, ja, erst den Stöger weg von Köln, dann den Stöger hin zu euch zum BvB, und dann das …!?

Da freute ich mich schon auf den ersten Sieg der Geißböcke, als ich im Schneetreiben nach Hause fuhr und dabei im Autoradio vom 3:0-Stand der Kölner gegen Freiburg hörte. Später führten sie noch bis zur 90. Minute mit 3:2, aber dann fingen sie sich zwei Elfer, verloren danach zu Hause mit 3:4 … Booaaaahh, sach ich nur, mit sowatt, da kannste nur absteigen …!? Erklären kann man es vielleicht mit dem Reise-Stress der jungen Burschen (am Donnerstagabend noch in Belgrad verloren), erklären, aber nicht entschuldigen …

Mann-Mann-Mann.«

Danny an Pitter, 05.12.2017

»Ja, und sonst. Schalke 04 ist wieder stark im Kommen: Champions League next year …!?

Kölle stark am Sinken (und jetzt noch ohne Stöger, watt n Mist …!?): 2. Liga next year …!? Klar – theoretisch brauchen se nur ne Sieges-Serie zu beginnen,
aber mit diesen Spielern …!? Ich weeß et nich,
und dann jetzt noch mit dem Ruthenbeck: oje!?
Kölner Chaos hamm wa ja schon ma.
Is ja au egal, ich bleev au Kölle-Fan in›ne 2. Liga,
aber mit Stöger zusammen wäre datt doch stilvoller gewesen, oder …!?«

Pitter an Danny, 10.12.2017: ›FC Elend‹.

»Die Vorbereitungen für die Aufstiegsfeier 2019 können intensiviert werden.
Wie kann man 3:0 führen, und dann 4:3 verlieren?
Mit tiefem Mitgefühl und Grüße an alle.«

Danny an Helen, 13.12.2017.

»Jau, im Moment steht et immer noch 0:0 zur Halbzeit bei Bayern – Kölle. Ich erinnere mich an einen überraschenden 2:0-Auswärtssieg der Kölner bei den Bayern vor über 20 Jahren, am 28.02.1998. Hat ihnen nix genutzt, hinterher sind se dann doch zum ersten Mal abgestiegen. Das heutige 0:0 bei »Bayern – Köln« zur Halbzeit ist schon überraschend genug. Würde mich über einen Überraschungs-Punkt zwar sehr freuen, aber Tippen tu ich realistisch. Da ist doch mein 3:1 für Bayern ein eher geschmeichelter Tipp für die Geißböcke …«
Na ja, der Endstand war dann 1:0.

Danny an Helen, 20.12.2017, nach dem Trainer-Wechsel von Köln zu Dortmund.

»Stöger ist schon nen super Trainer …! Herzlichen Glückwunsch dazu …!«

Danny an Pitter, 20.12.2017: ›Not gegen Elend‹.
»Lieber Pitter,
gestern »Schalke 04 – Kölle« im TV gesehen?
Mann-Mann-Mann, erste Halbzeit: was für ein müder Kick …!?
Not gegen Elend, wa …!?

Zweite Halbzeit: S 04 gewinnt verdient durch ein glückliches Gurkentor von Kopfball-Ungeheuer Max Meyer.«

Pitter an Danny, 21.12.2017

»War natürlich ein Pflichttermin gestern Abend. Hab mir schon gedacht, dat det ganze ne knifflige Geschichte wird. Ich hab die letzten Spiele der Kölner verfolgt und festgestellt, dass die Jungs in der Defensive sehr viel besser stehen als früher. Die sind nicht mehr so leicht auszuspielen, wie die letzten Spiele gezeigt haben. Wenn die Burschen auch noch ein paar Tore schießen, kann es vielleicht mit dem Klassenerhalt noch klappen. Der Rest, der sich da unten in der Abstiegszone tummelt, reißt auch keine Bäume aus. Ich finde, dass der HSV mal dran wäre, sich in der 2. Liga umzuschauen. Die hatten doch in den letzten Jahren mehr Glück als Verstand, dass die nicht schon lange mit Bochum, Duisburg und Bielefeld in der 2. Liga kicken. Außerdem muss der Westen zusammenhalten, denn wenn Köln drin bleibt und Düsseldorf aufsteigt (Campino würd`s freuen), dann gibt`s noch ein Riesen-Rheinderby.

Nun wünsch ich mir für meine Knappen in der nächsten Runde ein Heimspiel. Gegner ist egal. Erst mal schauen, was heute Abend passiert, ob wir gegen die Bayern oder den BvB das Endspiel bestreiten.

Soweit die aktuelle Sportschau mit ›Heribert‹.«

Pitter an Danny, 14.01.2018

»Der FC nach dem überraschendem 2:1-Heimsieg gegen Borussia Mönchengladbach in der Nachspielzeit durch Simon »T-Rod« Terodde. Na geht doch, man muss nur das Däumchen drücken.«

Ein Halbzeit-Fazit zog Christian Löer: *»In der klassischen Tragödie scheitern Helden erst am Ende, beim 1.FC Köln war das anders. Jörg Schmadtkes Krisenmanagement hat sich darauf beschränkt, dem Vorstand zu sagen, alles sei in Ordnung. Als man ihm das nicht mehr glaubte und Maßnahmen verlangte, schlug er Bruno Labbadia als neuen Trainer vor, was der Verein ablehnte.*

Als die Kölner das erste »Endspiel« am neunten Spieltag gegen den Tabellen-Vorletzten Werder Bremen nicht gewinnen konnten und sich die Stimmung drehte, ergriff Schmadtke die Flucht. Dabei brauchte der FC dringend Klärung in der Trainerfrage, für die Schmadtke zuständig gewesen wäre.

Denn nicht nur gewann der FC kein Bundesligaspiel. Es häuften sich auch die Verletzungen. Dann mussten Präsident Werner Spinner und Finanzgeschäftsführer Alexander Wehrle am 3. Dezember 2017 bei einer Pressekonferenz die Trennung von Trainer Peter Stöger bekanntgeben – und sahen nicht sehr gut aus dabei.

Wenig später bekam das Publikum einen neuen Helden präsentiert: Stefan Ruthenbeck, der sich bereit erklärte, ein Himmelfahrtskommando anzuführen und schon deshalb ein Denkmal verdient hätte. Ruthenbeck verlor das bereits jetzt legendäre Schneespiel gegen Freiburg nach 3:0-Führung noch 3:4. Der Abstieg schien erstmals festzustehen.

Am 17. Spieltag verdoppelte der 1.FC Köln mit Stefan Ruthenbeck durch ein 1:0 über Wolfsburg seine Punkte. (Anmerkung des Autors: vorher hatte der bis dahin noch sieglose 1.FC Köln 3 Punkte in 16 Spielen gesammelt, jetzt mit einem Sieg 3 Punkte ergattert. Das machte die Verdoppelung auf 6 Punkte). Alles fühlte sich etwas weniger schlimm an, und es folgte eine Winterpause in tiefer Gelassenheit. Armin Veh hatte die Geschicke übernommen und konnte dem weiteren Saisonverlauf ruhig entgegensehen, denn dem FC war schon alles passiert – und er trug ja keine Schuld daran. Auch Stefan Ruthenbeck kam zupass, dass es nicht schlimmer werden konnte. Und mit seiner Maßnahme, für den Rest der Saison Endspiele auszurufen, schien er vorerst den richtigen Ton getroffen zu haben. Gegen Mönchengladbach gewann der FC in letzter Minute.«[*]

Anfang des Jahres 2018 schaltete sich in den E-Mail-Verkehr um den FC auch Dannys alter Freund Harry ein, der »Bullayer Brautrock-Wickler«. Dabei ließ Danny als Vorbereitung und Vorfreude für das wichtige Abstiegs-Derby »HSV – FC Köln« im Januar 2018 auch gerne mal ähnliche Reminiszenzen vor seinem inneren Auge vorüber ziehen. Es war ebenfalls ein Spiel »HSV – 1.FC Köln«, aber 21 Jahre her, am 17.05.1997, damals gewann der FC auswärts mit 4:0 gegen den HSV. Die Tore für Kölle schossen D. Munteanu (1), Toni Polster (3), und Danny und Harry waren dabei …!!! Also »dabei« hieß für die beiden: in Bullay an der Mosel in einer Kneipe mit Riesen-TV-Leinwand. Da sahen sie den FC beim HSV mit 4:0 gewinnen, dreimal »Toni Polster-Doppelpack«, und danach gingen sie auf die Suche nach seinen fabulösen »Theken-Schlampen«, hahaha ….

_____

[*] *Christian Löer – Die bittersüße Tragödie des 1.FC Köln, Kölner Stadtanzeiger, 29.04.2018*

Danny an Harry: »*Jetzt gibt es wieder neue Hoffnung für Kölle. Ich war ja sehr froh, dass der Hector als Stabilisator der Abwehr wieder mitspielen konnte.*

Und jetzt das: die nächsten zwei Spiele auch noch gewinnen (erst beim HSV, dann zu Hause gegen Augsburg), dann ist wieder alles drinne für die Geißböcke. Da kann man als Geißbock wieder hoffen …!?

Neues Jahr, neues BULI-Glück …!?«

Danny an Harry, »Kölle Alaaf«

»*Zum aktuellen Fußball: Wahnsinn, jetzt sind die Hoffnungen für Kölle auf einmal wieder berechtigt und nicht nur Träume. Drei Spiele hintereinander gewinnen …., wenn das so weiter geht, können die Geißböcke wieder hoffen … !?*«

Harry an Danny, 23.01.2018, »Geißbock köpft Störtebecker«

»*Ich kann kaum glauben, dass zwanzig Jahre vergangen sind, seit Polsters Toni und der FC die Hanseaten an der Waterkant so fette abgefertigt haben. Und wir waren (Bildschirm-)Zeugen. Was du allerdings noch über die …Schlampen weißt, denen wir damals nachgestellt haben, ist nicht mehr in meiner Erinnerung.*«

Danny an Harry, 23.01.2018

» *…und uns dann über den laufenden Fußball unterhalten, und in Gedanken die fabulösen Thekenschlampen streifen, über Tipp-Götter fabulieren und über Roman-Schreiber fachsimpeln …*«

Danny an Harry, 05.02.2018

»*Hallo, mein lieber Freund Harry,*

Zum aktuellen Fußball: Köln spielte zu naiv gegen BvB und hat unglücklich verloren.«

Helen an Danny, 01.03.2018

»*Hallo, lieber Danny,*

erstmal Glückwunsch zum Sieg deiner Kölner Jungs bei RB Leipzig. Das war ja mal eine dicke Überraschung gegen die Sachsen!«

Danny an Helen, 04.03.2018, nach dem 2:1-Überraschungssieg der Kölner in Leipzig.

»Danke für deine Glückwünsche für den Kölner Sieg in Leipzig. Da können wir jetzt weiter hoffen, mit dem Wissen, dass die Kölner jeden schlagen können.«

Ja, ja, erst gewannen die Kölner im Januar 2018 beim HSV mit 2:0, dann 6 Wochen später der Auswärtssieg mit 2:1 bei RB Leipzig. Da konnte jeder Geißbock-Fan fast an ein gutes Ende nach der wundersamen Saison 2017/18 des FC Kölle glauben. Erst der nahezu unglaubliche Absturz unter dem sympathischen »Erfolgstrainer« Peter Stöger. Der musste nach 15 sieglosen Spielen gehen, weil der FC dabei nur drei mickrige Punkte ergatterte. Niemand glaubte an ein Wunder vom Rhein, bis die Geißböcke diese Siegesserie starteten. Sie hangelten sich sogar auf 17 Punkte hoch, wurden aber leider immer wieder von nicht eingeplanten Reinfällen gestoppt.

Der 1.FC Köln konnte es tatsächlich noch schaffen, das freute Danny besonders. Am 19.03.2018, also noch 7 Spieltage bis zum Saisonende, da war der FC auf einmal nicht mehr Letzter, sondern Vorletzter vor dem HSV. Und sie lagen nur noch fünf Punkte vom rettenden Ufer entfernt, das Mainz 05 und VfL Wolfsburg einnahmen. Und die Geißböcke hatten sogar noch ihre Spiele gegen Mainz und Wolfsburg vor sich. Da sie zur Zeit wirklich jeden schlagen konnten (siehe letztens ihr Auswärtssieg in Leipzig und gestern der Sieg gegen Leverkusen), war auf einmal die Chance auf den Klassenerhalt größer denn je.

Dazu Christian Löer im Kölner Stadtanzeiger vom 19.03.2018 – ›*Der Klassenerhalt bleibt ein Wunder, doch der FC darf daran glauben*‹

»Der 1.FC Köln hat 24 Spieltage lang am Boden gelegen. Seit der dritten Runde dieser Saison war der FC Tabellenletzter. Wochenlang trudelte Köln wie außer Konkurrenz dem Geschehen hinterher. Sie waren nicht in der Lage, in den Kampf um den Klassenverbleib einzugreifen. Die Kölner definierten Woche für Woche neu, was es bedeutet, abgeschlagen zu sein. Köln hatte die Liga verlassen, ohne dass es zu einem Kampf gegen den Abstieg gekommen war. Der Hamburger SV mochte die größte Lachnummer im deutschen Fußball sein. Doch eins war klar: besser als Köln stand der HSV natürlich immer noch. Niemand war so schlecht wie Köln.

Das ist nun vorbei. Es brennt ein Licht im Keller. Dass die Leverkusener beim

2:0-Sieg des FC einen furchtbaren Tag erwischten, war eher eine Auswirkung des Kölner Auftretens als dessen Ursache. Es gibt wohl keinen Tabellenletzten in den europäischen Ligen, der sich in der Art der Kölner zu retten versucht: mit ballorientiertem Fußball und viel spielerischer Qualität. Am Sonntag verzichteten die Kölner sogar darauf, sich mit individuellem Versagen selbst ein Bein zu stellen. Auch das ist ein gutes Mittel, wenn man versucht, Bundesligaspiele zu gewinnen.

Das und der Zustand der Konkurrenten im Abstiegskampf geben dem Kölner Wunderglauben nun neue Substanz. Fünf Punkte Rückstand bei sieben ausstehenden Spielen sind, gemessen daran, was es zu Beginn der Rückrunde aufzuholen gab, ein übersichtliches Unterfangen. Hinzu kommen die Gelegenheiten, den Abstand auf Mainz und Wolfsburg in direkten Duellen entscheidend zu verkürzen. Die Kölner können die Länderspielpause nun nutzen, an ihren Träumen zu arbeiten.

Es bleibt ein Wunder. Doch Köln darf daran glauben.« *

Roland, fränkischer Fan vom 1.FC Nürnberg, an Danny: »Kölle ole‹
»Obacht, Danny, Köln will noch in die Euro-League …«

Danny an den ›Clubberer‹ Roland
»Hahaha, lieber Roland, dieses Abenteuer brauchen sie ja nicht jedes Jahr, oder ….!? Aber das Nicht-Abstiegswunder ist immerhin noch im Bereich des Möglichen, seit sich raus gestellt hat, dass die Geißböcke jeden schlagen können, wie die Siege gegen RB Leipzig und Leverkusen gezeigt haben.«

Ein knackiges und gleichsam kritisches Abschluss-Resümee zog Christian Löer.
»Nach dem 20. Spieltag war Köln dran – und hätte die Saison neu beginnen können. Denn in 13 Partien war noch alles möglich. Immerhin hatte das Publikum durch die Wochen nach der Winterpause genug Gelegenheit gefunden, Hoffnung zu schöpfen und die Sympathien mit der Mannschaft neu zu verhandeln. Denn nur wer Mitleid empfindet, kann mitleiden. Kölns Trainer Stefan Ruthenbeck jubelte beim Schlusspfiff im Derby gegen Leverkusen. Und während

---

* Christian Löer – Der Klassenerhalt bleibt ein Wunder, doch der FC darf daran glauben, Kölner Stadtanzeiger, 19.03.2018, Quelle: https://www.ksta.de/29888106 ©2018

die Angst vor dem näher rückenden Abstieg grassierte, gab es Momente der Hoffnung. Doch dem Sieg in Leipzig folgte eine dramatische Heimpleite gegen Stuttgart. Nach dem Derbytriumph über Bayer 04 kam sofort der Niederschlag: 0:6 in Hoffenheim. Nichts war von Bestand. Die Mannschaft zeigte zuletzt vor allem, wie sehr die Monate im Endspielmodus sie ausgezehrt hatten. Im Heimspiel gegen Schalke schlugen die Kölner nach einem 0:2-Rückstand noch zurück, glichen aus und schienen zu einem letzten Comeback in der Lage. Nach der Partie war klar, dass die Katastrophe wohl nur noch zu verzögern, nicht aber zu verhindern war.

Doch schien der Innenraum des Kölner Stadions voller Unschuldiger. Trainer Ruthenbeck hatte eine unlösbare Aufgabe übernommen, wobei die Frage erlaubt sein darf, warum er nach der Aufholphase keinen Wechsel in der Ansprache vornahm und stattdessen seine Mannschaft immer weiter überforderte.

Armin Veh fegte Schmadtkes Scherben zusammen, verschob den Neuaufbau aber vor allem auf die nächste Saison. Und die Mannschaft mühte sich zwar offensichtlich, galt jedoch vor allem als Opfer – falls man Profis erlauben mag, so einfach davonzukommen.

Denn selbstverständlich hätten die Spieler sich melden dürfen, als sie das Gefühl hatten, weniger zu trainieren als mancher Hobbysportler. Doch sich zu melden, überließen sie dem Fitnesstrainer – und der musste dafür gehen.

Nichts am letzten Spiel in Freiburg kam überraschend, dennoch flossen die Tränen. Doch der Abstieg fühlte sich sanft an. Womöglich auch deshalb, weil man von sich selbst gerührt war. Die Kölner Mannschaft stand nach der 2:3-Niederlage vor den nach Freiburg mitgereisten Fans. Und eben auch, weil es irgendwann ja gut sein musste. Dass die FC-Spieler in Freiburg gefeiert wurden, war zwar grundsätzlich eine Sensation. Aber auch ein angemessenes Ende des Kölner Dramas dieser Saison.« [*]

Nach dem feststehenden Abstieg des FC Köln schrieb Helen an Danny, 30.04.2018

»Heute haben wir eine Wanderung in den Weinbergen von Ahrweiler nach Dernau gemacht. Und schau mal, was ich in Dernau entdeckt habe. Noch wehen

---

[*] *Christian Löer – Der Klassenerhalt bleibt ein Wunder, doch der FC darf daran glauben, Kölner Stadtanzeiger, 19.03.2018, Quelle: https://www.ksta.de/29888106 ©2018*

diese Fahnen für den 1.FC Köln heftig im Wind. Bald werden sie sicher eingeholt werden. Schade, dass sie es nicht mehr geschafft haben.«

Danny an Helen, 01.05.2018
»Schönes Foto da aus Dernau und den wehenden Fahnen für den 1.FC Köln. Ja, da kann ich mich schon drüber freuen, dass man an der Ahr den Geißböcken treu bleibt. Ich bin auch sehr optimistisch, nachdem jetzt sogar Hector und Horn beim FC bleiben werden …

Der letztliche Abstieg am letzten Wochenende hat mich dann nicht mehr sonderlich überrascht, höchstens, dass es sich überhaupt noch so lange hinge-zogen hat.«

Eddie, ehemaliger Mitspieler von Cosmos Datteln, an Danny, 12.05.2018
»Aber du bist doch bestimmt auch etwas traurig, dass der FC abgestiegen ist, oder?«

Danny an Borussia Dortmund-Fan Eddie, 13.05.2018
»Ja, dieser Abstieg war für die Kölschen Jungs so unnötig wie nur was. Aber als Stöger ging, und es nur drei Punkte auf der Habenseite gab, da war ja im Prinzip der Abstieg schon klar. Dann kamen immer wieder kleine Serien und Überraschungssiege, so dass immer wieder Hoffnung aufflackerte, aber auch stante pede die Rückschläge. Da konnte ich mich schon recht früh mit dem Abstieg arrangieren, und dann auch noch auf die 2. Liga mit Hector, Horn und Risse freuen. Deshalb ist jetzt die Traurigkeit nicht so riesig groß. Denn das zog sich ja ziemlich hin, das Abschiednehmen. Außerdem muss«de ja als Kölle-Fan eh sehr leidensfähig sein. Da gehören regelmäßige Abstiege dazu, sonst gäb's keine Aufstiegsfeiern, hihihi. Denn so Jahre wie 1978 (also genau vor 40 Jahren), beim letzten Kölner Meistertitel, die gibt's in Reality wohl kaum noch …!? Nur in der Fiktion, wie in meinem Öko-Sci-Fi-Roman ›Zeitmaschine STOPP!‹, als die Zeitreisenden im Jahre 2033 aussteigen und in einer herumfliegenden Zeitung vom Triple des 1.FC Köln lasen: 2031 – 2032 – 2033, dreimal hintereinander Deutscher Meister, hahaha …«

Danny an Pitter, 06.05.2018: *»Lieber Pitter,*
I wish you a very happy Luckwish for your Vize-Mastership of Schalke 04.

Dagegen hat es ja für meine Kölschen dann doch nicht mehr gereicht. Na ja,
so ein Abstieg, klar, datt tut schon ein bisken watt weh ….
Aber wir kommen wieder, und ich bleib natürlich trotzdem dem FC treu.
Allet Gute wünscht dir D'Danny.«

Mission Wiederaufstieg

Wie einst bei Bert Brecht/Kurt Weill »Der Aufstieg und Fall der Stadt Mahagonny« von 1930 geschah es dem 1.FC Köln 85 Jahre später in echt. Dieser
›Aufstieg und Fall der Stadt Mahagonny‹, kurz ›Mahagonny‹ genannt, ist eine
Oper in drei Akten. Die Musik stammt von Kurt Weill, das Libretto von Bertolt Brecht.

Und zu dieser dramatischen Musik von Kurt Weill und Bertolt Brecht fiel
Danny spontan eine skurrile und aberwitzige Story ein: *»Diese erstaunliche*
Geschichte ereignete sich in der Silvester-Nacht 1974/75. Es gab da einige Fe-
ten in Datteln oder Dortmund, wozu Danny eingeladen war und wo er auch
wahrscheinlich mit seinen Freunden und Freundinnen aus der Szene Silvester
feiern würde. Doch was er dann stattdessen erlebte, war so unglaublich, dass
er es selbst kaum glauben konnte, wenn er denn nicht selber dabei gewesen
wäre … Bevor es zur Silvester-Nacht losgehen sollte, fuhr Danny erst mal nach
Recklinghausen ins »8 bis 8«, der damals angesagten Szene-Kneipe. Dort traf er
Biggy, mit der er so mehr oder weniger zusammen »ging«. Und die hatte ne ganz
andere Idee für ne Silvester-Party. »Komm doch mit mir, Danny, ich besuche ne
Freundin in Recklinghausen-Süd, da feiern wir dann zusammen Silvester.« Das
ließ er sich nicht zweimal sagen, und sie fuhren dorthin. Und das war wirklich
die abgefahrenste Party, die Danny jemals erlebt hatte. Die Typen, die dort in
der WG wohnten, zu der Biggys Freundin gehörte, hatten auch nix dagegen, dass
Danny uneingeladen einfach mitfeierte. Und wie die feierten: die Musik immer
volle Pulle aufgedreht, aber es gab nur zwei Sorten von Musik, entweder Frank
Zappa oder eben ›Der Aufstieg und Fall der Stadt Mahagonny‹ von Brecht/Weill,
die ganze Oper, 2 1/2 Stunden am Stück. Very strange. Dazu lag ein Gewehr
unter dem Fenster. Als Danny sie danach fragte, machten die Typen geheimnis-
volle Andeutungen zur Mitgliedschaft in einer halb-terroristischen Untergrund-
bewegung, vielleicht hatten sie auch nur Paranoia. Zu Mitternacht fuhren sie

jedenfalls alle zusammen nach Flaesheim, um dort einen Feuerwachturm zu besteigen. Mit ihren mitgebrachten Dope-Pfeifen machten sie das Event über den Haard-Wäldern mit dem Hintergrund der Feuerwerke in Recklinghausen und Haltern zu einem mystischen Erlebnis. Dieses hatten Danny und Biggy noch getoppt, indem sie beide vorher Psilocybin-Pilze gegessen hatten. Alles war easy, alles war strange. Zusammen fuhren sie wieder zurück nach Recklinghausen. Die Party lief weiter. Stunden später, da sagte auf einmal einer der WG-Typen um 03.00 Uhr am Neujahrsmorgen: »So, Party-Ende. Ihr müsst jetzt hier raus.« Das konnten Danny und Biggy auch nachvollziehen, wenn es auch etwas unvermittelt für sie kam. »Und wohin jetzt in der angefangenen Neujahrsnacht mit uns beiden?« Biggy wollte noch nicht nach Hause. Danny hatte auch keine Idee. Aber Biggy kannte eine verwunschene Stelle in der Nähe von Recklinghausen, irgendwo im Norden da … Und die hieß »Pink Floyd«, weil genau das jemand dort auf einen großen Felsen in Pink geschrieben hatte. Da fuhren sie also hin. Danny hatte glücklicherweise keinen Tropfen Alkohol getrunken und konnte noch fahren. Als sie dann mit Dannys Käfer in diesem komischen Tal gelandet waren und ein wenig rum rangiert hatten, merkten sie irgendwann, dass sie sich festgefahren hatten. Und alleine kamen sie nicht mehr raus. Nicht mit Fahren und nicht mit Schieben. Na gut, oder auch Mist. Da konnte man morgens um 04.00 Uhr erst mal sowieso nix machen, außer sich auf die Rückbank legen und kuscheln und schmusen. Bis dann irgendwann die Sonne aufging. Als der Tag ihnen hell genug erschien, gingen sie zu einem nahegelegenen Bauern, der aber nicht zu Hause war. Dafür zog sie dann dessen jugendlicher Sohn mit nem Trecker raus. Klappte auch alles gut, und er nahm dann den Fünfer von Danny als Dank gerne an. Damit endete diese ereignisreiche Nacht des ›Aufstiegs und Falls der Stadt Mahagonny‹ …«

Kommen wir zurück zum FC Köln und deren Aufstieg und Fall: mit Trainer Peter Stöger und Manager Jörg Schmadke 2014 von der 2. in die 1. BULI aufgestiegen, Konsolidierung in der ersten BULI 2015 mit Platz 12 und 2016 mit Platz 9, danach der überraschende und rasante Aufstieg auf Rang 5 und damit Qualifizierung für die Europa League 2017, und schließlich Platz 18 und damit der Abstieg und Fall aus der 1. BULI 2018.

Nach dem desaströsen Abstieg aus der 1. BULI 2018 machte man beim FC einen Neuanfang in der 2. BULI mit dem neuen Trainer und gebürtigen Kölner Markus Anfang.

1. Spieltag: glücklicher Auswärtssieg beim VfL Bochum mit 2:0.

2. Sp.: ein 1:1 zu Hause gegen die »Eisernen« von Union Berlin. Dabei hatte man den Eindruck, als hätten noch nicht alle Spieler des FC das 4-1-4-1-System des neuen Trainers begriffen.

Aber dann: erst der 9:1-Auswärtssieg im DFB-Pokal bei Dynamo Berlin. Die waren immerhin 10 mal hintereinander, 1975 – 1985, DDR-Meister und entsprechend oft im Europapokal unterwegs gewesen …

3. Sp.: … und direkt danach der erste Heimsieg der Saison, das 3:1 gegen Aue, drei Tore von Terodde. Der Knoten schien geplatzt. Köln errang Platz 1 in der Tabelle.

4. Sp. am 02.09.2018, nach dem 5:3-Auswärtssieg beim FC St. Pauli, da roch es schon sehr nach »Aufstiegsmannschaft«. Zumal Goalgetter Simon Terodde einen neuen Kölner Vereinsrekord aufstellte: der schoss und köpfte sage und schreibe 9 Tore in 3 Pflichtspielen hintereinander. Damit knackte er den mehr als 40 Jahre alten Vereinsrekord. Bisher war es die Kölner Stürmerlegende Dieter Müller in der Saison 1977/1978 mit 8 Toren.

5. Sp.: wieder ein 3:5, dieses Mal aber eine 3:5-Heimniederlage gegen Aufsteiger SC Paderborn, und das nach 2:1-Führung. Das erinnerte sehr stark an das 3:4 gegen den SC Freiburg nach 3:0-Führung in der Abstiegssaison 2017/18. Hauptsache Spektakel, was …!?! Und Köln fiel auf Rang 4 zurück.

6. Sp.: 2:0-Auswärtssieg beim SV Sandhausen: »Business as usual«, und der FC ist wieder Tabellenführer, zumindest für eine Nacht. Als dann noch der HSV mit einer 0:5-Niederlage aus der Rolle fiel, kletterte der FC Köln wieder zurück an die Spitze. Das gefiel Danny sehr, denn die Hamburger waren die größten Konkurrenten der Kölner um den Aufstieg.

7. Sp. in der »Englischen Woche«: der 1.FC Köln gewinnt im Heimspiel etwas glücklich mit 2:1 gegen den FC Ingolstadt, fährt damit die nächsten drei Zähler ein und bleibt Tabellenführer.

8. Sp.: Köln gewinnt mit 3:1 bei der Arminia auf der Bielefelder »Alm«. Besonders dank der beiden Tore von Torjäger Simon Terodde, der das 11. und 12. Saison-Tor schoss. Gleichzeitig feierte er dabei ein Jubiläum: in der ewigen Zweitliga-Torschützenliste rückte er auf Platz 2 vor mit Tor Numero 100 und 101.

9. Sp.: »*Was, ein Heimspiel des Tabellenersten Köln gegen den Tabellenletzten MSV Duisburg, das hört sich nach ner leichten Aufgabe an ...,*« meinte Dannys Frau Moni. »*Aber,*« gab Danny schon vor dem Spiel zu bedenken, »*der MSV spielte in dieser Saison bisher soooo schlecht, dass er sogar seinen bisherigen Trainer entlassen hat. Und mit Torsten Lieberknecht saß in diesem Spiel zum ersten Mal der neue Trainer auf der Bank. Solche Spiele sind dann oft besonders ...!*« Und so war es dann auch: der FC verlor zu Hause gegen den MSV mit 1:2, blieb zwar weiterhin Tabellenführer, sollte sich aber solche »Heimschlappen« gar nicht erst angewöhnen ...!

10. Sp.: Der ehemalige Kieler Trainer Markus Anfang kam genauso wie die ehemaligen Kieler Spieler Dominick Drexler und Rafael Czichos als FCler zurück nach Kiel. Köln führte dort bis kurz vor Schluss durch Teroddes 13. Saisontreffer, aber Holstein Kiel gelang noch der glückliche Ausgleich zum 1:1 durch ein unnötiges Missverständnis in der Geißbock-Abwehr. Ein glückliches Unentschieden für Kiel, aber für Köln war mehr drin.

11. Sp.: Gegen Heidenheim musste doch eigentlich ein Heimsieg glücken. Aber am Ende war Köln froh über ein klägliches 1:1. Die ersten Pfiffe der Fans kamen auch schon. Aber warum denn nur ...!? Denn die Geißböcke holten sich trotzdem die Tabellenführung vom HSV zurück. Allerdings auch nur deshalb, weil die anderen Clubs aus dem oberen Tabellenbereich die Kölner Schwächel-Phase und damit die »Gunst der Stunde« nicht nutzen konnten.

Dazwischen das mit 6:7 nach Elfmeter-Schießen verlorene Pokalspiel gegen Schalke 04 am 31.10.2018. Dazu schrieb Schalke-Fan Laufi: »*Gerade hab ich das ganze Spiel FC – S04 geguckt, und Schalke ist wirklich glücklich weiter. Köln hatte die besseren Chancen. Von daher: tut mir leid für dich und den Verein. Aber wenigstens sind die Fans nicht sauer, im Elfmeter-Schießen auszuscheiden, ist ja keine Schande.*« Antwort vom Köln-Fan Danny: »*Ja, da hast du Recht wegen des Pokals gestern. Ziemliches Glück hatte Schalke: erst kam für Köln Pech, und dann auch noch für Schalke Glück im Elfer-Schießen dazu. Wenigstens haben die Kölner Zuschauer viele Tore gesehen ...! Und spannend war's, aber Elfmeter-Schießen ist eh immer Glückssache. Jetzt kann sich Köln auf die 2. Liga und auf das Spiel beim HSV konzentrieren.*«

12. Sp.: Der FC verlor das Spitzenspiel verdient mit 0:1 beim HSV, der jetzt von der Tabellenspitze grüßte, gefolgt vom FC St.Pauli und den Kölnern als

Dritter. So würde es aber nichts mit der »Mission Wiederaufstieg«, wenn der FC seine Negativ-Serie der letzten sieglosen Spiele nicht beenden könnte.

13. Sp.: Während Danny in seinem Fitness-Center trainierte, gewann parallel der FC Köln sehr hoch, nachdem sie die letzten Spiele immer eher bescheiden und sieglos geblieben waren. Als er hinterher im Auto saß, heim fuhr und dabei Autoradio hörte, bekam er kurz vor Spielschluss noch das letzte Tor mit: die Geißböcke gewannen 8:1 gegen Dynamo Dresden und schossen sich aus der Krise. Dreifachschütze und Torjäger Terodde schoss sein 16. Saisontor. Der FC landete wieder auf dem 2. Platz, einem Aufstiegsplatz. Und Köln feierte Karneval, war es doch einen Tag vor dem 11.11.: Kölner Alaaf.

Danach Länderspielpause. Der 1.FC Köln feierte seinen 70. Geburtstag. Zu dieser Feier holten die Kölner ihren früheren Goalgetter Anthony Modeste aus China zurück, der sie in der erfolgreichen BULI-Saison 2017 zum 5. Platz und in die Euro-League geballert hatte. Die Geburtstagsfeier des FC mit der Vorstellung von Modeste war ein voller Erfolg. Die ersten Fans feierten freudetrunken und in Karnevalsstimmung: »Jetzt fehlt nur noch Stöger.« Das war der Trainer in jener erfolgreichen Zeit.

14. Sp.: Souverän gewann der FC in Darmstadt mit 3:0. Modeste fehlte erwartungsgemäß noch. Aber die Geißböcke hatten ja »T-Rod« Terodde, ihren neuen Torjäger, der gleich mal Saison-Tor Numero 17 erzielte. Damit wurde Köln wieder Tabellenführer.

15. Sp.: Dieses Mal die Spielvereinigung Greuther Fürth mit 4:0 nach Hause geschickt. Die Kölner Fans feierten weiter Karneval. Terodde jagte mit Tor Numero 19 (in 15 Spielen) neue Rekorde. Und der FC blieb Tabellenzweiter, also Direktaufsteiger, wenn es so bliebe.

16. Sp.: Bei Jahn Regensburg souverän mit 3:1 einen Auswärtssieg gelandet, natürlich wieder mit Terodde-Tor, und zwar sein zwanzigstes Saison-Tor. Da konnten die Kölner es verschmerzen, dass die Schiedskammer des Weltverbandes Fifa im Streit um die Spielberechtigung von Anthony Modeste feststellte, dass der Torjäger »ohne triftigen Grund« seinen Vertrag beim chinesischen Verein Tianjin Quanjian gekündigt hatte. Da würde es dann doch wohl nix mit einem Wechsel zum FC.

17. Sp.: Mit einem lockeren 3:0-Heimsieg über den 1.FC Magdeburg gewann der FC das letzte Spiel der Hinrunde und blieb damit Tabellenzweiter, was den direkten Aufstieg in die 1. BULI bedeuten würde.

18. Sp.: Mist, mit einer 2:3-Heimspiel-Niederlage startete der FC gegen den VfL Bochum in die Rückrunde. »*Mann-Mann-Mann, einmal so ne Pleite geht ja noch …,*« dachte Danny, »*aber das darf nicht zur Gewohnheit werden …!*« Aber da sich das gesamte Spitzentrio, bestehend aus HSV, FC Köln und Union Berlin, im Gleichschritt und einträchtig jeder eine Niederlage abholten, ging der FC trotz Heimpleite auf einem Aufstiegsplatz in die Winterpause. Die Kölner blieben weiterhin im Plan für ihre »Mission Wiederaufstieg«.

19. Sp.: Nach der Winterpause startete der 1.FC Köln im neuen Jahr 2019 gleich mit einem Auswärtsspiel bei Union Berlin. Eine schwere Aufgabe, hatten doch die ›Eisernen‹ erst einmal in dieser Saison verloren. Die machten gleich so weiter und gewannen verdient mit 2:0 gegen den FC. Oje, oje, so kann et nitt weiter gehn, mit dem FC …

20. Sp.: Erst mal abgesagt wurde die Partie in Aue. Na klar, Erzgebirge, da lag im Winter schon immer soviel Schnee. Und heuer 2019 gab«s ja sogar im Rheinland Schneemassen. Das Spiel wurde also als Nachholspiel angesetzt. Durch ein Spiel weniger verdrängte der FC St. Pauli die Kölner vom zweiten Platz.

21. Sp.: Das war die richtige Antwort des FC. Ein 4:1 gegen den FC St. Pauli durch drei Cordoba-Tore und Terodde«s Tor Nummer 23. Der 1.FC Köln kletterte damit an St. Pauli vorbei zurück auf Platz zwei.

22. Sp.: Boah, was für ein episches Drama. Köln spielt in Paderborn und führte durch ein erneutes Cordoba-Tor mit 1:0. Dann wurde Anthony Modeste eingewechselt, der endlich seine Freigabe aus China erhalten hatte. Nur ein paar Minuten nach seiner Einwechslung erzielte er das 2:0. Freude und Tränen der Rührung vermischten sich. Bis zehn Minuten vor dem Spielende feierten die Kölschen Fans schon verfrühten Karneval. Dann drehte Paderborn auf, überrannte den FC, schoss Tor auf Tor und schaffte in der Nachspielzeit das 3:2. Und Köln rutschte dadurch auf Platz drei.

23. Sp.: Modeste, Anthony Modeste, das Phänomen, drei Tore in 35 Minuten. Wieder wurde er eingewechselt, beim Stand von 1:1 zwischen Köln und Sandhausen. Wieder schoss er kurz nach seiner Einwechslung das zweite Kölner Tor. Doch dieses Mal vorsichtshalber gleich das dritte hinterher, zum 3:1-Endstand für die Kölner. Der FC kletterte wieder auf den zweiten Platz in der Tabelle.

20. Sp., Nachholspiel in Aue. Puuhhh, was für ein mühsamer Arbeitssieg

im Erzgebirge mit 1:0. Doch egal, denn damit zog der FC am HSV vorbei und war wieder Spitzenreiter, Spitzenreiter, hey-hey-hey. Der Kölner an sich feierte ja eh gerne, aber Tabellenführer zum Karneval war dann eine besondere Freude …

24. Sp.: In Ingolstadt schaffte der FC einen 2:1-Auswärtssieg. Dabei schoss Anthony Modeste im vierten Spiel sein viertes Tor. Da es das Karnevalswochenende war, blieb der 1.FC Köln Tabellenführer am Karneval.

25.Sp.: Überzeugender 5:1-Heimsieg der Kölner gegen Arminia Bielefeld. Vierter Sieg in Folge, drei Punkte und erster Tabellenplatz. Und das alles, nachdem es in der Karnevalswoche Querelen im FC-Vorstand gab. Mit dem Ergebnis, dass Präsident Spinner zurücktrat. Aber die Kölner Spieler schien das nicht zu stören. Sie spielten wie aus einem Guss, vor allem auch dank eines Dreiers von Simon Terodde, der damit sein 26. Tor im 25. Spiel schoss.

26. Sp.: Wieder ein Spielausfall mit Kölner Beteiligung. Beim MSV Duisburg wurde das Spiel wegen Unbespielbarkeit des Platzes verschoben. Doch der FC hatte Glück: alle direkten Verfolger, also der HSV, Union Berlin und FC St. Pauli, verloren ihre Spiele. Köln blieb Spitzenreiter.

27. Sp.: Heimspiel in Köln gegen Holstein Kiel, das der FC verdient mit 4:0 gewann. Davon ein Tor von Simon Terodde, für den es das 27. Saisontor am 27. Spieltag bedeutete. Und Anthony Modeste netzte auch wieder ein Tor ein. Tabellenführer mit 3 Pkt. vor dem HSV.

28. Sp.: Ein souveräner 2:0-Auswärtssieg in Heidenheim brachte den Kölnern den 6. Sieg in Folge. Die Tabellenführung wurde somit gefestigt.

26. Sp., Nachholspiel in Duisburg. Was für ein wildes Spiel! Der Tabellenletzte MSV ging mit einer 2:1-Führung gegen den Tabellenführer in die Halbzeit. Doch der FC konterte in nur zehn Minuten direkt nach der Halbzeit auf 2:4, mit u.a. einem Tor von »T-Rod« Terodde. Am Ende stand es 4:4. Die Kölner blieben Tabellenführer. Und Terodde führte die Torschützenliste mit inzwischen 28 Toren an, vor dem Zweiten, dem Kölner Jhon Cordoba mit 16 Toren.

29. Sp.: Ein verdientes 1:1 im Spitzenspiel des FC gegen den HSV sicherte den Kölnern weiterhin den »Platz an der Sonne«, also die Numero Uno.

30. Sp.: Ein schwacher Auftritt des FC in Dresden, eine verdiente 0:3-Niederlage bei Dynamo. Trotzdem blieben die Kölner Tabellenführer.

»Köln wird ja wohl aufsteigen,« meinte Werner dazu, *»aber nächste Saison*

sind sie der erste Abstiegskandidat.« Da musste ihm Danny recht geben: »*Zumindest, wenn sie nix mit der Abwehr machen. Denn die ist ja so watt von anfällig. Damit würden sie in der 1. Liga garantiert Schiffbruch erleiden.*« Aber die Kölner schauten sich ja schon um: »*Der Hannoveraner Abwehrspieler Anton steht beim FC schon auf der Liste der möglichen Neuzugänge.*«

31. Sp.: Wieder eine unnötige Niederlage, eine Heimpleite mit 1:2 gegen Darmstadt, weil der FC jede Menge Torchancen versemmelte. »*Mann-Mann-Mann, Jungs. Kriegt endlich die Kurve, sonst wird et knapp mit dem Aufstieg.*« Aber wenigstens immer noch Tabellenführer. Und dann das: nach zuletzt vier Spielen ohne Sieg wurde sogar noch Trainer Markus Anfang beurlaubt. Und das als Tabellenführer: nur sehr schwer verständlich …!?

32. Sp.: Das erste Spiel unter dem neuen FC-Trainer André Pawlak bei der Spvgg. Fürth: er kam, sah und siegte. Mit einem Dreierpack von Jhon Cordoba gewann der FC mit 4:0 in Franken und schaffte somit den 6. Aufstieg. Dabei rückte Cordoba in der Torschützenliste mit 20 Toren auf Platz Zwei hinter Terodde mit 28 Toren. Die Kölner Fans feierten zudem die Zweitliga-Meisterschaft. Die »Mission Wiederaufstieg« war somit schon drei Spieltage vor Saison-Ende geglückt …!!! Die Freude über die Rückkehr in die erste BULI war bei Danny und bei allen FC-Fans riesig.

Und die ersten Glückwünsche trafen ein, wie der hier von Mönchengladbach-Fan Hannes: »*Hallo Danny, Glückwünsche zum Aufstieg und zur Meisterschaft. Mit dem alten Trainer hätte Köln diesen Erfolg niemals geschafft. Gibt es denn schon Namen zum neuen Trainer?*«

Danny an Hannes: »*Danke für deine Aufstiegs-Glückwünsche. Zum neuen Köln-Trainer: es wurde tatsächlich in der Presse von Hecking geschrieben. Aber wie wäre es mit Pawlak: der kam, sah und siegte. Und er hatte immerhin die zweite Kölner Mannschaft in der Regional-Liga vom letzten Tabellenplatz zum ›Rückrunden-Meister‹ gemacht. Es waren doch immer wieder Trainer aus der 2. Mannschaft, die zahlreiche Bundesligisten zum Cheftrainer gemacht hatten, siehe Kohlfeldt bei Werder oder Nagelsmann in Hoffenheim. Warum dann nicht auch Pawlak in Köln …!?*«

Aber dann sollte es in Reality Achim Beierlorzer sein, der Trainer von Jahn Regensburg. Lustigerweise der nächste Gegner des FC.

Oder vom Schalke-Fan Pitter: »*Tach Erstligist !!!!! Gratulation vom Derbysieger und weiterhin Erstligist. Willkommen zurück in der 1. Liga.*

Ehrenfeld, Raderthal, Nippes, Poll, Esch, Pesch un Kalk, üverall jitt et Fans vom FC Kölle, En Rin, en Rom, Jläbbisch, Hagen int Sauerland, üverall jitt et Fans vom FC Kölle, Mer schwöre Dir he op Treu un op Ehr, mir stonn zu Dir FC Kölle. Zum guten Schluss haben se et aber nochmal spannend gemacht, mit Niederlagen, Trainer rausgeschmissen, und den Präsidenten gleich mit. Respekt, von euch können wir noch was lernen. Nun ist Schlacke nicht mehr der einzige Chaoten-Club in Liga eins. Freue mich auf das erste Rhein – Emscher Derby. Nun wünsch ich allerseits noch einen schönen Abend. Vergiss nicht die Rot-Weiße Bettwäsche aufzuziehen. Gruß an Frau und Kätzchen. Pit aus der BLAU-WEISSEN Runkeltaiga.«

Danny an Pitter: »*Hallo, lieben Pitter, vielen Dank für deine Email, worüber ich mich sehr gefreut habe, besonders natürlich über deine Glückwünsche zum Kölner Aufstieg. Ja, dann next year again: Schalke 04 – Kölle, das Tradition-Duell im Westen. Tja, S 04 spielt zwar im Moment bescheiden, wird aber wohl nächste Saison immerhin nicht noch schlechter spielen, was …!? Bis die Tage. Ciao D›Danny*«

Und die von Dortmund-Fan Helen: »*Hallo, lieber Danny, erst mal herzlichen Glückwunsch zum Aufstieg Deines 1.FC Köln in die 1. Bundesliga. Das 4:0 gegen die Fürther war ja klasse! Für Dich ist die Fußballwelt dann ja wohl vollkommen in Ordnung, denke ich :-). Das kann ich von mir nicht behaupten :-(! Was der BVB in der letzten Zeit so geboten hat, ist heftig. An das Spiel gegen Schalke möchte ich nicht mehr denken. Das hat irgendwie nicht stattgefunden! Und gegen Bremen haben sie in der ersten Halbzeit recht gut gespielt und dann ganz stark nachgelassen. Der BVB hat es mit dieser Schlechtleistung auch wirklich nicht verdient, Meister zu werden! Bleib› gesund, Helen.*«

Danny an Helen: »*Hallo, liebe Helen, vielen Dank für deine Glückwünsche zum Kölner Aufstieg. Tja, aber der BvB spielt zwar im Moment bescheiden, wird aber immerhin Zweiter, was vor der Saison als Riesenerfolg gegolten hätte. BMG dagegen kann noch völlig aus den Europa-Plätzen raus fliegen, wenn sie sich nicht am Riemen reißen. Kloppo und Liverpool waren gestern grandios. Heute kommt wohl noch Ajax dazu …!? Was für ein schönes Finale: Kloppos Reds gegen die jungen wilden Ajaxe aus Amsterdam …! Mach›s gut. Ciao von Danny.*«

33. Sp.: Wieder Spektakel. Der wahrscheinlich neue Trainer Beierlorzer

gewann mit Jahn Regensburg 5:3 in Köln. Trotzdem wurde der Jahn kein Party-Killer. Die Fans sangen die ganze Zeit ›Kölle Alaaf‹ und feierten im letzten Heimspiel der Saison zusammen mit den FC-Spielern die Zweitliga-Meisterschaft und den direkten Wieder-Aufstieg. Dazu gab es Freibier im Kölner Stadion. Und der Mannschaft wurde auf dem Rasen mitten unter den feiernden Fans die Zweitliga-Meisterschale überreicht, die sogenannte ›kleine Salatschüssel‹ oder auch scherzhaft die ›Radkappe‹ genannt. Und einen Tag nach diesem Spieltag stand es fest, dass Achim Beierlorzer der neue Kölner Trainer sein wird.

34. Sp.: Zweitligameister 1.FC Köln und Absteiger FC Magdeburg trennten sich friedlich mit 1:1. Simon Terodde wurde dabei mit seinem letzten Saison-Treffer in Magdeburg Torschützenkönig mit 29 Treffern. Auf Wiedersehen in der ersten Liga …!

VIII. Ausblicke

Lenas Tränen bei der FC-Hymne

Lena Meyer-Landrut liebte Fußball nur wegen des 1.FC Köln. Dafür liebte Danny die Sängerin Lena noch mehr. Es gab ja schon einmal eine Situation, als er sich zusammen mit Millionen von anderen Menschen in Europa über den neuen smarten Schwung der jungen deutschen Sängerin Lena Meyer-Landrut aus Hannover freute. Das war 2010, als sie mit dem Song »Satellite« beim Eurovision Song Contest für Germany sang und dann auch noch grandios gewann.

NRW fürchtete sich nicht vor Carolin Kebekus »Pussy Terror«. Denn diese WDR-III-Sendung moderierte die Lady mit der Kölner Schnauze aus der »Bronx von Deutz« derartig authentisch und sympathisch, dass sogar Lena Meyer-Landrut 2016 bei Carolin Kebekus in »Pussy Terror« auftrat. Und aus dem einstigen Teenie-Hopser Lena von 2010 war inzwischen eine ansehnliche attraktive junge Frau geworden. Meinte jedenfalls Carolin Kebekus, als sie sie als »die schönste Frau der Welt« in ihrer Show vorstellte. Na ja, Carolin neigte ja manchmal dazu, ein wenig zu übertreiben. Aber immerhin …

… denn Lena Meyer-Landrut hatte ganz Europa und auch Danny vor neun Jahren in einer einzigen Nacht verzaubert.

Und dann 2018 das hier in Köln: die Sängerin Lena Meyer-Landrut entdeckte beim Besuch eines Bundesliga-Spiels in Köln ihr Herz für den Fußball. Durch ihren Freund Max von Helldroff war sie in Köln zum Fußball-Fan geworden, erklärte sie der »Bunten« vor ihrem 27. Geburtstag. Ein Besuch beim 1.FC Köln hat sie sehr berührt: »Als ich zum ersten Mal beim FC im Stadion war, habe ich bei der Hymne geweint, weil es so emotional war.« [*]

Jedes Mal, wenn Danny die Hymne des FC Kölle im Internet hörte, dann kamen ihm auch die Tränen, so bewegend sangen die Fans alle zusammen, vor 50.000 im Kölner Stadion, egal ob 1. Liga oder 2. Liga – »sie stehen zusammen« …

---

[*] *dpa – ›Bei der FC-Hymne geweint‹, in Westfälische Rundschau Hagen, 23.05.2018*

Auch wenn sich Lena Meyer-Landrut inzwischen von ihrem Max getrennt hatte, würde sich dadurch nix ändern. Denn die Hymne des 1.FC Köln war, ist und bleibt immer noch dazu geeignet, einem die Tränen in die Augen schießen zu lassen. Zwar kommt Lena jetzt ohne Max vielleicht gar nicht mehr ins Kölner Stadion, aber der Autor schickt ihr mit diesem Buchkapitel das Lied der Kölner Musikgruppe de Höhner »Mer stonn zo dir«, um ihr wieder mal die Tränen kommen zu lassen:

>»Iehrefeld, Raderthal, Nippes, Poll, Esch, Pesch un Kalk*
Üvverall jitt et Fans vom FC Kölle!
En Rio, en Rom, Jläbbisch, Prüm un Habbelrath,
Üvverall jitt et Fans vom FC Kölle!

Freud oder Leid, Zokunft un Verjangenheit!
E Jeföhl, dat verbingk FC Kölle!
Ov vür, ov zoröck,
Neues Spill heiß neues Jlöck!
E Jeföhl, dat verbingk FC Kölle!

Mer schwöre dir, he op Treu un op Iehr!
Mer stonn zo dir, FC Kölle!
Un mer jonn met dir,
Wenn et sin muss durch et Füer,
*Halde immer nur zo dir, FC Kölle!«**[*]

Zukunftsvisionen

›Der Ball bleibt rund – aber sonst?‹ [**]

… so heißt die Überschrift von Kirsten Simons Artikel in der Westfälischen Rundschau vom 14.02.2018, mit dem Untertitel:

---

[*]   *De Höhner – ‹Mer stonn zo dir›, Hymne 1.FC Köln. https://youtu.be/bmtYzbyHDo4*
[**]   *Kirsten Simon - Der Ball bleibt rund – aber sonst?‹, in: westf. Rundschau vom 14.02.2018*

»Eine Drohne bringt die Halbzeit-Wurst, und ein Chip im Auge blendet die Mannschaftsaufstellung ein. So könnte die Zukunft des Fußballs aussehen.« *
Roboter-Fußballweltmeisterschaften gibt es ja schon, wie im Juni 2018 im kanadischen Montreal, aber die haben ja kaum Flair. Die Zuschauer gehen dabei nicht begeistert mit. Das unterscheidet die putzigen Technik-Kerlchen, die wie eine Mischung aus Michelin- und Playmobil-Männchen aussehen, vom menschlichen Fußball: der ist ohne Emotionen nicht vorstellbar. Aber dafür braucht es Zuschauer. Danny war schon lange nicht mehr im Stadion. Und auch viele andere Fußball-Fans fragten sich wie Kirsten Simon: »Muss ich mir den Stress mit dem Stadionbesuch wirklich antun?« *

Dazu hat sie einige interessante Thesen anzubieten: »Die moderne Technik kann Stadionatmosphäre in das eigene Wohnzimmer beamen. Also dorthin, wohin Freunde auf ein Bier oder zwei kommen und wo es immer trocken und warm ist.« *

Dazu hat der Sportexperte, Prof. Sascha Schmidt, Vorschläge, die noch nicht einmal utopisch sind: »Technisch ist es längst realisierbar, das Live-Erlebnis ins Wohnzimmer zu holen. Das Fraunhofer-Institut arbeitet daran. Aber für den Massenmarkt sind die Lösungen noch zu teuer.« **

Aber was würde dann mit dem herkömmlichen Fußball-Betrieb passieren? »Werden eines Tages die Tribünen vor lauter Trostlosigkeit abgebaut? Das wohl nicht. Doch ein Extrem-Szenario sieht vor, dass die Zuschauer dafür bezahlt werden, wenn sie sich ins Stadion bequemen. Man braucht sie hier. Leere Sitze können so schlecht jubeln. Der Fan von morgen wird anspruchsvoll sein. Er will mitsprechen und Einfluss nehmen, etwa bei Abstimmungen darüber, welches Trikot sein Team tragen soll. Die Macht der Fans könnte noch weiter gehen.«**

Prof. Schmidt stellte dazu die provokante Frage: »Warum soll nur der Trainer sagen, wie die Mannschaft auszusehen hat?« Und gibt sich gleich selbst die Antwort: »Denkbar, dass die Mitbestimmung der Zuschauer bis in den sportlichen Bereich führen könnte …« **

Und sonst: bei der deutschen Männer-Fußballnationalmannschaft ging es

*   Kirsten Simon – ›Der Ball bleibt rund – aber sonst?‹, in: westf. Rundschau vom 14.02.2018
**   Prof. Sascha Schmidt – ›Ein Stadionbesuch in der Zukunft‹, in: westf. Rundschau vom 14.02.2018

nach dem desaströsen Aus in der Vorrunde der WM 2018 in Russland kunterbunt und kreuz die quer durcheinander. Nach dem kollektiven Aufheulen der Nation erwartete jedermann einen Neuanfang ohnegleichen. Aber was passierte: es blieb fast alles beim Alten. Jogi Löw wurstelte weiter. Auch Manager Bierhoff und Präsident Grindel machten vollmundig weiter. Nur ein altgedienter Nationalspieler wie Gomez trat zurück, um für jüngere Platz zu machen. Özil ebenfalls, der aber mit der Begründung eines verbalen Rundumschlags gegen den gesamten Nationalismus und die Fremdenfeindlichkeit in Deutschland. Zudem verzichtete Löw in Zukunft auf Sami Khedira, der eh seine beste Zeit hinter sich hatte. Auch den Kölner Jonas Hector ließ Löw erst mal zu Hause, »er solle sich vom Stress in der 2. Liga erholen«, oder so ähnlich …!? Also alles beim Alten, oder …!? Mitnichten: nein-nein. Löw trank jetzt bei der Pressekonferenz Wasser statt Espresso. Die schöne gemütliche Zeit, als Deutschland noch Weltmeister war, schien vorbei. Und dann auch noch das: ein Zeichen wollte Bierhoff damit bestimmt setzen. Er holte Berti Vogts in den DFB-Beirat.

Das deutete darauf hin, dass nun der Spaß endgültig vorbei war. Entsprechend dem Ernst der Lage wollte man sich im deutschen Fußball um extreme Ernsthaftigkeit bemühen. Matthias Sammer, der einstige Vorkämpfer und Meistermacher von Borussia Dortmund, hatte als Spieler und Trainer beim westfälischen Vorzeigeverein Erfolg. Und dann holte der BvB ihn 2018 als externen Berater. Der war ja schon immer eiserner Gegner von allem, was Spaß machte. Bekannt wurde mal, wie alle Dortmunder ausgelassen ihre Meisterschaft in der Kabine feierten, es war 1996 oder 1997. Ja, aber nicht wirklich alle. Denn Sammer grübelte schon gedankenschwer über die nächste Saison, und dass die dann aber so was von schwer werden würde … Der Mann hatte den Humor nicht wirklich erfunden. Und Berti Vogts jetzt bei der Nationalmannschaft: noch so eine Spaß-Bremse. Dabei wollte er doch wirklich einst lernen, in Sachen Humor. Denn es ließ ihm keine Ruhe, dass er in der Öffentlichkeit als humorlos verschrien war. Beim nächsten Interview versuchte er, sich witzig zu zeigen. Nur leider verstand niemand seinen Witz, außer er selber. Dann ließ er es besser ganz bleiben. Der Mann aus Büttgen war nicht geeignet für ein Leben in der »Bütt«.

Nun denn, warten wir's ab, wie es dem deutschen Fußball mit dem »neuen deutschen Ernst« gehen würde …!?

Epilog in die Zukunft

Die FC Kölle-Fans neigten ja schon immer zu irrealistischen Schwärmereien über ihren Verein. Und Edel-Fan Danny Kowalski konnte zu diesem Thema sogar sehr gut einen Ausblick in die Zukunft geben, da er ja mal mit seinem griechischen Freund Alex in einer Zeitmaschine [*] unterwegs war. Als sie da in der Vergangenheit herum irrten, auf der Suche nach Jim Morrison und den Doors, fanden sie statt dessen im Londoner Highbury-Stadion den begnadeten nordirischen Kicker Georgie Best. Alex fragte Danny sogleich nach seinen Lieblings-Fußballern. Danny nannte spontan aus dem Bauch heraus fünf Spieler: »Erstens – mein Torwart-Idol Milutin Soskic, der ›Partisan‹. Denn der Olympiasieger von 1960 kam ja von Partizan Belgrad zum 1.FC Köln. Zweitens hier den George Best von Manchester United. Wegen seines Aussehens und seiner wilden Lebensweise als der ›fünfte Beatle‹ tituliert. Drittens Bernd Schuster, wegen seiner langen blonden Haare auch der ›blonde Engel‹ genannt. Der Mittelfeldmann war Deutscher Meister mit dem FC Köln, Europameister mit der deutschen Nationalmannschaft und mehrfacher Spanischer Meister mit dem FC Barcelona und Real Madrid. Viertens Zinedine ›Zizou‹ Zidane, der ›Kämpfer‹, französischer Weltmeister als Spieler und dreimaliger Championsleague-Sieger mit Real Madrid als Trainer. Und schließlich mein fünfter Kandidat, Ronaldinho, brasilianischer Weltmeister und auch neben dem Spielfeld als fröhlicher und lebensfroher Lebemann und ewiger ›Grinser‹ bekannt.«

»Geile Auswahl, Danny, echt starke Typen.«

»Und du, Alex, hast du auch Lieblings-Fußballer?«

---

[*]   *Manfred Schloßer – ›Zeitmaschine STOPP!‹, Norderstedt 2014*

»Klaro, aber ich halte mich da lieber an die Umfragen. Aus der Vergangenheit sind es die Jahrhundert-Spieler Pele, Maradona und Beckenbauer. Von den gegenwärtigen Kickern die mehrfachen Weltfußballer Messi und Christiano Ronaldo.«

So rasten sie weiter mit ihrer Zeitmaschine zurück in die Zukunft, allerdings war es für sie ein Blick in eine unwirtliche Zukunft voller Natur-Katastrophen. Dazu gab Danny sein prägnantes Resümee: »Ich hab›s dir ja schon immer gesagt, Alex. Wir haben es in unserer eigenen Zukunft erlebt. Und all die Naturkatastrophen scheinen ja durch die von Menschen verursachte Klima-Veränderung ausgelöst worden zu sein …!«

Passend dazu verhielt sich ihre störrische Zeit-Maschine mit ihrem egozentrischen Eigenleben. Die war nämlich dermaßen eingerastet, oder gar eingerostet, dass sie, statt zurück, immer weiter in die Zukunft raste. Als Danny sein inzwischen routiniertes Zauberwort

›ZEITMASCHINE – STOPP!‹

rief, waren sie nicht etwa – wie erhofft – im Jahre 2019 angekommen. Nein, da stand ›2033‹ auf dem Jahreszahlen-Rädchen.

»Boah, noch weiter in die Zukunft, statt zurück. Wo soll das noch hinführen …!?« erzürnte sich Alex, »Mann-Mann-Mann, was ist denn jetzt bloß wieder schief gegangen?«

»Ja, schau, Alex. Ich weiß, wo wir sind …! Immerhin in Westfalen.«

Dabei zeigte er auf ein umgekipptes verrostetes gelbes Schild, das im Straßengraben lag, mit der Aufschrift:

Hagen
Stadt der Fernuniversität

Allerdings war das Entsetzen bei den beiden Zeitenwanderern groß. Anscheinend hatte sich die katastrophale Klima-Veränderung global in lebensfeindlicher Weise durchgesetzt.

Denn bei ihrer Landung in Deutschland 2033 fanden Danny und Alex eine trostlose Einöde vor: sengend heiß, trockene und rissige Erde, dazu pfiff der

Wind in Böen um die nicht vorhandenen Ecken, und muntere tumbleweeds (Steppenroller) wirbelten vorbei.

Danny stand verloren auf seiner westfälischen Scholle und schaute sich traurig um. Dann hob er eine Zeitung auf, die sich um seine Beine gewickelt hatte, nachdem sie aus dem Off an gesegelt gekommen war.

»Oh, schau doch, Alex, sogar eine deutsche Zeitung: der Kölner Express vom 21. Mai 2033.«

Auf dem Titelfoto reckte ein ihm unbekannter junger Mann in weiß-rotem Trikot die goldene Schale des DFB in den Kölner Nachthimmel.

Darunter stand in riesengroßen Lettern:

GANZ KÖLN FEIERT MIT DEM FC:
DIE 3. DEUTSCHE FUSSBALL-MEISTERSCHAFT
HINTEREINANDER

»Na, das ist ja mal ein Dingen…«, freute sich der sichtlich gerührte Danny, »… dass ich das noch mal erleben darf, hätte ich ja nie gedacht!«

Wobei von Mit-Erleben konnte da ja keine Rede sein: er hatte es ja nur aus einer herumsegelnden alten Zeitung.

»Dann wird es wohl stimmen«, sinnierte er. Denn seine Treue zu seinem Lieblingsverein 1.FC Köln wurde jahrzehntelang auf eine harte Probe gestellt. Erst hatten sie in den 60er und 70er Jahren des 20. Jahrhunderts eine gute Zeit mit drei Meisterschaften und drei Pokalsiegen. Dann kam es in den letzten 20 Jahren zwischen 1995 bis 2019 zu mehreren Ab- und Aufstiegen. Aber dass der FC noch mal Deutscher Fußballmeister werden würde, und das auch noch dreimal hintereinander, das konnte wirklich niemand ahnen…!

Am Samstag auf dem Neumarkt

Die Meisterschale kommt nach Köln

Die Meisterschale von ganz Nahem sehen, das konnten Kölner zuletzt 1978, als der 1. FC Köln Deutscher Meister wurde. Am Samstag kommt die »Salatschüssel« erneut nach Köln: auf den Neumarkt.

In diesem Zeitungsartikel wurde als Reminiszenz auf die Kölner Meisterschaft von 1978 angespielt. Der Sportredakteur schwelgte weiter:

»Bei der Meisterfeier 1978 hielten die Spieler vom FC Köln sie ein letztes Mal in den Händen. Durch die riesigen Überschwemmungen in ganz Mittel-Europa und dadurch entstandene Unwirren in den 2020er Jahren war die Meister-Schale des Deutschen Fußballbundes einige Jahre verschütt gewesen. Durch die lang anhaltende Trocken- und Dürre-Periode in Deutschland wurde die so genannte ›Salatschüssel‹ erst kürzlich, Ende März 2033, in einem trocken gelegten Kellerraum zwischen Lüdenscheid-Nord und Herne-West wieder gefunden. Deshalb mussten die Kölner Fußball-Fans in den beiden Jahren 2031 und 2032 ohne die Schüssel die Meisterschaft des FC feiern. Jedoch am Samstag«, das stand da tatsächlich im Kölner Express, *»gehört die Schale des Deutschen Fußballmeisters den Kölnern. Dort können sich die Kölner Fußballfans nach 2031 und 2032 nun auch beim Triple 2033 gemeinsam mit den Meisterspielern des FC über die dritte Meisterschaft hintereinander freuen, aber dieses Mal endlich auch wieder mit der beliebtesten Salatschüssel Deutschlands …!«*

»Toll, Alex, was …!?: super …!!!«

»Ja, wenn das hier so paradiesisch für dich ist, Danny, dann fahr ich jetzt mal zurück nach Hellas. Denn diese staubige Dürre hier lässt mich hoffen, dass Griechenland inzwischen auch wieder trocken gelegt wurde. Vielleicht sind die Fluten ja dort ebenfalls zurück gewichen …!?«

Danny stand nur da, mit einem staunenden und strahlenden Lächeln im Gesicht.

»Alles okay, Danny …?« fragte Alex, »was ist jetzt los? Bleibst du hier in Westfalen im Jahre 2033? Oder willst du mit mir zurück in die Jetztzeit?«

»Ich weiß nicht, Alex. Ich glaube, ich bleibe hier …!? Vielleicht gibt's ja doch linksrheinisch ein blühendes Leben …!? Zumindest in Köln, wo der FC gerade Deutscher Meister geworden ist.«

Alex schaute sich um: »Blühendes Leben …!? Na, ich weiß nicht. Sieht hier ja eher aus wie in der Sahel-Zone. Und was ist, wenn alle Städte in Deutschland durch die Überschwemmungen von 2025 untergegangen sind …!? Und nur noch durch ein Wunder – welches auch immer …!? – der linksrheinische Teil der Stadt Köln mit dem Fußballstadion davon verschont geblieben ist ….!? Nach dem Motto: ›Et hett noch imma jodt jejange.‹ Das würde ja auch erklären, warum der FC Köln auf einmal dreimal hintereinander Deutscher Meister geworden ist! Wahrscheinlich haben sie jeweils das einzige Spiel und somit das Endspiel gegen die Männer aus der Südstadt von Fortuna Köln gewonnen …!? Hihihihihihi …!«

»Du musst gerade große Töne spucken, Alex …! Bei euch in Griechenland gab es ja auch schon ohne Überschwemmungen jahrzehntelang nur ne Stadt-meisterschaft zwischen Olympiakos Piräus, Panathinaikos Athen und AEK Athen, wenn es um die griechische Fußballmeisterschaft ging. Also hör auf zu kichern …!«

Literaturverzeichnis

›Gut gelaunt zur Verurteilung«, in Westfälischer Rundschau Hagen vom 23.01.2019

Westfälische Rundschau Hagen vom 08.07.2006

Hornby, Nick – Fever Pitch, Ballfieber – die Geschichte eines Fans, Hamburg 1996

Schulze-Marmeling, Dietrich – George Best, der ungezähmte Fußballer, Göttingen 2015

Steffan, Frank – »Heinz Flohe – Der mit dem Ball tanzte …« (als DvD), Köln 2015

Löer, Christian/Lötz, Thomas – »Größer als Real Madrid«, Bielefeld 2014

»Die beste Elf aus 70 Jahren 1. FC Köln« – https://www.express.de/29716122 ©2018

›You›ll Never Walk Alone‹, Liverpool – Dortmund, 14.04.2016: https://youtu.be/j72tBjGNIxI

Hofeditz, Rainer, in Westfälische Rundschau Hagen, 29.12.2018

aki, in Westfälische Rundschau Hagen, 22.12.2018

Müller, Peter – »Namen sind Ball und Rauch«, in Westfälische Rundschau Hagen, 3.11.2018

Westfälische Rundschau Hagen, 28.12.2018

Löer, Christian – Der Klassenerhalt bleibt ein Wunder, doch der FC darf daran glauben, Kölner Stadtanzeiger, 19.03.2018, Quelle: https://www.ksta.de/29888106 ©2018

dpa – ›Bei der FC-Hymne geweint‹, in Westfälische Rundschau Hagen, 23.05.2018

De Höhner – ‹Mer stonn zo dir›, Hymne 1. F.C. Köln. https://youtu.be/bm-tYzbyHDo4

Schmidt, Prof. Sascha – »Ein Stadionbesuch in der Zukunft«, Westfälische Rundschau Hagen, 14.02.2018

Simon, Kirsten – ›Der Ball bleibt rund – aber sonst?‹, in: Westf. Rundschau vom 14.02.2018

Manfred Schloßer – ›Zeitmaschine STOPP!‹, Norderstedt 2014

Danke an alle

Ich möchte mich bei den vielen Menschen bedanken, die tat- und ratkräftig dabei mitgeholfen haben, diesen Roman fertig zu stellen:

– besonders meiner lieben Frau Petra. Obwohl sie sich nicht für Fußball interessiert, hat sie sich aufopferungsvoll durch die für sie fremde Materie ›gearbeitet‹. Außerdem gibt sie mir nicht nur den Freiraum, mich kreativ in meinen Romanen auszuleben, sondern unterstützt mich auch beim Diskutieren des Manuskripts. Dabei ist sie mir eine große Hilfe in Fragen der Grammatik, des Stils und der Logik. So hat sie mit dazu beigetragen, dass ich in den letzten Jahren des öfteren Lob für eine positive Fortentwicklung meines Schreibstils bekommen habe.

– unserer Katze Lilli, die uns mit vielem Schnurren und flauschigen Streicheleinheiten innere Ruhe und Behaglichkeit gibt.

– meiner Schwester Rosemarie Schloßer, die die 1954er Geschichte vom Meisterweg in Datteln erzählt, per ›Oral History‹ vom Original-Zeitzeugen Theo Schloßer

– meinen ehemaligen Hagener Arbeits-Kolleginnen Heidrun Dittmar, Gitta Langmann und Bettina Thiede, sowie den Kollegen und Fußballern Bernd Stieglitz und Reiner Einemann für ihre fußballerische Kompetenz.

– den Hagener Fußball-Spielern Erdal Keser, Klaus Kaiser und Niclas Thiede fürs Mitspielen in diesem Roman.

– allen Mit-Sportlern und Sportlerinnen aus dem Injoy Hohenlimburg, wie Ulla Hohmann, Horst Jahndorf und Horst Klaumann fürs sportliche Miteinander.

– den aufgeweckten Gesprächsteilnehmern in Sachen Fußball-Kompetenz Pitter Ondrusch, Laufi, Rainer Schollas, Horst und Edgar Troiza.

– für die kameradschaftliche sportliche Hilfe am Hochreck von Gerd Beumer und Klaus Harde.

– für die jahrelange spannende Top-Tippgemeinschaft ›Gib mich die Kirsche‹ unter Leitung von Detlef Müller-Merker.

– für das gastfreundliche Treffen im Hagener ›Café im Quadrat‹ von Conny Trampenau.

– Roland Hermsdörfer für das Geschenk eines Geißbock-Fotos in der Geißbock-Collage.

– an Hartmut Großer, als Urheber der beiden Fußball-Fotos aus Datteln von 1977, vorne auf dem Cover und in der Torwart-Collage.

– außerdem auch bei Frau Melanie Engel, früher Frau Bauer, mit der ich zum zehnten Mal zusammen einen Roman bei meinem Verlag Books on Demand veröffentliche, sozusagen ein kleines Jubiläum. Sie wirkt bei der Herstellung & Autorenservices, Team Buchdesign & Lektorat, und ohne ihre engagierte Mitarbeit wäre mein zwölfter Roman optisch nie so schön gestaltet worden.

– allen Teilnehmern/Innen an den inzwischen achtzehn Lesungen, die ich in den letzten elf Jahren gehalten habe, und natürlich auch allen Leser/Innen und Käufer/Innen meiner ersten elf Romane ›Straßnroibas‹, ›Spätzünder, Spaßvögel & Sportskanonen‹, ›Keine Leiche, keine Kohle …‹, ›Der Junge, der eine Katze wurde …‹, ›Leidenschaft im Briefkuvert‹, ›Zeitmaschine – STOPP!‹, ›Das Geheimnis um YOG‹TZE‹, ›Wer andren eine Feder schenkt‹, ›Das Ekel von Horstel‹, ›Die sieben Jahreszeiten der Musik‹ und ›Es geht eine Leiche auf Reisen‹, die mich dadurch ermunterten, fleißig weiter zu schreiben.

Die bisherigen 11 Romane von Manfred Schloßer

Straßnroibas, Liebe – Länder – Leidenschaften
… ein autobiographischer Roman über Manfred Schloßers Alterego Danny
Kowalski, der genauso wie er während der letzten 3 ½ Jahrzehnte durch
die Kontinente gereist ist und dabei allerlei interessante und aufregende
Abenteuer erlebte, die mit fremden Kulturen, der jeweiligen Zeitgeschichte,
lustigen Dödelkes und prickelnder Erotik gewürzt wurden.
»Der afghanische Soldat hielt mir seine geladene Kalaschnikow gegen die Brust
und herrschte mich an: »Verschwinde!«, worauf ich mich schleunigst und be-
reitwillig in die Wüste am östlichen Stadtrand von Herat verkrümelte … «
Dieser 2007 veröffentlichte Roman hat 408 Seiten, 17 farbige Illustrationen, ist im Buchhandel bereits vergriffen, aber noch vereinzelt unter der
ISBN-Nr. 9783833483677 im Internet zu bekommen.

Aus der Presse: »Liebe, Länder und Leidenschaften: Ob Indien, Thailand,
Nord- und Mittelamerika, Europa – es gibt kaum einen Ort auf der Welt, den
Manfred Schloßer in den letzten 35 Jahren nicht besucht hat …«
WESTFÄLISCHE RUNDSCHAU Hagen, Oktober 2007

Spätzünder, Spaßvögel & Sportskanonen
Vom ersten Kuss bis zur Traumfrau: meine Jugend hat spät begonnen …
… ist die Geschichte von Danny Kowalski, der auszog, das Leben und die
Liebe zu lernen. Als Spaßvogel und ›Sportskanone‹ war er ein Frühstarter,
aber in der Liebe ein Spätzünder. Sein zweiter Roman von 2009 hat 368
Seiten, ist unter der ISBN-Nr. 978-3837032697 veröffentlicht und im Buchhandel oder im Internet zu beziehen.

Aus der Presse: Vom Leben und der Liebe: Der prickelnde Titel: »Spätzünder,
Spaßvögel & Sportskanonen – Vom ersten Kuss bis zur Traumfrau: Meine
Jugend hat spät begonnen« verspricht denn auch viel. Erzählt wird die Ge-
schichte von Danny Kowalski, der von Westfalen auszog, das Leben und die
Liebe zu lernen …
WAZ RECKLINGHAUSEN, März 2009

Keine Leiche, keine Kohle …

… ist ein Ruhrgebiets-Krimi, wobei der verschwundene Tommy Gölzen-leuchtner gesucht wird. Die Hagener Kripo um Bandura und Julia Finken-siep rätselt, ob er tot oder gar ermordet worden ist? Danny Kowalski sucht jedenfalls im Auftrag für seine Versicherung den Verschwundenen und jagt so einem Phantom durch drei Kontinente und über zwei Jahrzehnte hinter-her: diese Jagd führte ihn in Städte wie San Francisco, New Orleans, Taipeh und Bangkok oder Khao Lak.
Sein dritter Roman von 2011 hat die ISBN-Nr. 978 – 3 – 8423 – 2009 – 3, ist mit 9 Farbfotos verschönt, hat 150 Seiten und kostet 9,95 €.

Aus der Presse: Sein allerneuestes Produkt hat auch, aber nicht nur mit Rei-sen zu tun. Vielmehr ist ein ›Hagen-Krimi‹ entstanden. ›Keine Leiche, keine Kohle …‹ ist ein deutscher Krimi, der zumeist im westfälischen Ruhrpott spielt, aber die Handlung führt den Leser in einem Zeitraum von zehn Jahren auch einmal rund um die Erde.
WOCHENKURIER HAGEN, Februar 2011

Der Junge, der eine Katze wurde …

In diesem abgefahrenen Roman nimmt der junge Danny Kowalski Ende der 1960er Jahre in Domburg einen LSD-Trip, von dem er nicht mehr runter kommt. Die Handlung führt den Leser in einer abenteuerlichen Odyssee durch Süd-Holland, durch das Amsterdam der Hippies, durch die Wälder des Niederrheins und entlang der Flüsse und Kanäle Westfalens, in deren Verlauf Danny sich in eine Katze verwandelt. Sein vierter Roman von 2012 hat die ISBN-Nr. 978 – 3 – 8448 – 2827 – 6, ist mit 10 Illustrationen ver-schönt, hat 132 Seiten und kostet 8,95 €.

Aus der Presse: »Auf Drogen-Trip am Kanal. In seinem neuesten Buch ›Der Junge, der eine Katze wurde‹ nimmt der in Datteln aufgewachsene Manfred Schloßer seine Leser mit auf eine ungewöhnliche Reise.«
DATTELNER MORGENPOST, April 2012

Leidenschaft im Briefkuvert

… ist eine spannende Romanze mit historischem Hintergrund. Die Geschichte beginnt während des ›kalten Krieges‹ in den 1960er Jahren, als eine Ost-West-Brieffreundschaft die Gefühle der Beteiligten in Wallung brachte: »… aber sie konnten zueinander nicht kommen…!«
Sein fünfter Roman von 2013 hat die ISBN-Nr. 978 – 3 – 8482 – 3785 – 2, ist mit 18 Illustrationen verschönt, hat 152 Seiten und kostet 9,90 €.

Aus der Presse: »Komm nach Hagen, werde Popstar, mach Dein Glück!«
In seinem aktuellen Roman »Leidenschaft im Briefkuvert« – eine spannende Romanze mit historischem Hintergrund – schildert der Autor die Lebenslinien zweier Frauen.
STADTMAGAZIN HAGEN, Juni 2013

Zeitmaschine – STOPP!

In seinem Öko-Science-Fiction entführt uns der Autor Manfred Schloßer in die historische Zeitkultur der 1960er und 70er Jahre. Seine beiden Protagonisten Danny Kowalski und sein griechischer Freund Alexis machen sich mit ihrer Zeitmaschine auf die Suche nach Jim Morrison und den Doors. Da die altertümliche Höllenmaschine sich als leicht defekt herausstellt, landen sie zwar erst in unserer Vergangenheit des letzten Jahrhunderts, stolpern aber immer wieder haarscharf an ihren anvisierten Zielen vorbei. Sein 6. Roman wurde 2014 veröffentlicht, hat die ISBN-Nr. 978 – 3 – 7357 – 7338 – 8, ist mit 17 Illustrationen verschönt, hat 108 Seiten und kostet 7,95 €.

Aus der Presse: Der Hagener Autor Manfred Schloßer hat jetzt sein sechstes Buch veröffentlicht. Hauptfigur ist wieder der schon durch seine anderen Romane recht bekannt gewordene Danny Kowalski. Er ist diesmal mit der Zeitmaschine unterwegs …
WOCHENKURIER HAGEN, März 2014

Das Geheimnis um YOG‹TZE

In diesem Kriminalroman klären die Protagonisten Kommissar Danny Kowalski und Kollegin Fanny Bevenbreucker einen 30 Jahre alten historischen Kriminalfall von 1984 auf. Ein Krimi muss nicht immer todernst sein, weshalb der Autor Manfred Schloßer oft humoristisch und augenzwinkernd unterwegs ist.
Sein siebter Roman wurde 2015 veröffentlicht, hat die ISBN-Nr. 978 – 3 – 7386 – 7530 – 6, ist mit 14 Illustrationen verschönt, hat 120 Seiten und kostet 7,99 €.

Aus der Presse: »Der seit 35 Jahren in Hagen lebende Manfred Schloßer hat sein siebtes Buch veröffentlicht. Der Krimi trägt den Titel ›Das Geheimnis um Yog-‹Tze‹. Dieses Mal hat er akribisch recherchiert, hat in Polizeiberichten gelesen und alte TV-Aufzeichnungen angeschaut. Denn obwohl die Handlung fiktiv ist, basiert sie auf einem echten Mordfall. Und den versucht Kommissar Kowalski zu lösen.«
WESTFALENPOST HAGEN, März 2015

Wer andren eine Feder schenkt

In seinem 8. Roman taucht der Autor Manfred Schloßer tief in die 1970er Jahre ein, denn es geht um ›Eine Freundschaft seit der Hippie-Zeit‹. Eine Männerfreundschaft mit seinem ewigen Freund Harry, die 1974 begann und auch heute noch – über 40 Jahre später – währt. Dabei erleben die beiden so allerlei und vertiefen sich anschließend in Gespräche über Liebe, Lachen, Nächte. Und es wird wieder mal eine geballte Ladung an Sex, Drugs und Rock›n Roll geboten.
Dieser achte Roman aus der Danny-Kowalski-Reihe von Manfred Schloßer wurde 2016 veröffentlicht, hat die ISBN-Nr. 978 – 3 – 7412 – 1512 – 4, ist mit 18 Illustrationen verschönt, hat 188 Seiten und kostet 7,99 €.

Aus der Presse: »Abenteuer aus der Hippie-Zeit. Ein Tagebuch mit Eintragungen, Erinnerungen und Abenteuern aus den 70er Jahren hat Manfred Schloßer zu seinem neuen Roman animiert. In dem Roman taucht er tief in die Zeit seiner Jugend.«
WESTFÄLISCHE RUNDSCHAU HAGEN, März 2016

Das Ekel von Horstel

In seinem 9. Roman ›Das Ekel von Horstel‹ klären Kommissar Danny Kowalski und seine junge flippige Kollegin Fanny Bevenbreucker eine alte Mord-Serie aus Horstel und Berlin von 2003, 2005 und 2007 auf. Autor Manfred Schloßer ist auch im 9. Teil der Danny-Kowalski-Reihe wieder oft humoristisch und augenzwinkernd unterwegs.

Kommissar Kowalski sucht jedenfalls aus seinem Keller-Büro bei der Hagener Kripo im Sonder-Dezernat ›Z‹ für unaufgeklärte Mordfälle zwei Mörder oder gar einen Auftragsmörder.

Dieser neunte Roman aus der Danny-Kowalski-Reihe von Manfred Schloßer wurde 2017 veröffentlicht, hat die ISBN-Nr. 978 3743 1709 40, ist mit 12 Illustrationen verschönt, hat 180 Seiten und kostet 7,99 €.

Aus der Presse: » *Ein neuer ›Schloßer‹: Das Ekel von Horstel. Ein Hauch von ›True Crime‹, einem besonders in den USA gern gelesenen Genre, ist dem Roman zuzuschreiben. Autor Manfred Schloßer ist auch im neunten Teil der Danny-Kowalski-Reihe wieder humoristisch und augenzwinkernd unterwegs.«*
WOCHENKURIER HAGEN, MÄRZ 2017

Die sieben Jahreszeiten der Musik

In seinem zehnten Roman ›Die sieben Jahreszeiten der Musik‹ kommt sein literarisches Alterego Danny Kowalski wieder groß raus. Autor Manfred Schloßer führt im 10. Teil der Danny-Kowalski-Reihe humorvoll durch ein musikalisches Kaleidoskop voller prickelnder Erotik und Abenteuerlust. Eine ganze Generation wird bedient, und der Zeitgeist der 60er, 70er und 80er Jahre wird wieder erweckt. Dabei werden die besonderen Gefühle bei besonderen Momenten im Leben beleuchtet, wie der erste Kuss, die erste Liebe oder der erste Sex …

… und was dabei für eine Musik im Hintergrund lief.

Der 10. Roman von Manfred Schloßer »Die sieben Jahreszeiten der Musik« aus dem Jahr 2017 ist unter der ISBN-Nr. 978-3-7460-5129-1 veröffentlicht worden, hat 224 Seiten, ist mit 28 Fotos verschönt und kostet 8,99 €.

Aus der Presse: Manfed Schloßer: Zehn Bücher in zehn Jahren.
In ›Die sieben Jahreszeiten der Musik‹ begibt sich Schloßer in Form seines literarischen Alteregos ›Danny Kowalski‹ durch die musikalische Zeitgeschichte der 60er, 70er, und 80er Jahre. Gefühle und besondere Momente finden Berücksichtigung und vor allem – die Hintergrundmusik des Lebens. Wer sich nun fragt, warum es bei Manfred Schloßer gleich um sieben und nicht um vier Jahreszeiten geht, der sollte sich mit »Danny Kowalski« auf die Reise begeben. Mehr wird hier nicht verraten.
WOCHENKURIER HAGEN, Dezember 2017

Es geht eine Leiche auf Reisen

In seinem elften Roman ›Es geht eine Leiche auf Reisen‹ klären Kommissar Danny Kowalski und seine junge flippige Kollegin Fanny Bevenbreucker den Fall der 2015 in Hagen gefundenen skelettierten Leiche aus Dülmen auf. Erneut eine Story aus dem Genre True Crime. Autor Manfred Schloßer ist auch im 11. Band der Danny-Kowalski-Reihe öfters humoristisch und augenzwinkernd unterwegs. Wenn der Tod der jungen Frau nicht so eine ernste Angelegenheit wäre, könnte man fast von einer Kriminalkomödie sprechen.

Der 11. Roman von Manfred Schloßer »Es geht eine Leiche auf Reisen« aus dem Jahr 2018 ist unter der ISBN-Nr. 978-3-7528-0930-5 veröffentlicht worden, hat 124 Seiten, ist mit 11 Fotos verschönt und kostet 7,99 €.

Aus der Presse: »Spurensuche führt zu Dattelns Kanälen.
In Hagen wurde 2015 eine skelettierte Leiche aus Dülmen gefunden. Der Todesfall wurde zwar restlos aufgeklärt, aber Schloßer bringt in seinem fiktiven Roman neue überraschende Wendungen hinein. Er bleibt in gewohnter Weise seinem humoristisch, augenzwinkernden Schreibstil treu.
Dattelner Morgenpost, September 2018

Ökologisches Prinzip.
Mein Verlag Books on Demand druckt nur auf direkte Nachfrage. D.h.: jedes Buch ist gewollt. Deshalb gibt es keine Halden und keine Lager voller ungewollter und ungenutzter Bücher. Das ist ein klares ökologisches Zeichen an den Umweltschutz: kein Baum wird unnötig gefällt …!